陳志仰 著

消失中的臺語

阿娘講的話

推薦序

府城　謝龍介

　　近百年前，府城大儒連雅堂作臺灣語典時，不敢自慰且懼嘆曰：夫臺灣之語，日就消滅。傳統漢學（臺語），歷經日據時代乃至國民政府遷台後之政策失當，逐漸流失，惜哉。

　　漢學（臺語）傳自漳、泉二州，而漳泉之語傳自中國，源遠流長；凡四書五經、唐詩宋詞，皆可以漢學臺語頌吟出其典雅優美之音律。華夏文化最珍貴的遺產，迄今留存在咱的美麗寶島臺灣；近百年來，雖有濟濟有志之士投入漢學臺語、詩詞等探討研究，但臺語文字及呼音之保存，仍然日漸凋零、岌岌可危。

　　志仰兄投入大量時間與精力，收集諸多漢文俚俗語匯集成冊，並以十五音切音法為本，對詮釋優美典雅的漢學臺語，有莫大的助益；其精闢內容，堪為漢文俚俗語之經典，亦可作為漢學臺語教本之用，個人十二萬分的敬佩。

　　今民眾交流之間，漸減臺語之運用，或因年輕傳承日減，或因不識臺語音韻典雅及淵源之深，甚而對漢學臺語妄自菲薄，實令我輩有志者感慨著急。今聞　志仰兄願拋磚出冊義舉，個人藉此祝福，並深深期待更多有識之士，對漢學臺語繼續薪火相傳、進而發揚光大。

作者序

　　某個程度上來說，是有點贖罪的心理。

　　兩個兒子在加拿大出生，在多倫多上幼幼班。因為擔心他們完全聽不懂老師在說什麼，所以他們很小的時候，我跟他們一半講英文、一半講中文。記得有一天可凡在吃櫻桃，我幫他挑起了一顆有蟲蛀洞的，跟他說：「這顆壞了！」他回我："Daddy, fix!" 他以為玩具壞了可以fix（修理），櫻桃壞了也可以修理。

　　我想，還是應該讓他把中文學好。

　　後來孩子回台灣上小學，中英文都沒什麼問題。但有一天，季凡在唱一首學校母語課程教的童謠，聽得我一愣一愣的！連用唱的都有「外國腔」！我猛想起「所謂的中文」是現在說的普通話，是北京語。他的台語爛到爆！

　　這是我的錯！因為他只偶爾回台南時奶奶或外婆會跟他講台語，而我沒跟他用台語交談。我沒教過他。

　　我父親今年米壽，很多年輕人以為他不會講北京語，喜歡用台語跟他說話。年輕人說的兩光台語卻常常讓我父親聽不懂，只好跟他們投降說：「你講國語好了！」而這樣的狀況並不是只發生在北部，連南部都這樣！

　　講得不好是一回事，嚴重的是：台語可能即將消失！

我們這一代台語說得不好，不可諱言跟時代背景、教育環境有關，而我們下一代的台語變成這樣，我們自己要負一部分的責任。常常會聽到年輕人說某句台語他聽他爺爺或奶奶是如何如何講的，這句話背後隱含的意思是：他的爸爸媽媽不是用台語跟他們交談。聯合國教科文組織，定義瀕危語言六等級，已沒有人使用的就是滅絕，只有祖父母一代偶爾使用是極度危險，祖父母會，但不常對兒童使用的是第三級重大危險，台語就列在這等級，搶救台語是當務之急。

　　搶救，不只是推廣，目前的工作還包括導正。因為沒有立即消失，也在急速地崩壞當中！

　　自古以來，台語多靠口語流傳，書寫成文並不普遍，以致很多人以為台語是沒有文字的語言，殊不知台語其實不但有字，更保留了許多古漢語用法。可惜的是許多話或用法在年輕一代已經沒有人會用，甚至從沒聽過。炒菜用的「鼎」、吃飯拿的「箸」大家現在還是每天在講，但是一鍋飯是「一坩」，煮兩杯米的飯是「二鷇」就相對少用了，「鷇」是小杯容器，其實更早前的用法是「管」（古時候有「米管」，是量米的容器，十五音標注為【裈二求】，與「捲」同音），相信有在用或會寫的人就更少了。更令人難過的是：現在還很常用的詞彙都普遍地被誤寫。這是對台語很大的傷害！

　　這種亂象有些是受了北京語影響而寫錯，有些是因為不知道怎麼寫而誤寫，最不應該的是故意亂編的火星文，而透過媒體的廣泛傳播，讓大家習慣錯誤、甚至以為錯誤為正確。

　　偶爾會和朋友聊起現在台語被亂寫的情況，有些人會說看

得懂就好，寫這種火星文無所謂。我只能說：只會說不會寫叫「文盲」，只會講台語卻不會寫台語的叫「台語文盲」。別人也就算了，身為台灣人，當一個「台語文盲」很光榮嗎？也就因為她是有字的，我個人更不建議使用羅馬字書寫的白話字，把它當標音工具我沒意見，但是將它作為書寫文字，我認為是「自廢武功」。

　　我開始試著去了解更多的東西，回鄉下聽人們聊天，仔細聆聽人們說出的台語的詞彙，而寫下這些文章，基本上它算是我的學習筆記。我也從書籍、網路上去找答案，姑且不論不同意見的正確與否，我發現確實還是有很多有心推廣台語、潛心做台語正字研究的前輩，透過不同的形式、不同媒介，致力導正大家對台語說法與寫法的認知，著實令人敬佩，而且很多人研究考證的方法也非常值得我學習。

　　其中有人一再強調「以音尋字」可能會造成謬誤，而這是目前多數找台語寫法的方式。舉例而言，現在許多人把「吃」的台語寫為「呷」，這是因為他們以為「呷」的音與台語的「吃」是近似的，其實台語的「吃」就寫為「食」字，而「食」與「呷」二者音義都不符。

　　台語源於古漢語，承襲自河洛，用字可能是籀文或甲骨時期的用法，但是字音在幾千年的流傳後加上地方口音變化，很容易有變異。因此，單從「音」找字，不但可能找不到，也可能找到錯字。而上面提到胡亂抓一個字義不同、字音也不對的字濫竽充數，更是不可取。

　　曾有朋友問我什麼是優美正確的台語？關於「正確」，我想

很多是需要更多考證的，然而，也有很多是明顯的錯誤，至少我們能做的是把明顯的錯誤刪除，當作是去蕪存菁，逐步恢復她。本書記錄的原則也是這樣，對於有疑義歧見卻有道理的，我們盡量不要過於武斷，也要盡量避免成為殺手。

這些短文受家父的指導非常多，由於他懂北京語、台語以及日語，對我幫助很大。也感謝許多朋友在過程中的協助，給我很多建議與點子。特別是這本書是因為想起我母親教我讀「漢文讀本」而起，在此特別紀念我在天上的阿娘。

台語的保存與推廣需要有多方面的配合條件，更需要大家一起努力。

2021於台南將庄

目次

001

猫登屋，想捉鳥

　　我媽媽生於民國二十五年，她上小學的時候剛好是二次世界大戰的末期，她說那時候一天到晚「走空襲」，所以根本沒辦法上課。後來因為「疏開¹」，於是我媽媽跟著我外婆從高雄回台南鄉下，從此就一直住在我們村子裡。

　　戰後初期的學童教育尚未上軌道，她曾在書房（私塾）學漢文，當時用的教材是「漢文讀本」。我小時候媽媽會唸給我聽，第一冊前幾課是：

　　「人，人有__手，一手五指，兩手十指，指有節，能屈伸。」

　　「我來你來，來來去去，同去同行。」

　　「門外有草地，草地上有牛羊，牛羊同吃草，牛大，羊小。」

　　「竹簾外，兩燕子，忽飛來，忽飛去。」

　　「父在田中，母送飯，我看家。」

　　有一課我覺得很有趣：

　　「大雨下，街道濕，行人少。屋上鳥，地下貓，貓登屋，想捉鳥。」

　　短短的幾個字，把背景、情境、動態的、靜態的、外觀的與

內心的都寫了出來，而且簡單幾個字就很強烈地驅動你在腦中繪出一幅畫。

「漢文讀本」吸引我的原因在於它是用文言的讀音（文讀音）朗誦的，所以很多字跟平常口語的發音（白話音）不同，很容易讓人聯想起小時候看黃俊雄布袋戲各英雄豪傑的出場詩。例如上面的「猫」唸【嬌五門】（biau-5）[2,3]、「捉」唸【恭四出】（chhiok-4）、「鳥」唸【嘹二柳】（liau ⁿ-2）。

那麼，「漢文讀本」的「漢文」是什麼？

1896年乙未割台，日本領台後在教育上以同化台灣人為目標，因此普遍推行「國語」，這個「國」是指「日本國」，所以這「國語」是「日本語」。因為公學校的設立尚不普遍，因此兒童的教育工作幾乎都要仰賴島內近二千所書房（私塾）推動；而這些書房大概都是以《三字經》為入門，《三字經》讀完之後是四書五經等傳統的中國經典。

後來，台灣總督府為了「引誘」台灣人上公學校，因此於1919年（大正八年）推出修訂版的『公學校用漢文讀本』，因此，所謂的「漢文」是相對於「國語（日文）」的「中文」。

某個程度上來說，漢文教授的目的是在做思想控制的工具，所以要選用現代的文本與教材，這樣才能把過去傳統中國經典去除。（呵呵，原來在100年前台灣就開始經歷「去中國化」的過程。）由於胡適所提倡的白話文易學易懂，故成為最適合的取材方向。簡單來說，當時台灣人所認定的「漢文」並不全都是古典的文言文，白話運動的白話文也是屬於漢文的範疇。因此，比較貼切的說法應該是「當時中國大陸所使用的書面語」，或是把範

圍再擴大一些，認定為「包括各種方言在內的漢語」也可以。事實上當時台灣人想學的並不是「北京語」，而是屬漢語系統中的「閩南話」或「客家話」[4]，結果就是：閩南話或客家話成為台灣總督府「漢文」的基礎。

1937年台灣總督府全面廢止漢文科教育，理由是：『國民的自覺及「國語」的普及，有必要重新檢討公學校教育的本質』。其實真正的原因是中日戰爭與「皇民化」。二次大戰結束後，日本人離開，台灣人不需要再學日本「國語」，而「北京話」還未接續上，因此「漢文讀本」又再成為孩童的教材。我的媽媽也因此在台灣光復後初期朗誦：

「日西下，紅雲滿天，飛鳥一群，回巢去。」

「天初晚，月光明，窗前遠望，月在東方。」

「月東上，明如鏡，大如盤，快來看，快來看。」

「月光下，一小貓，追黑影，追至屋後，不見黑影。」

「我歸家，見父親，見母親，脫帽鞠躬。父親母親一同問我，肚裏餓否？我說不餓。」

或許，我們可以這樣看：「漢文讀本」是第一個系統化教台語母語的教材。諷刺的是，它是日本人編的。

本文拼音參考。 ————————————

漢字	十五音	羅馬字	台羅拼音	台語同音字
貓	嬌五門	biâu	biâu	苗、描
	噍一柳	liaun	niau	——
捉	恭四出	chhiok	tshiok	觸、齪
鳥	噍二柳	liáun	niáu	沼、屌

漢字	十五音	羅馬字	台羅拼音	台語同音字
餓	姑七語	gōn	gōo	五、午
	高七語	gō	ngōo	傲

註釋
1 二次大戰末期美軍對城市空襲頻繁，日本政府要求住都市的人要「疏散」到鄉下，「疏開」是「疏散」的意思。
2 為方便閱讀，本書每篇文章中採用十五音的拼音方式（如【嬌五門】）加上《彙音寶鑑》所附羅馬字（如biâu），而聲調以阿拉伯數字標記（如biau-5之5）；另將羅馬字與教育部台語字典台羅拼音及同音字表列於後供參考。唯所列同音字本身可能也有不同讀音，需要小心使用；另，有些字無同音字或其同音字過於冷僻而無參考之效果，乃以「一」標記。
3 雖然字典常寫說「貓」與「猫」是同一個字，但是理論上「豸」部的「貓」與「犬」部的「猫」不同，較接近「貍」，唸【膠五門】（bâ），是另一種動物。
4 殿中侍御史（2008），日治時期台灣人「漢文教育」的時代意義。

002
吹龜

　　約莫十年前，政論節目主持人鄭弘儀爆粗口罵馬英九總統「龜仔子」、「X你娘」，聯合報的新聞把「龜仔子」寫成「龜兒子」並對鄭弘儀大加撻伐。我認為鄭弘儀欠馬英九一個道歉，聯合報也欠鄭弘儀一個道歉，至今也都還欠著。

　　台語「龜仔子」是指畏畏縮縮、沒有膽量的人，比較像是北京話的「縮頭烏龜」，跟「龜兒子」不一樣。古人烏龜和王八不分，把烏龜當王八，烏龜蛋便是王八蛋，所以「龜兒子」是「王八蛋」的意思。鄭弘儀罵人固然不對，罵「X你娘」更是不該，所以他應該跟馬英九道歉。但是鄭弘儀罵馬英九是沒膽量的「龜仔子」，不是罵他「龜兒子、王八蛋」，聯合報的記者對於台語的了解不夠，而誤批鄭，所以聯合報應該跟鄭弘儀道歉。

　　烏龜真的是很無辜。台語講「烏龜」常是指戴綠帽子的人。有次有位長輩來探望我爸媽，他說他一輩子當烏龜（他太太有婚外情、他女兒曾被性騷擾），我強烈感受到他積了數十年的怨恨與無奈。《名人雜俎》：「俗以妻子外淫者，號其夫為烏龜。蓋龜不能交，縱牝者與蛇交也」（這我倒不信）。在妓院中打雜的男人或保鑣在北方叫「大茶壺」，南方叫「龜公」。

所以台語罵人「烏龜」是非常惡劣的。

台語中，與「龜」字相關的用語，最常聽見的是：「龜毛[1]」、「龜龜鱉鱉」、「龜笑鱉無尾」，但是好像沒有屬於好的。「龜精」有好幾種意思，包括「成精的烏龜」、「老謀深算的人」、「奇裝異服的人」，連用來稱呼長壽的人也是帶有貶意的。

就連打瞌睡也要扯上烏龜。打瞌睡多數建議寫成「盹龜」，「盹」本來就是小睡，而烏龜常常一動也不動，或是頭小小的擺一下，所以寫「盹龜」是合理。「盹」，【君一地】（tun-1）。不過連雅堂先生認為是「椓居」；「椓」，【公四地】（tok-4，擊、打也）；居，坐也。坐著的時候頭一直點，好像也很合理（通常打瞌睡是坐著，躺著就是睡）。但是好笑的是教育部字典把它寫為「啄龜」，啄烏龜？小鳥啄烏龜嗎？可是被罵翻了好像也沒改。「啄」【公四地】（tok-4）。

賭博輸了也要遷怒烏龜，叫「摃龜」。有人說應該是「貢龜」，龜是貴重物品，因為進了貢，拿不回來了，輸了錢當進貢了隻烏龜。事實上殷墟龜甲殘片偶可見「某某貢龜十隻」，「某某貢龜一千」的刻文，由此可證「貢龜」一詞由來已久，且有歷史的典故。

也有一種說法滿有趣的，有句台語歇後語「上帝公博輸賭——當龜」。傳說玄天上帝有一回賭輸了，一心想要翻本，於是把所剩的財產，唯一的座騎烏龜拿去典當，沒想到再次輸光，後來設法把烏龜贖回後仍心有不甘，摃（打）了倒楣的烏龜一頓。所以後人稱賭輸叫「摃龜」。

可憐的烏龜被打了之後也不叫一聲。是的，烏龜基本上不太

出聲音的，所以，有句台語說：「我聽你龜在吼！」（「吼」，【交二喜】（hau-2，號聲也，同「哮」。）烏龜不出聲哪會叫？其實這句話的意思是「我聽你在放屁！」

　　我本來以為無辜的烏龜牠的故事應該到此結束了。有一天，我跟我父親說我常聽我小舅子說：「我聽你咧Pu！」，我問他有沒有聽過？他說沒有。我跟父親說我發現「Pu」是【龜四頗】音的「吹」，也寫作「歕」。父親笑了說：「那是簡略的說法，正常的說法是『吹龜』！也就是吹牛的意思。」

　　這就有點有趣了，「吹牛」台語也可以說「歕雞胿²」，現在常用詞是「唬爛」。而「唬爛」一詞很有可能是來自日語「ホラふき」而來，字面意思是「吹螺」，指的是「吹牛」。「唬爛」是「ホラ」的諧音。

　　烏龜呀烏龜，你好無辜......

本文拼音參考．

漢字	十五音	羅馬字	台羅拼音	台語同音字
肫	君一地	tun	tun	鈍、敦
椓	公四地	tok	tok	督、篤
吼	交二喜	háu	háu	哮
吹	規一出	chhiue	tshui	催
	檜一出	chhoe	tshue	炊
	龜四頗	pu	phu	——
	君五邊	pûn	pûn	歕

註釋

1　一般認為「龜毛」一詞源自「龜毛兔角」，龜沒有毛，兔沒有角，僅有其名而無其實。佛典常用以譬喻空理。《大佛頂首楞嚴經》卷一：「汝不著者為在？為

無？無則同於龜毛兔角。」在台語用來形容人對小事情優柔寡斷、猶豫不決，或者有一些莫名其妙的堅持。

2 「歕雞胿」請參考本冊之011篇〈脹鰓〉。

003

嘐詨

　　有些人認為台語是很粗鄙的語言，因為用台語罵起人來不但鏗鏘有力、粗俗不堪，而且把亂七八糟的東西跟祖宗八代連在一起，令人嘆為觀止。曾有朋友跟我說他可以流利地用一字、二字、三字直到十七字的台語罵人。

　　台語的文雅面可能多數人不了解，但它真的有粗俗面，我們也不用為它辯解，其實，每種語言都有粗俗罵人的話，不是嗎？

　　有個很不雅的詞目前被很廣泛地使用，我認為是被誤寫而被忽略了它的粗鄙—「看三小」。

　　「看三小」是很不具善意、很挑釁的「看啥」，「三」是「啥」的誤植，而「小」可以當作是一個語助詞，因為台語常用這個字來「加強語氣」。事實上「小」原是指精液，一般寫作「洨」或是「潲」或是「溲」。

　　這跟英文 "What the fuck?" 有異曲同工之妙，「What」就是「看啥」，「the fuck」是粗鄙的加強語氣，跟這裡的「洨」的功能一樣，而「洨」可能有過之而無不及，難怪有人會因為騎摩托車罵人一句「看三小」而惹來殺身之禍。

　　劉建仁先生寫的《台灣話的語源與理據》有一篇《嘐潲

（hau-siau´）─誇大、說謊》，文中列舉相當多的例證來檢視與討論「嘐潲」的正確用字，最後他的結論是建議寫作「嘐溲」，「溲」意思是指精液，純粹是加強語氣。「嘐」【交一喜】（hau-4，誇語也），「洨」，【爻五喜】（hauⁿ-5），「潲」，【交三時】（sau-3），「溲」，【沽一時】（so-1）。[1]

問題是一般字典中「洨」是水名，「潲」是水沖激，而「溲」是大小便，特別是指小便，都不是這裡想要表達的那個東西（精液）。網路上有位「大衛羊」先生（「台語不要鬧」作者）認為古代文人很含蓄，對於如此不雅（精液）的詞可能沒有創造出文字，這是我們找不到字的原因；然而前面提到的「嘐溲」他認為應該是「嘐詨」，這兩個字都是誇大的意思，也就是說這是同義複詞，用在言語上的誇大，是該寫這兩個字。而如果是用來指稱「精液」的作為「加強語氣」用法的，我們先採最常被使用的「潲」字。重點是我們要知道這句話或這個字講出來是什麼意思，要知道這是不雅粗俗的字眼，懂就好，平常不要講，會有損您的格調。

您講英文 "What?" 也就夠了，不需要再用 "the fuck" 加強語氣。

「看啥？」，這樣就好，不要再加強語氣。

「吃啥？」，這樣就好，不要再加強語氣。

「創啥？」，這樣已經很挑釁、很不客氣了，不要再加強語氣。

一個字的毒性有多強，看它怎麼用就知道。「我不想理

你」，台語可以說「我無欲睬你！」加強語氣變「我無欲睬潲你！」。北京語鄙夷地說「甚麼東西呀！」，翻譯成台語就是「啥啦！」，加強語氣變「啥潲啦！」。我完全不同意你說的，認為你一派胡言、胡說八道，懶得回應、不想理你，最簡單回一句話：「潲啦！」

　　好了，我們往後都會努力文雅一點，儘量不要再講這些五四三的。還有，提醒大家千萬不要亂加強語氣！

本文拼音參考。

漢字	十五音	羅馬字	台羅拼音	台語同音字
嘐	交一喜	hau	hau	哮
洨	交五喜	hâuⁿ	hâu	譹
潲	交三時	sàu	siàu	掃
溲	沽一時	so	soo	蘇、酥

註釋
1　《彙音寶鑑》在【嬌五時】的音裡有收錄「精」字，但是解釋是「骨髓所結」。

004
艱苦坐卦

　　平常搭捷運上下班，不太會遇到小朋友，假日的時候就常遇到。很多小朋友坐在椅子上老是坐不住，兩隻腳總愛不停地亂踢，甚至轉身看窗外、爬上爬下。有的家長會管，對於這樣的家長的小孩我會比較寬容，畢竟小孩子好動也算是正常，除非這小孩已經是太誇張；但是有些家長是不管的，自己滑著手機，偶而才喊一下小孩，這樣的小孩我會白眼瞪他，並發出「嘖」的聲音，我不只是要「嘖」這小孩，也是要「嘖」給這家長聽。

　　小朋友好動、坐不住，沒有一刻安靜，現在學校老師都會說是「過動」或「注意力不集中」，以前我媽會說「尻川尖」，台語也用「無時定着」、「無時定」或「無定着」來形容，也有人說「無時得定」。例：「彼个囡仔足無定着，坐攏坐未牢（那個小孩很沒定性，坐都坐不住）。」[1]而「定着」、「得定」都是靜下來的意思。

　　但是「定着」還有另外一種意思是「一定」。反之「無定着」就是「也許、不一定」的意思。例：「無定着彼件事誌就是伊做个（說不定那件事就是他做的）。」因此需要注意前後文或在句子中的用法，以免弄錯意思。

硬逼小朋友坐好，他可能就會覺得很難受，有些青少年學生你叫他靜下來念書他也會百般不願、坐不住，有一個成語是用來形容一個人做一件事心不甘情不願，感覺很痛苦，叫「艱苦坐卦」。

　　教育部用「艱苦罪過」來寫這個成語，說「心裡的苦跟有罪過一樣，良心被譴責得很痛苦」。但是我個人覺得這樣的解釋是有待商榷的。

　　參考一下這種說法：中國的風水羅盤將一個圓360°分為二十四山向，又以六十四個卦位平分其持分度，每個人在事業或仕途上遇到某種卦位時，可能運氣不佳、諸事不順，讓你苦等一年、二年、甚至十年皆曙光難現、新運不來，即使你想跳脫，卻無法離開，又不能不繼續做人，此時痛苦難堪的心情就稱為「艱苦坐卦」！就是「坐」在這個「卦」位的刻度範圍內，難以翻身，令人覺得相當「艱苦」。[2]

　　「艱苦坐卦」或許較不常用，但是「艱苦」是很常用的詞，問題是時下許多人把它誤寫為「甘苦」。「甘苦」是有甘也有苦，而「艱苦」是艱難和痛苦，二者北京語意思不一樣，台語也是不一樣喔。

後記 ●

　　有網友回應說：「現在很多名詞都不知道怎麼用台語表達了」，也有人說：「台語會表達，意境會非常美好。」

　　我完全同意這樣的看法，台語在表達意念與態度，或甚至是一的小小的動作，都會有細微的差別，它是一個非常精緻的語

言。我們受了北京語的影響，忘了台語，錯用了台語，更忘了許多精緻的台語，這是非常可惜的，這也是需要大家一起努力的地方。

　　另外，有個朋友說：「前幾天兒子要出門，他奶奶拿兩千元給他，順說『艱厝不艱路』，結果兒子茫然。我跟他說就是「窮家富路」之意，結果他更茫然了，解釋後他說這麼牛逼呀！」這可以說是呼應了前面網友提到的感想。

註釋

1　本書大多數例句皆直接引用《教育部閩南語常用詞辭典》例句，或許也有方便對照參考之便，後續也不再特別說明。

2　心海羅盤知識文教基金會，談古論今第二輯之七【艱苦坐卦】。

005
古老溯古

　　有位台北長大的朋友跟我說她有很多不懂台語的朋友，這些人每次聽到像是「離離落落」、「烏魯木齊」和「阿薩布魯」等的這些台語都會爆笑，因為不但不懂它的意思，就連音聽起來都很好笑，更像是聽到一種外國語言。

　　台語「烏魯木齊」被當作是「亂七八糟」的意思，原因為何說法不一。「烏魯木齊」本是新疆迪化的舊稱，在蒙古語「烏魯木齊」是「優美的牧場」，但台灣人口中的「烏魯木齊」卻是「亂七八糟」，有人說是受日治時期皇民化運動的影響，但並沒有什麼證據。有趣的是烏魯木齊的維吾耳語：ىچمۇرۇلﺋ，發音跟台語很像。

　　也有人說正確的寫法是「烏瀧木製」，有一種木材叫做烏瀧木或瀧髓木，是一種劣等木材，只能當薪柴，拿來燒火，如果以這種材料當建材或製成家具，必然不耐用，因此「烏魯木齊」是「烏瀧木製」的走音。這種說法同樣也有人表示不以為然，因為「烏瀧木」雖然有「爛心木」的稱呼，但事實上它「木質堅而緻密，花紋漂亮，常用以製作精美飾品」，所以「烏瀧木製」說是劣等的木頭所製，是粗製濫造，其實也並不合理。

還一種說法是認為古代文人寫毛筆字後，常自謙為「污濁墨漬」，也就是字寫得亂七八糟，不識字的人不懂文言文而誤用。但是以上說法都有人贊成有人反對，似乎沒有一個是有絕大多數人共識的答案。

　　「阿薩布魯」（a-sa-puh-luh），通常用來指稱人或事物粗俗、不入流，這也是有點不太能理解的事。有一種說法說：「阿薩布魯」是日文「あさぶろ（朝風呂）」，是早上洗澡的意思。

　　但為什麼早上洗澡有問題？據說以前人認為正常人都是晚上洗澡，而只有特種行業的女生因陪客人過夜後在早上洗澡，以致早上洗澡變成「奇怪」的事；或者我們就把它單純當作是「有違一般習慣就好了」。不過，很多人也都是早上洗澡，特別是外國人。

　　「普嚨共」應該也是從日文來，據說它的意思是「沒有家的人、流浪的人、或是遊民」。「噗嚨共」是沒洗澡的遊民，所以，最好不要亂用來講別人。

　　「阿里不達」和「不答不七」都是「不三不四」、「沒價值」、「沒水準」的意思。大部分的研究都說是借音字，所以音對就好，怎麼寫倒在其次。不過有人說「阿里不達」是「毫釐不值」，倒是值得思量。

　　於是，我問了我的朋友有沒有聽過「Go-Lo-Su-Go」？她的反應是大笑：「什麼？你再講一遍！」

　　「Go-Lo-Su-Go」的漢字應該是「古老溯古」，意思是年代久遠，看起來讓人對台語又產生一分敬意，因為這是多麼典雅的文字。

後記 ◦

　　網友對此篇有兩個回應，有一位說他是第一次聽到這個詞，覺得有趣；也一位說：「古老溯古在我的認知裡，不是年代久遠的意思。」

　　是的，「年代久遠」並沒有完全解釋這個詞的意思，它通常是用在講一個物器已老舊、或已經不合時用。

　　另外，有一位說：「朝風呂，在台灣是不是自行引申別義我不知道，在日本應該就是很單純的字面意思。」

　　其實，對於這個詞的來源與說法並沒有找到很明確的答案，但是台灣人自行引申是滿有可能的。

本文拼音參考 ◦

漢字	十五音	羅馬字	台羅拼音	台語同音字
離	居五柳	lî	lî	狸
	居七柳	lī	lī	俐
落	公八柳	lȯk	lȯk	祿
	高八柳	lȯh	lȯh	絡
溯	沽三時	sò	sòo	素、塑

006
腳路手路

　　台南老家的房子三樓屋頂有漏水的現象，我父親想找油漆師父來處理上防水漆，也想順便把外牆漆一漆，但是，問題是「無腳路」。

　　我們家的房子是長條形，前段臨隔壁的二樓，所以還可以架梯子粉刷，但是後段鄰著傾頹的黑瓦舍，且雜草樹木叢生，沒有辦法過去，沒地方攀爬，台語叫「無腳路」。

　　「腳路」用在不同的地方有不同的意思。有一天在家鄉村子大廟廟埕聽到兩位老人的對話，有一位提到她「腳路醜」，她的意思指腳力不好，基本上是行動不是那麼方便自在。而我們這裡說的「無腳路」的「腳路」是「施工的空間」，不過，比較恰當的解釋應該是「腳踩」的地方，有些路要給車輛走，有些「路」只是給人走，給腳踩，叫「腳路」；如果你的房間堆滿亂七八糟的東西走不過去，也叫「無腳路」。

　　「腳路」是給腳踩的「路」，「手路」就不是「路」了，至少絕大部分的人不會用手走路。「手路」通常有兩種意思，一個是「特殊的手藝、手法」。例：「伊捌足贊種做瓷仔的手路（他懂得很多種做瓷器的專門技術）」。由於有「特殊、特別好」的

意味，「手路菜」指的就是「拿手好菜」，例：「這是阮阿母的手路菜（這是我媽媽的拿手好菜）。」到熟識的餐廳點餐，也都會點主廚的「手路菜」，你也可以把它當作是「主廚推薦」。

「手路」的另一個意思是指在執行一般的行事方式的手法和技法。例：「伊這款做法手路傷粗啦（他這樣的做事手法太過粗魯了）。」大部分的狀況，我們會用在「製作實物」的手法，例如雕刻、手工皮革、手工縫紉等等的，不過，也可以用在寫作或作曲的表現手法，例如：「台語歌曲吸收了新詞後，有產生佗一寡內涵的變化，閣有葉俊麟本身身為一個創作量上界大的重要作詞家，寫作的時陣是不是有伊的意向抑是選擇的手路，就是最後一節探討的重點。」[1]

「頭」也有「頭路」，台語「食頭路」是上班、就業的意思。但是北京語文章中提到的「頭路」有幾種意思，一、門路，能達到個人目的的途徑（西遊記第44回[2]）；二、指合適的對象（醒世恆言·金海陵縱欲亡身[3]）；三、複雜紛亂的事情中的條理，如頭緒（初刻拍案驚奇卷二[4]）；四、頭髮朝不同方向梳理後露出的紋路（再生緣19回[5]）。五、謂等級最高（四世同堂[6]）。但是沒有一個跟台語要表達的「工作」有關連。

美國太平洋時報曾有一篇文章《「吃人頭祿」是「吃頭路」的語源》（原載1995/11/17）[7]說：『「吃頭路」的「頭路」一語，就是文盲流行的曲解......，吃頭路的字源是出自「吃人頭祿」，就是算人頭領俸祿；每天上班簽名報到領薪水的工作了。』這樣的說法是可以參考的，這與「低路──低祿」的說法是滿類似的（請參本冊之045篇〈低祿肉腳〉）。

本文拼音參考

漢字	十五音	羅馬字	台羅拼音	台語同音字
低	嘉七求	kē	kē	下

註釋

1. 摘自《作詞家葉俊麟與台灣歌謠發展研討會論文集》—吳國楨先生的「台灣歌謠中的日與詞彙使用情形試探，以葉俊麟作品為主要研究範圍」一文。（但是部分用字與我們的看法不同）

2. 《西游記》第四十回：「趁早散了，各尋頭路，多少是好。」《二刻拍案驚奇》卷二二：「公子不揣，各處央人尋頭路。」魯迅《書信集‧致宮竹心》：「現在的學校只有減人，毫不能說到薦人的事，所以已沒有什麼頭路。」

3. 《醒世恒言‧金海陵縱欲亡身》：「我如今另尋一個頭路去做新媳婦……你這妮子做個從嫁罷。」

4. 《初刻拍案驚奇》卷二：「況且是個嬌養的女兒，新來的媳婦，摸頭路不著，沒個是處，終日悶悶過了。」《二十年目睹之怪現狀》第四回：「我看見他面色改常，突然說出這一句話，連一些頭路也摸不著。」矛盾《子夜》十六：「周仲偉一看情形不對，卻又摸不著頭路。」

5. 《再生緣》第十九回：「頭路分開齊似線，青絲巧挽鬢時新。」

6. 老舍《四世同堂》六四：「你要時常廣播，你就會也到大茶樓和大書場去作生意，你就成了頭路角兒。」

7. Taiwanlanguageblog, posted by Chenfra in Uncategorized

007

寬寬仔是，較好禮仔兮

我大姊夫是嘉義民雄人，剛認識他時覺得他台語的腔調讓我大開眼界。嘉義應該是泉州腔，或所謂的海口腔[1]，和我們漳州腔不同。他說的台語有些是在我們台南不太常會用，但卻是很值得我們學習的。

有一次我們幾個人合力要移動家裏一個大櫃子，又大又重不打緊，室內剩餘空間也不大，必須很小心才不會撞到牆壁或其他家具，突然我聽到我大姊大喊著：「好禮啊，好禮啊！」

「好禮啊！」是「好好地」、「小心地」的意思。國語說「小心」，可能是要「當心」或「細心」，台語說「細膩」。例如：「你做事誌[2]愛較細膩咧（你做事要小心謹慎點）。」又如：「行路愛較細膩咧（走路要當心。）」

「細膩」也可以當「客氣」，例：「今仔日這頓我請，你做你食，毋通細膩（今天這餐我請客，你只管吃不要客氣。）」

北京語用字與台語用字常有差異，同字的意思也可能會不同。「斟酌」原來是指倒酒，酒要倒進小酒杯當然要小心，後來用來表示「小心、留意」，例如：「斟酌看才看會出來（要小心仔細看才看得出來）。」又「小斟酌一下，物件不通互人偷提

去（稍微留意一下，東西別被人偷走了）。」「斟酌」也可以用在推敲、了解：「你更去斟酌一下（你再去了解一下）。」（「互」字教育部的建議用字是「予」，但是它應該不是個好的建議。表示「再、又」的意思的台語教育部建議用「閣」，比較好的用法應該是「更」字。）

做事情小心一點、慢慢來，有好多種說法，「慢慢仔是」、「寬寬仔是」、「勻勻仔是」、「聊聊仔是」、「慢慢仔來」。例如叫人不要著急、不要趕，你可以說：「寬寬仔是就好，不免趕緊。」這裡的「寬」唸【官一去】（khoaⁿ）的音，「寬寬是」，真的也不常用了，它最常用的場合是在同桌吃飯你要先行離席時，會跟其他人致意說：「恁寬寬仔是，我先來走！」意思等同「請慢用！」

「勻仔」，慢慢地、小心謹慎地，也會疊字作「勻勻仔」，如：「勻仔食」是慢慢吃、「勻勻仔行」是小心慢慢走。「勻」字本身就有均勻、勻稱、撥出、騰出的意思，就是一個很從容的樣子，跟「寬」都有讓人放心的感覺。「聊聊仔」重點在慢，不要心急。例：「燒茶聊聊仔飲（熱茶慢慢喝）」；「頭路聊聊仔覓（工作慢慢找）。」這些都可以用來表達「慢慢地」的意思。（「找」的台語，教育部建議用「揣」，但是這字是發【規二出】的音，意思是「揣摩」。在《彙音寶鑑》》【檜七出】的兩個字，一個是「尋」，一個是「覓」，基本「覓」語「覓」同，應該才是正確的字。）

我必須承認我第一次聽到「好禮啊」時差點大笑，因為這完全不是上面我所提到「小心謹慎」的說法，而且當時我還聽不

懂！不過，說真的，這是一個很典雅的用詞，有禮，就會小心謹慎、不致粗魯。「好禮啊，好禮啊！」就是要我們謹慎小心，要注意、當心。如果你用心去體會，你會發現這些詞他不但在描述「動作或物體移動的速度」，也含有在「心態上的謹慎或寬鬆」。

台語真的是很典雅的語言！很值得「聊聊仔」體會！

後記。

有個朋友說他是海口人，所以她懂「好禮啊」，可是也很久沒聽過了。有另一位網友說：「寬寬來，你嘛較好禮欸。」這句應該聽過。我慢慢地想起小時候聽過個話：「你好禮加³伊講，伊會聽。」意思是：你好好地跟他說，不要凶巴巴的，他會聽你的。」

本文拼音參考。

漢字	十五音	羅馬字	台羅拼音	台語同音字
膩	居七入	jī	jī	字
匀	君五英	ûn	ûn	云
寬	官一去	khoaⁿ	khuan	款
聊	嬌五柳	liâu	liâu	寮
揣	規七出	chhuī	tshuē	惴
	規二出	chhuí	tshué	髓
覓	檜七出	chhoē	tshē	尋、覓

008
步罡踏斗

　　有一天清晨四點半從台南老家開車要回台北趕上九點的班，經過村子裡金氏道館，看見小金道長正坐在客廳泡茶。我問他怎麼這麼早起？他說他還沒睡。

　　小金道長的父親是台灣知名重量級道長大法師應真道人金登富道長，他法事、書法、紙藝、堪輿和繪畫無一不精，許多知名法師都是他的門徒，但老金道長於2006年在睡夢中辭世，後小金道長承襲老金道長衣缽。

　　每次想到老金大法師，就會想起他辦法事踩七星步的樣子。七星步是降妖伏魔的基本步法，有句成語「步罡踏斗」就是指道士踩七星步禮拜星宿，召遣神靈的儀式。小金道長跟我說「行禹步、踏罡斗」。「行」是「走」，「行」與「踏」是動詞，「禹步」和「罡斗」是名詞。而在「步罡踏斗」，「步」與「踏」是動詞，「罡」是北斗七星的柄，「斗」是北斗星。道士作法必需要腳踏七星步，所以，較早的人就稱道士佈陣施法為「步罡踏斗」。「罡」，【公一求】（kong-1）。

　　踩七星步需要全神貫注，而且非常冗長耗時，因此「步罡踏斗」被引申為排場盛大、有板有眼、煞有其事、使出渾身解數的

意思。

　　也有人將整天忙碌、分身乏術，或者是欠錢無法調度坐困愁城、或是做事不順、到處碰壁不知如何是好，窮於應付卻無濟於事的，用「步罡踏斗」來形容。因此，「步罡踏斗」有兩種意涵，一是「排場盛大、有板有眼、煞有其事、慎重莊嚴」，一是「窮於應付、無濟於事」。現在比較常見的用法是在強調「大費周章，但效果不彰。」

　　「步罡踏斗」太過文言，現在用的人比較少，也常有人只知其音不明其字，或是連音都不是很確定。而如果是講「重看不重用」，比較白話的說法就比較多了，例如：

　　「好頭好面爛尻川」，「尻川」是屁股的意思，這是再白話不過的形容詞了。

　　「澎風水雞刣無肉」，「水雞」是青蛙，青蛙有時肚子會鼓起來，看起來很大，其實裡面都是空氣，台語叫「澎風」，「澎風」通常是指「吹噓」的意思。「澎風水雞」是肚子吹風脹大的青蛙，看起來大實際上只有小小一隻，殺了牠來吃，也吃不到什麼肉。只是「刣」的用法是教育部的建議，「刣」唸【恭一曾】（chiong-1，刮削物也），它的音不對；《彙音寶鑑》用的字就簡單了—「殺」，它有兩個音，其中一個【皆五他】（thai-5，以刀宰物）就是所謂的「刣」。

　　「大厝大海海，餓死沒人知」，住的房子很大，外表看似很富有，但是可能空有房子沒有錢，在家餓死了外面也沒人知道。

　　「豬頭皮熷沒油」，豬油是用豬皮炸出來的，炸的台語是「炙」，但是「炸油」台語是說「熷油」。豬頭皮是缺少油

脂的部位，所以炸不出油，重看不重用。「燪」，【官三曾】（choan-3）。

　　不過，這句話也用在胡說八道後的詞窮。只是這可能是發音近似的誤用，「諓」，【堅二曾】（chian-2），善言也。從言戔聲，一曰讄也。這應該才是「烏白諓」正確的用字。

　　呵呵，從「步罡踏斗」講到這裡，我真的是「豬頭皮燪沒油」了。

本文拼音參考

漢字	十五音	羅馬字	台羅拼音	台語同音字
罡	公一求	kong	kong	公
剑	恭一曾	chiong	tsiong	彰
殺	皆五他	thâi	thâi	──
燪	官三曾	choà^n	tsuànn	讚
諓	堅二曾	chián	tsián	剪

009

瘦更薄板

　　早上在一早餐店吃早餐，聽到老闆和客人聊天，老闆講了一句「瘦更無扮」。這是跟「大碗更滿墘」有著同樣命運的一句話。（請參本冊之037篇〈俗更有力，大碗更滿墘〉）

　　「瘦更[1]無扮」前兩個字沒有問題，就是「又瘦又……」；「無扮」是「沒有樣子」、「不成樣子」的意思。所謂「君子不重則不威」，太瘦了當然不好看！（哈哈！誤。）

　　後面兩個字應該是「薄板」。「薄板」，扁平，形容身材瘦得像木板一樣扁平。例：「伊的身材瘦更兼薄板，敢搬有法（他的身材又瘦又扁平，搬得動嗎）？」另外有一個例句：「你莫看伊瘦更薄板，其實伊誠有擋頭（你別看他瘦巴巴的樣子，其實他很有耐力）。」所以，「薄板」是單純形容外型，跟身體強度不一定有絕對的關係。「有擋頭」是指「有耐力，可以支持很久」。

　　台語有句話「瘦田賢欶水」，意思是「不要小看貧瘠的田地，它可是也很會吸水」，貧瘠、乾旱的田地，由於土壤長期處於乾燥，所以一旦加以灌溉，這個瘦田就會以極快的速度吸收這些水分，而且可以吸收很大量的水。所以這句話通常用來反諷一

個人很瘦，卻食量很大，可以吃很多東西；或者是一個貌似忠厚老實的人，卻汙了一堆錢。有一點「人不可貌相」的味道，看似不起眼，但是需求量大，超過一般想像或預期。

　　太胖會被嘲笑，太瘦也會，倒是瘦子的名號不多，像「瘦猴」、「排骨」，直接的形容詞是「瘦疕疕」或說「瘦卑巴」，例：「這个囡仔腹肚內有蚘蟲，才會飼曷瘦卑巴（這個小孩子肚子裡有蛔蟲，才會養得瘦巴巴的）」。「瘦卑巴」的音與北京語「三比八」相似，所以有人用「三比八」開玩笑。「疕」，音【居二邊】（pee-2，頭瘍也）。

　　胖子就多了。可是古時候的人卻比較喜歡胖子，認為胖比較福相，小朋友胖胖的比較可愛，女人屁股較大的，被認為比較會生小孩，因此胖比瘦好。有句話「家己無肉，怨人大尻川」，這句話是指說「瘦子自己吃不胖，惱羞成怒，反過來笑別人屁股大！」現在也被用來形容能力不足的人，自己不檢討，還見不得別人好。

本文拼音參考 ◆

漢字	十五音	羅馬字	台羅拼音	台語同音字
疕	居二邊	pí	pí	ㄥ、比

註釋
[1]　台語表「又」的意思目前多被寫為「閣」，建議採「更」字。

010
姑不而將

　　在網路上看到一篇文章說「姑不終」的進階版是「姑不二終」、最終進化版是「姑不二三終」，然後問那是甚麼意思。

　　這個詞還有人寫成「姑不二衷」，或「辜不二衷」，還有人說它是「孤不離衷」，甚至是「寡不敵眾」，他舉例說《三國演義》：「周瑜雖得利，只恐寡不敵眾，遂下令鳴金收住船隻。」哈，想像力很豐富！但是它應該是「姑不[1]而將」，所以「辜不二衷」或「孤不離衷」，錯字比例真的很高。

　　我們從「姑不終」的退化版「姑將」開始談起。「姑將」在許多古文都出現過，一般解釋為「姑且將就」。「姑且」就是「暫且」。

　　它的第一個進化「姑不將」是「姑且不得已將就」，是「不得不」的意思。

　　第二個進化「姑不而將」是「姑且不得已而將就」，還是「不得不」的意思，只是多了一個連接詞「而」，基本上沒有差別，都是在表達「不得不」與「無可奈何」的意思。例：「我嘛是姑不而將，你莫怪我（我也是不得已，你不要怪我）。」

　　台語「而」與「二」同音但是不同調，問題是它是連接

詞「而」，不是「二」。因此，不是「姑不二將（章／終／衷）」；既然不是「姑不二將（章／終／衷）」就沒有所謂的最終進化「姑不二三將（章／終／衷）」。有人又說「姑不二三衷」是加強語氣，是比較生動的說法......。「比較生動」是好聽，應該說是「搞笑」。

我不知道這是不是跟陳盈潔有一首台灣流行歌「愛的笑容」有關，它的歌詞寫道：

你敢會來放抹記，當初咒詛來安怎講，講不經別人來中傷。
無疑你會變心，煞來講愛阮是孤不二三章。
這款的感情，何必擱再來勉強，甭講干那你有苦衷。
總講愛體諒，今后的咱隨人找理想，這即是愛的笑容。

撇開這裡面我看很久才看懂的錯字，這「孤不二三章」，我個人真的認為是一個搞笑的說法，當作笑話就算了。但是，「姑不二三將」竟然也被收錄在教育部的閩南語詞典中，我不懂教育部有何「姑不二三將」的理由一定要收錄？

後記 ◆

有位網友補充說「情非得已、非不得已」。謝謝他的補充，這解是更精準而傳神。

對於文章最後提到「我不懂教育部有何「姑不二三將」的理由一定要收錄？」有位網友回應：「過去的人常用就會收吧。」也有人說「從俗」。

基本上我也同意語言是「約定成俗」的看法，語言隨著時代會有變異，自古皆然。我們現在說的跟古時候也有很多差異，更會有區域性的差異，時代巨變更會有大幅的翻新。但是我也認為我們現在說「約定成俗」也不應該「無限上綱」。

俗語有人說「龜笑鱉無尾，鱉笑龜厚皮。」也有人要說成「龜笑鱉無尾，鱉笑龜頭短。」這些就是常見的「約定成俗」，有趣就好，不能算錯。

但是，我不同意「行春」寫成「走春」，不同意「逛夜市」寫為「迺夜市」、「拋拋走」變成「趴趴走」，更不能接受無厘頭的「哩勾共幾拜」、「踹共」等火星文，這是戕害台語的殺手，當流行語玩玩算了還好，被編到國家字典好嗎？

教育部說「尷尬」可以唸成「監介」，我就有點傻眼了，要解釋成「約定成俗」我就認了，但竟然還有「自自冉冉」等於「自自由由」。我不禁想起文天祥正氣歌：「在齊太史簡，在晉董狐筆。」現今文人風骨何在？

網友又表示：「教育部那本辭典的用字是有在做考證的，也有開放民眾提供不同意見，之前有釋出過一份文件回應大家的意見。」

對於這點，我可以確認這位先生也是對台語頗有研究的。是的，教育部對於用字選擇是有許多考量與說明，有很多我同意，也有我覺得可以再討論，但是也有一小部分我個人覺得離譜的，例如「打瞌睡」寫為「啄龜」就是很好笑的，不過這些都是見仁見智，我只是特別無法認同「自自冉冉」和「監介」……

有位老朋友跟我聊到語言變化的事。他說：「有你正本溯

源實在是讓『古語』耳目一新。也讓我又想到英語，所謂正統的英語——Received Pronunciation——上流人士說的、BBC用的，目前在英國使用的人數只有3%。倫敦的勞動階級說的話叫Cockney，以前大家引以為恥，不敢讓人發現自己是Cockney腔。現在反而大家用得很驕傲。雖然說教育上，我們採用『正統的』或是『統一標準的』語言，但是教育只是一顆種子，學生還是在他的生活及工作環境土壤裡成長的。更何況，就像在台灣的英語教育一樣，什麼是統一標準，說不定都還看不見。是美式、英式還是澳洲發音，其實是很有差別。可能老師發錯音，學生聽對音，反而被扣分。早期的『國語』教學，會不會也是如此？畢竟各省份的發音差異應該很大。」

真的，此一時也彼一時也，三十年前我在Birmingham念書時，有一次去剪頭髮讓我很受傷，我聽不懂理髮師在說什麼，她又給我臉色看……。後來有一次我跟我論文指導教授提到我聽不懂理髮師說的話，他跟我說不要在意聽不懂未受教育（not well educated）的人說的話……。

曾經有位朋友問我：你如何確定你說的是對的？是標準的？

我說，我也不覺得全部都有絕對的對或絕對的標準，但是，我們可以從很多研究上發現正確或是比較正確的，也可以發現有明顯錯誤的。問題是難道我們因為可能沒辦法做到100%正確而讓整個台語變成越來越多錯誤嗎？

本文拼音參考。————————————————————

漢字	十五音	羅馬字	台羅拼音	台語同音字
姑	沽一求	ko	koo	菇
辜	沽一求	ko	koo	菇
孤	沽一求	ko	koo	菇
弗	君四喜	hut	hut	忽
二	居七入	jī	jī	字
離	居七柳	lī	lī	濾、利
	居五柳	lî	lî	狸
終	恭一曾	chiong	tsiong	彰
將	恭一曾	chiong	tsiong	彰
章	恭一曾	chiong	tsiong	彰
衷	恭一他	thiong	thiong	忪

註釋 ————————————————————

1　亦有建議「姑弗而將」者，基本上「弗」就是「不」，故是合理的。

011
脹䏧

有位老朋友在Line上跟我聊天，聊了一會兒突然說他女兒在「脹䏧」。要解釋「脹䏧」，讓我們從「氣球」談起。

近幾年台東夏天有個新活動—台灣國際熱氣球嘉年華。我老哥一家人也曾大老遠從台南開車到鹿野湊熱鬧，就算沒有搭熱氣球升空，躺在一望無際的茵綠草地，仰望蔚藍天空中漂浮著五彩繽紛的熱氣球，隨著氣球神遊，何嘗不是種令人心曠神怡的趣味。

氣球，有個很有趣的台語名字叫「雞䏧子」，很多人寫成「雞規子」，建議不要這樣寫。

雞䏧是雞的嗉囊，鳥類食管後段用來暫時貯存食物，是讓食物濕潤、軟化的部位，後端才會接到前胃和後胃，後胃是砂囊，俗稱雞胗。

雞吃了食物，「䏧」會鼓起來，氣球吹了氣會脹起來，「雞䏧子」便成了氣球的台語名稱。

「歕雞䏧」就是「吹汽球」，而除了一般的吹汽球也可以當作「吹牛」的意思。「吹」，台語叫「歕」【君一頗】（phun-1），『「雞䏧」不通「歕」傷大！』意思是「牛皮不要吹太大。」

鳥類若嗉囊發炎可能會有腫脹的現象，稱為「脹䏧」，但

是在台語「脹胿」是用來形容一個人在生氣，這有點怪，並不太合乎邏輯。有另一個說法比較可信：河豚生氣的時候身體會膨脹，冒出毒刺，所以河豚的台語除了叫「吸風魚」也叫「刺鯄」（「鯄」單字就是指河豚）。所以如果是這樣，「脹胿」應該寫成「脹鯄」。台語也有人稱河豚為「鬼仔魚」，應該是「鯄仔魚」誤寫。不過，用「脹鯄」來形容生氣，真的是又傳神又有趣，脹鼓鼓圓滾滾的又有刺充滿敵意，想想自己變成圓嘟嘟的氣球，可能馬上會氣消。

人生不如意的事十之八九，生氣不開心在所難免，因此生氣的詞也比較多，每個也都有些差異：

最口語的說法像「起歹」、「起惡」，都是生氣發飆的意思。「起歹臉」、「起呸臉」，基本上是變臉或翻臉。「心火著」是怒氣上來了。如果是心裡不爽、討厭，可以說「忔」、「忔潲」、「未爽」。「忔」北京語是「恐懼」，台語是「討厭、嫌惡」的意思，與芽、牙同音【嘉五語】（ge-5）。

生氣的人不一定敢把脾氣發出來，或許只能默默地生氣，台語叫「激氣」、「食氣」、「扠氣」，最經典的應該是「釘行[1]」、「起無空」，基本上都是不開心、鬱鬱不樂、不理人、鬧彆扭。

還是回過頭來想一下熱氣球台語怎麼說？「熱雞胿子」？好像有點不倫不類......。有人建議「燒氣球」，有人建議「燒球」，也有人建議「飛行球」，也有人建議「熱氣球」。因為沒有標準答案，所以我也不知道，只是覺得「燒雞胿」很怪，「燒雞胗」呢？好吃！

本文拼音參考。

漢字	十五音	羅馬字	台羅拼音	台語同音字
脹	姜三地	tiù^n	tiùnn	帳
胿	龜一求	kui	kui	規
歕	君一頗	phun	pûn	奔
鮭	龜一求	kui	kui	規
吤	嘉五語	gê	gê	牙、芽

註釋

[1] 這兩字有研究空間。

012
諍王

　　每天都可以看到一堆亂七八糟的新聞，吵吵鬧鬧。平心而論，很多新聞、很多政治人物的發言都是刻意偏頗、故意在製造對立。我本想舉幾個例子，但是怕又引起筆戰，政治問題不是我們這裡所要討論的。但是我還是希望大家能仔細想想台灣需要的是什麼？未來怎麼走才是對台灣以及台灣人民好的？多關心一下世局環境，昨天的新聞：東協已經決議變成東協十六國、越南將與歐盟簽自由貿易協議，未來台灣對外貿易的空間在哪？為什麼大家對這麼重要的事都不關心？講難聽一點，罷韓、報復性罷免、釣魚台，有哪一件比這些事重要？外交不行、外貿不行、內政也不行，每天的新聞只有內鬥，內鬥一把罩，這樣下去，台灣不是在等死，而是邁開大步向死亡加速前進。

　　相信有人會想要跟我爭辯，但是我沒興趣。

　　「爭辯」，台語叫做「諍」，或「相諍」。「諍」在北京語有兩個意思，一是以直言糾正、規勸，如：「諫諍」、「力諍」。《新唐書·卷一六四·崔玄亮傳》：「玄亮率諫官叩延英苦諍，反覆數百言。」另一個是「競爭、爭執」。《戰國策·秦策二》：「有兩虎諍人而鬥者，管莊子將刺之。」「諍」，【更

三曾】（che^n-3，偏執己見，相諍，諍話），但是很多人是說成【梔三曾】（chi^n-3）（同「箭」與「炙」）。

在台語，「相諍」是「爭辯、爭論」。例：「伊是一個相諍不認輸，相輸更不捌贏的人（他是一個跟人家爭論就不認輸，跟人家打賭又不曾贏的人）。」「相諍」還可以用「盤話」、「盤嘴錦」或是「觸嘴」、「諍嘴」來說。

「盤話」，例：「恁兩个更咧盤話矣（你們兩個又在鬥嘴了）。」

「盤嘴錦」是「口角」，在言語上與別人發生爭執或衝突。例：伊足愛偕人盤嘴錦（他很喜歡跟別人在言語上相爭執）。（「盤嘴錦」也當「繞口令」。）

「諍嘴」是「抬槓、爭論」，在言語上與別人發生爭執或衝突。例：「伊足愛偕人諍嘴（他很喜歡跟別人在言語上相爭執）」。

通常，這樣的爭執不會有結果，而且會越講越大聲，大聲爭吵互罵，台語叫「相嚷」。例：「佪兩个佇遐相嚷誠久矣，我互佪吵曷強欲起痟矣（他們兩個在那裡爭吵很久了，我被吵得快發瘋了）。」「嚷」，【姜二入】（jiang-2）。

我記得小時候爸媽爭辯的時候，爸常會唸句：「恁兜服侍諍王！」或說：「你是諍王之王！」真的是很可愛的一句話！

本文拼音參考。———————————————

漢字	十五音	羅馬字	台羅拼音	台語同音字
諍	更三曾	chè^n	tsènn	——
嚷	姜二入	jiáng	jiáng	壤、攘

013
厚屎厚尿

　　某個程度上我認為我的童年缺少了一部分屬於小男孩的樂趣。一般而言女生都在廁所尿尿，至少一定是個隱密的地方；而小男生常常會玩比賽尿尿的遊戲，站在牆壁前看誰尿得比較高，或是站在圍牆上看誰尿得比較遠。可是我沒玩過。

　　小時候還有同伴跟我胡扯，至今印象深刻，他說男生尿尿在女生的尿尿上會引來螞蟻打架，我還呆呆的曾持續一段時間想知道是真是假！

　　一般來說，台語的上廁所是說「去便所」，要大號或小號隨便。只是我搞不懂為何北京語會說「一號」為小便、「二號」為大便？後來在網路上看到一種說法：1950年左右，南京市建康路郵局對面有一間廁所，造型新穎美觀，而正面的牆上寫著「001」，所以人們就把這廁所稱為「1號」，去這廁所方便叫作「去1號」，後來演變成廁所稱為「一號」。

　　然後，上廁所通常會先尿尿再拉屎，所以尿尿變一號，拉屎變二號。（我不知道您會不會相信。）

　　「小解」和「小便」基本上太文雅，很少人台語會這樣說，因為實在不適合用來形容這種讓人舒暢快意的行為，大部分是說

「放尿」，哇！真舒暢。

　　還可以用更「豪放」一點的說法，「旋尿」或「泉尿」。「漩」【觀五時】（soan-5），基本上除了它的原意，有很粗魯的意味，現在的三字國罵「幹X娘」與「駛X娘」，在以前有一個跟它地位不相上下的叫「旋X娘[1]」，倒是現在很少聽到。記得高中時國文韓愈《張中丞傳後敘》有「及城陷，賊縛巡等數十人坐，且將戮，巡起旋。」課本解釋為「繞圈子走來走去」，但是國文老師說「旋」就是小便的意思，課本寫的不對。後來發現汪藻《己酉亂後寄常州使君姪》詩：「草草官軍渡，悠悠敵騎旋」的「旋」也是小便。看來「旋」與「漩」當「小便」是通用的。所以，當時的「國立編譯館」竟也會有錯！（目前已經被修正。）

　　「泉」就特別了。依吳在野先生的研究，《春秋公羊傳》：「濆泉者何？直泉也，直泉者何？湧泉也。」他說「直泉」就是「直直向上激射而出的一道泉水。」又說北京語「噴殺蟲劑」的「噴」，在台語是「泉」，泉字名詞轉動詞，又如我們現在用塑膠水管噴水也叫「泉」。聽起來也有點道理，但是「泉」的發音有【觀五曾】（choan-5，源泉也）和【官五曾】（choaⁿ-5，水泉也）兩個，都是第五聲，但是我們平常說當「噴」用的字的音是【官七曾】（choaⁿ-7）第七聲，而《彙音寶鑑》這個音收錄的是「濺」字，這音才對。

　　小朋友尿床叫做「疶尿」，「疶」與「泄」基本上同字，「疶」有【堅四時】（siat-4）與【瓜四出】（chhoah-4）兩個音），一般發後者的音。腹瀉大便失禁叫「疶屎」；頻尿，小便的次數頻繁叫「厚尿」。例：「你哪會遐厚尿（你怎麼那麼頻

尿）？」

「厚屎尿」或是「厚屎厚尿」並不是真的指頻上廁所，而是指一個人小動作多，做事不乾脆，「慢牛厚屎尿」是說懶惰的牛常常有拉屎拉尿的需求，工作走走停停，後來用來比喻人動作緩慢又毛病特多，藉口多、做事不乾脆。這在北京語也有類似的說法：「懶驢懶馬屎尿多。」

好了，在我去「一號」之前再補充一下，尿完尿身體會打個顫，台語叫「交懍恂」。

後記

有網友補充：「這句用在形容人處事上，比較貼切的可以是『吹毛求疵』。」按個讚！台語有許多四字俗語，用在不同的地方有不同的味道，很有趣！

本文拼音參考

漢字	十五音	羅馬字	台羅拼音	台語同音字
漩	觀五時	soân	suân	旋
泉	觀五曾	choân	tsuân	全
	官五曾	choâ^n	tsuânn	——
噴	官七曾	choān	tsuānn	濺
疵	瓜四出	chhoah	tshuah	錣
	堅四時	siat	siat	設、洩
懍	金二柳	lím	lím	凜
恂	君五時	sûn	sûn	巡、詢

註釋

1　有建議「汕」的說法，但是「汕」音【干三時】（san-3與散同音），毀謗也。

014
清采，量其約

　　跟大部分的人一樣，每天下班回到家都晚了，所以基本上在家開伙的機會不高，都是外食；假日可能比較有多一點的時間，但是家人都會想說在一個星期的胡亂吃後，應該吃一頓好的，所以更一定是外食。問到要吃什麼，常常聽到的答案都是：「隨便！」我相信這也是很多人會遇到的問題，中午同事約了一起吃午餐，問要吃什麼，答案不是「不知道！」就是「隨便！」，但是最討厭的是當有人有提議的時候常常又會有人說：「不要。」

　　哥哥和大嫂在家鄉陪老爸，因為大嫂尚未退休，這一陣子午餐都是老哥在打理。老哥問老爸想吃什麼，老爸都說「隨便。」老爸的想法是不想麻煩，或是看哥想吃什麼他就跟他吃一樣的東西。但是，這樣等於是猴子跑到老哥背上。「隨便」變成一個沒有答案的答案，某個程度上也是一種困擾。但是，從語言來看，台語的「隨便」並不是隨便，而是非常文雅且有禮貌的回覆。

　　「隨便」的台語常被寫成「輕菜」，這應該沒甚麼根據的，只是用近似音亂寫一通。而有一種說法是「請裁」──敬請裁決。只是在語音上並不是那麼符合。

　　楊青矗先生認為台語的「隨便」是「襯採」，因為農業社

會以農田的採收為主要謀生工作，「襯採」是「陪襯採收」而已，工資隨便算，所以叫「襯採算」。有些辭書也收錄了「且採」、「且睬」、「清彩」等等寫法。劉建仁先生認為是「靚彩」，他的理由是：「靚」是青黑色，「彩」是彩色，「靚彩」是青黑或是彩色都好，不計較，所以是「隨便」的意思。不過教育部選的是「清彩」，這兩個字音是對的，但是不知道該如何解釋。「清」，【巾三出】（chin-3，冷清、寒清）或【經三出】（chheng-3，涼也），「剩飯」台語叫「清飯」，冒冷汗叫「流清汗」。有一種說法，跟「清飯」有關，中國人喜歡吃熱食，如果飯菜涼了就要再熱一下，「清采」是不想麻煩，「涼的也可以接受」的意思，超文言、超古典。

台語的「隨便」除了表示「沒意見、都好」之外，也有其他的意思，表示「聽任、任由」的時候，可以用「隨在」、「據在」或「由在」，但是這通常後面會接一個人，例如「由在你」、「隨在伊」。

而表示「約略」之隨便的時候，也可以用「量其約」或「加減」。「量其約」也可以說「量其大約」，挺文言的，但是從小就常常聽到長輩們用這個詞。另外，表示行為鬆散的「隨便」可以說「濫摻」、「濫糝」或「亂使」。寫字或做事隨便，也可以用「潦草」，平易近人、隨和的隨便可以說「客俗」。

由上面的討論來看，不論是哪兩個字，至今台語關於的「隨便」用語可還是挺文言、挺講究的，真的，台語的「隨便」並不隨便喔！

後記。————————————

　　有位網友問說：「『秤採』呢？（我瞎扯的）。個人認為語言/文字的通用，在於方便易懂。「襯採」「靚彩」比「清彩」容易上手。也許教育部認為「清彩」比較精準，這我就真的不懂了。」

　　「『襯採算』有隨便、隨意或只要些許公平、不太計較的意思。」（他還附了一張秤的照片）

　　我跟他說：「其實很多用語不容易考究正確的用字，原因不一，是真的有難度。可是『秤』比較容易有『斤斤計較』的感覺，較不容易有『隨便』的聯想。有句台語歇後語「賣豆菜無攬秤」—亂抓。所以有秤就要好好算了！也謝謝您分享秤的照片！」

　　有讀者回應這位網友：「隨便一詞，我也覺得應是較為ㄩ語化的用語。『稱采（採）』一詞，『稱』心如意『采』取，音義與用法，我覺得也相當符合。『靚彩』等詞，我個人覺得過於文雅，以黑白彩色或是亮暗對比引申，總覺得有點彆扭。『黑白』講、『稱采』講，亂說還是隨便說，還是有差異。『靚彩』感覺比較像是『黑白』。」

　　呵呵，稱心如意倒也滿不錯的，有趣！

本文拼音參考◦ ────────────

漢字	十五音	羅馬字	台羅拼音	台語同音字
襯	經三出	chhèng	tshìn	搢、秤
清	巾三出	chìn	tshìn	稱
	經三出	chhèng	tshìn	搢、秤
摻	甘二時	sám	sám	摻

捘跲覅

　　有個客戶在巴拉圭，上個月有一批貨要出，一會兒說要走貨櫃、一會兒說要走汽車船，一會兒說要從智利進再走內陸，一會兒說要從巴西進再轉內陸河，突然又說目前是枯水期，搞了半天同事嘆了口氣說：「車跋反！」

　　方瑞娥有一首歌《風中燈》：

　　　　以前你偕我的感情，堅定無人通比評。
　　　　如今可比風中燈，不知何時失光明。
　　　　初戀的情景，猶原浮在我目前，誰知你就僥心來反型，
　　　　要講講未清，要想腳手冷，害我害我心肝車跋反

　　「心肝車跋反」，甚麼意思？我們先看「車跋反」。

　　「車跋反」基本的意思的「翻跟斗」，而翻跟斗的台語還有幾種說法，像「拋捘輪」、「捘輾斗」、「捘畚斗」和「反狗仔」。

　　將「車」寫為「捘」是有點問題，「捘」本來就是個錯字，是「拽」寫錯的結果，後當牽引、拖曳之意。這個字或許用本冊

之030篇〈各秘〉提到的「撽」要好些。

小時候常常玩翻跟斗，這種遊戲不是前滾翻，而是側翻，身體和手腳打直，側向讓一手掌著地後換另一手，身體轉一圈後腳再著地，所以四肢就像車輪輪幅轉一圈。一般稱「拋車輪」或是「反死狗仔栽」。「反死狗仔栽」應該是從「反狗仔」和「栽跟斗」來的，當時只會跟著同伴唸，真的都不知道是啥意思，更遑論怎麼寫。但是「反」音【觀二喜】（hoan-2），有人建議用「豽」，但是它唸【觀五喜】（hoan-5）。

北京語「跌倒」，教育部建議用字是「跋倒」，但是「跋」基本上是「走路」，我們說「跋山涉水」，跌倒了怎麼前進？這不合邏輯。有人建議用「仆倒」，有人建議用「踣倒」，字典中「仆」唸【江四頗】意思是「物反也」，而唸【龜三喜】的時候意思是「僵也，同踣」，基本上這兩個字相通，我比較建議用「踣倒」。而「反」這個字也是教育部建議用字，台語唸【觀二喜】（hoan-2），不同於教育部的建議，多數研究台語學者建議「翻」字，意思是「翻，傾覆」。

父親說古時候的人唸三字經、識時賢文或古文，都是先背起來到長大才會懂意思，這好像是有點雷同。就如劉福助先生有一首歌《尪親某親老公婆仔咧拋車輪》裡的歌詞：

少年瘋娶某，無某真艱苦。
清清采采[1]娶一個某，人講一個某，較好三個天公祖。
……
我勸莽動少年家，至親父母是咱的，

旮親某親，是父母應該更較親，

不通放老公婆仔，咧拋車輪。

問題來了，如果「拋車輪」是翻跟斗，那麼最後一句歌詞是怎麼解釋？

施如芳改編姚嘉文歷史小說「臺灣七色記」之一的《黃虎印》所做的歌仔戲劇本《黃虎印（The Seal of 1895）》有一段對話：

太　平：你是講，天地會的兄弟真的要去衙門搶庫銀哦？

長短腳：噓（左右觀瞧）！那六十萬兩的庫銀是百姓的血汗，不能讓清朝官搬回去唐山。總講，先將庫銀搶到手，日本若敢看咱無，天地會也會招兵買馬跟他們拼！

太　平：（嘟噥著）拼？看一個影就生一個子，日本人又不一定會來這？（突然想起）

　　　　對啦對啦，長短腳叔，聽講廣東有人起事，要讓朝廷車跋反[2]呢。

長短腳：哦，你聽誰講的？

太　平：我的頂司，掌管巡撫印信的監印官許大印許先生呀。

劇本這段對話底下有個附註：「車跋反：翻天覆地，即推翻朝廷的意思。」在了解這意思之後再來看劉福助《旮親某親老公

婆仔咧拋車輪》的歌詞就清楚了，不是玩翻跟斗的遊戲喔。很重要，我們一起唱三遍：

「至親父母是咱的，尪親某親，是父母應該更較親！不通放老公婆仔，咧拋車輪。」

本文拼音參考

漢字	十五音	羅馬字	台羅拼音	台語同音字
車	迦一出	chhia	tshia	奢
捙	迦一出	chhia	tshia	奢、車
跋	瓜八邊	poah	puah	鈸
仆	江四頗	phak	phak	覆
	龜三喜	hù	hù	富、覆
踣	龜三喜	hù	hù	富、覆
反	觀二喜	hoán	huán	返
耍	經二邊	péng	píng	炳、秉
拋	瓜五邊	poâ	puâh	——
	交一頗	phau	phau	胞
捽（拽）	堅四時	siat	siat	疶、設

註釋
1 「清采」為「隨便」的意思，請參本冊之014篇〈清采，量其約啊〉。
2 原文寫為「車跋反」。

016
侵門踏戶

　　幾年前的新聞：有個男子在高雄一家飲料店前的公車站牌等車，因為下雨而到騎樓避雨，卻遭騎樓內飲料店老闆驅趕，過了幾天該男子再前往飲料店理論，店老闆說他「侵門踏戶」，該男子遂告老闆公然侮辱。店老闆上警局不斷喊冤，他表示不認識該男子，民眾候車不會影響他做生意，也未對民眾做出驅離動作，而說出「侵門踏戶」只是強調立場，完全沒有污辱的意思。後來警方認為台語「侵門踏戶」屬於一般用語，解釋意義因人而異，認定犯罪確有困難，但警訊後仍依公然侮辱罪嫌送辦。

　　「侵門踏戶」有很清楚的意思呀，解釋怎會是因人而異？或許台語都被忘了⋯⋯。網路上有一篇貼文「證明了」有些人是搞不太清楚，它說：『常常在新聞看到或聽到新聞標題、內文會使用到「侵門踏戶」這個四字語詞，但這是閩南語啊，新聞打的大多都要是國語或是教育部規定的成語吧？（還是我思想太狹隘）好像自從某集康熙[1]還什麼綜藝節目以後「侵門踏戶」就是成語了，明明就是「登門入室」啊！！！抱歉，有點激動了。只是很擔心年紀小的閱聽人會被誤導。』

　　不好意思，對這貼文我有些不一樣的意見。首先，新聞寫的

為什麼一定是要教育部規定的成語？有的東西教育部沒有收錄，教育部有收錄的可能也不一定是對的。其次，教育部的字典應該是「建議」，不是「規定」。另一方面，「康熙」在節目講一講就可以變成成語，它比教育部大？呵呵，不會吧。第三，這位先生所說的「登門入室」，正確的說法應該是「登堂入室」或「升堂入室」。古代宮室的前廳為堂，堂之後為室。「登堂入室」是指登上廳堂再進入內室，用來比喻學問或技能由淺入深，循序漸進，達到了高深的地步。而如果是「登門入室」，反而是較非正規的成語，它的意思是指能跨過門檻進入室內，比喻私人關係很好。這跟台語的「侵門踏戶」是不同的，唉，先生，人家沒有錯喔，是您誤導閱聽人了！

台語「侵門踏戶」是指不經過主人同意就踩在人家門檻進到人家屋內，是對主人不敬的舉動，這句話通常是在描述不懷好意登門挑釁，存心來找碴，或登門興師問罪的舉動。以前的房子進門前要跨過門檻，門檻的台語是「戶碇」，但是現在的房子「戶碇」是不明顯或是沒有的，而且大部分的飲料都是外帶型，客人會在騎樓，台式建築中騎樓[2]卻又是屬公共區域，因此，該男子到底有沒有「侵門踏戶」可能是需要客觀判斷的，這樣才能決定飲料店老闆用「侵門踏戶」的字眼有沒有過分。

只是因為這樣的事情回去找店家理論又弄上警察局應該沒這必要。警察說「侵門踏戶」的解釋因人而異，這我並不太同意，我猜警察局也是隨便找個理由，好讓法院去處理。

後記。

網友回應:「侵門踏戶,個人覺得在這個案例,比較接近國語的『得寸進尺—越界了』,而不是網路常查到的,登堂入室,因為登堂在壞的意涵方面是有先被邀請的才推展後續,而其實原意則是在學習有程度的形容。倒是警察連台語都不懂,真是台灣人的悲哀。當年可笑的在學校講國語罰5塊,真是黨國大中華遺害後代。」

我現在擔心的是目前台語教育的不足,還有很多媒體寫的都是錯的......

註釋

1　「康熙」是2004年至2016年播出的台灣談話性節目「康熙來了」的簡稱,由蔡康永和徐熙娣兩人主持,節目名稱各取自兩位主持人中間名字而得。在兩岸三地的演藝圈一直保持著高話題性和‧定的影響力,為台灣長壽且最具代表性的談話節目。

2　騎樓台語叫「亭仔腳」或「店亭仔」,這是台灣建築滿特別的地方,目的是為了服務過路人規定的建築規範,屬公共空間。

017
歇熱歇寒

　　已經進入六月了，再不久就要放暑假，但是不知道今年
COVID-19（新冠肺炎）會不會影響到放暑假的時間。我在汽車
公司上班，我們也放暑假，這點頗讓朋友羨慕，我們放假是因為
許多人不喜歡在農曆七月買車掛牌，所以這是汽車業的淡季，但
是我們都會說的好聽一點，說是機器設備的歲修，我們稱暑休。
以前的暑休比較爽，可以長達二周，現在只剩下一星期，唉，聊
勝於無。

　　學校放暑假、寒假，現在台語也叫暑假、寒假，我們小時候
叫做「歇熱」、「歇寒」。我記得有一年剛出嫁的二姊回家，隔
壁阿姨說：「你返來歇熱喔！」我覺得好奇怪，二姊又不是在學
校的老師，放什麼暑假？而且離暑假還早。

　　事實上是我錯了！

　　原來「歇熱」是台灣的習俗，給嫁出去的女人回娘家的機
會。過去出嫁的女兒是不能夠隨便回娘家的，因為家裡就會少一
個人手做家事，就連過年也都是在年初二才能回去，還說初一回
娘家會帶給娘家霉運。因此為了讓嫁出去的女孩子有回娘家的機
會，有人發明了一個「歇熱」的名義，讓她們可以回家，通常也

都會帶個「伴手」、「等路」，讓兩邊親家開心。所以是我自己不懂，不是隔壁阿姨搞不清楚狀況。不過，一般習俗，出嫁的女孩只有「歇熱」，沒有「歇寒」。

新嫁娘的歸寧習俗也是頗複雜的，歸寧就是回娘家，一般稱「回門」或「作客」。古時候歸寧是在新婚後第三天由母舅邀請回女方家，稱「三朝回門」，不過現在的「歸寧」通常是在新婚的隔天，就南部的習俗來說，第一天是男方宴客，第二天女方宴客，算是歸寧宴。

我記得我哥和我大嫂結婚的時候，歸寧宴是中午，等到賓客都離席後，我哥哥牽我大嫂走到她家門外再回來，他們叫「做二擺客」，「擺」是「次」的意思，台語的「這擺」是「這次」，「下擺」是「下次」，估計以往應該是有「規定」新婦要多久回娘家一趟。我覺得這也滿有趣的，「做客」本來是要給嫁出去的女兒有回娘家的機會，結果變成一種形式，也把這樣的「機會」平白浪費掉了。

還好，現在交通便利，民風也開放了，隨時隨地都可以「歇寒」、「歇熱」，我二姊離家近，三天兩頭回家，現在也不冷，也不熱，不知道要稱為歇啥？

後記 ◆ ─────────────────────────

有位先生回應：「『下次』都常講『後擺』啦！」
是的，完全正確！

本文拼音參考。

漢字	十五音	羅馬字	台羅拼音	台語同音字
歇	監四喜	hiat	hiat	血、丟
	茄四喜	hioh	hioh	——
	更四喜	heh^n	hann	嚇
擺	皆二邊	pái	pái	——

018
鋤頭管畚箕

外婆的房子旁邊有塊地，呼呀呼呀喲！（抱歉！唱錯了！）

外婆的房子和我老家在同一個村子，距離大約二、三百公尺，那房子的隔壁有塊地，爸媽在秋冬季都用來種菜、豆子、番茄，主要是打發時間和當作運動。夏天不種的原因是蟲害嚴重，葉子都會被菜蟲吃光，爸媽又堅持不用農藥，加上天氣熱，所以夏天休耕。但是到了秋冬要開始種菜的時候，就要費很大的勁除草，這時，你就會深刻體會「始知盤中飧，粒粒皆辛苦」。

有時候回家會去菜園玩，跟爸媽一起除草，台語叫「薅草」。「薅」【高一喜】（hə-1），拔去田草。《詩經周頌良耜》寫道：「其鎛斯趙，以薅荼蓼」。這又一次證明台語的源流。只是我們現在都唸走音，唸成【交一去】（kau-1）。

但是遇到「土香（杜香）」，你不能用「薅」的。「土香」學名叫「香附子」，別小看它小小一棵很好欺負，它難纏的是地下莖和塊莖，如果你只是把地面上看得到的葉子「薅」掉，很快地它會再從塊莖冒出新葉來，因此對付「土香」要一鏟一鏟地挖，循著葉與細細的地下莖，找到塊莖，把塊莖除掉，否則，不是「春風吹又生」，而是只要下個雨有水分，不出幾天它就會再

冒出來。

　　有一次我要去幫忙除草，爸反而說不要鏟，他說用鏟地太慢，要用鋤頭「撨」。「撨」的動作是水平地刮掉上層，而用鋤頭由上而下地「鋤」台語叫「掘」。由於雜草太多，先把地面清乾淨，用鋤頭「撨」平，待土香長出來再處理。「撨」，【官二他】（thoaⁿ-2）。「掘」，【君八求】（kut-8）。

　　鋤頭使用的方法還很多，有一種叫「拱」，是把植栽旁的土撥靠攏，有利於植物長高，這對玉米就很重要。「拱」，【經二求】（keng-2）。其他的我還不會，我是拿筆的，不善於拿鋤頭，改天學到了再跟大家分享。

　　台語有句話，「一枝筆比鋤頭較重」，或是「舉筆，比舉鋤頭重」，意思是「鋤頭還拿的動，但是拿一枝筆卻動不了」，比喻「學問不足，沒辦法寫東西。」

　　與鋤頭相關的俗諺常常跟畚箕有關，例如：「上司管下司，鋤頭管畚箕」是嘲諷一個管一個；「鋤頭不顧顧畚箕」是說「不把重要的鋤頭看顧好，卻去顧不重要的畚箕」，意指「不知權衡輕重、先後」。

　　「三鋤頭，二畚箕」，指做事草草了事。鋤頭挖三下就裝滿兩畚箕要挑走？擺明就是畚箕裝得不夠滿，太過隨便。不過有人說「講着話，三鋤頭兩畚箕」是指「講話很乾脆，兩三句不拖泥帶水」，其實某個程度上也對，但是重點是過於簡略。

本文拼音參考。 ────────────────

漢字	十五音	羅馬字	台羅拼音	台語同音字
薅	高一喜	hə	ho	蒿、呵
撑	官二他	thoán	thuánn	──
鋤	居五地	tî	tî	──
	居五他	thî	thî	苔、雄
掘	君八求	kut	kut	滑、倔
拱	經二求	kéng	kíng	景、竟
	恭二求	kióng	kióng	共、襁

019
撈落撈落仙草冰

　　有一天早上陪爸到對面國小操場運動，村子有些人在做「返老還童功」，其中有位阿姨快九十了，身體健康、耳聰目明，而且身手靈活。練完功大家在聊天，她說她看見村裡有位女孩一大早在蘆筍園穿梭採蘆筍，很難得還有這樣的年輕人肯從事這樣的勞力工作，她本想幫這女孩做個的媒人，但是這女孩說她不一定需要嫁人，所以她只好打消這念頭，不要「撈這个情事」。

　　「撈」的台語唸【高五柳】（lo-5，沉取曰撈），也唸【膠七柳】（la-7，沉取也）。她的解釋與北京語是相同的，但是在【膠七柳】（la-7）的音的時候，台語通常是當「攪拌」的意思用，例如水加糖或蜂蜜要先「撈撈兮」才會比較快溶解、均勻，但是這個動作並沒有「取物」的意思，單純是「攪拌」。或許是因為這樣，教育部建議用「抐」這個字，但是「抐」的意思是「按物於水中」，跟攪拌也不一樣。

　　「攪」音【嬌二求】（kiau-2，亂之也，手動也，擾攪也）。「撈」或「抐」與「攪」的差別在與黏稠度，前者是通常是液態的，雖然炒菜的時候也可以用（例：菜去抐抐咧，無會臭火焦。）一般而言，「撈」或「抐」用於液體或比較隨意的攪

拌，而「攪」通常是比較黏稠的，目的在拌勻。若是粉狀的，例如要混合沙子和水泥，或是和麵粉，則用【嬌一出】的音，倒是這個音台語字典收的是「搜」，翻箱倒櫃找東西，叫「搜」。

「抐」有「吵鬧、生事」的意思。例：「吵家抐宅（自己內鬥）。」也有「挑起、攪和、慫恿」的意思。例：「你實在誠愛抐事誌（你實在很愛引起事端）！」小時候有時會看到小朋友打架，旁邊會有好事起鬨，他們會說「抐落！抐落！」我想起一句話：「抐落！抐落！仙草冰。挖落！挖落！番薯牀[1]！」這真的是在胡亂攪和！

阿姨說的「撈這个情事」跟上述「吵家抐宅」的用法接近，基本上就是「不要亂攪和」的意思，阿姨就不要想「吹皺一池水」了，只是我怎麼覺得這話好文言。

本文拼音參考。——

漢字	十五音	羅馬字	台羅拼音	台語同音字
撈	膠七柳	lā	lā	——
	高五柳	lô	lô	勞、羅
抐	膠七柳	lā	lā	
攪	嬌二求	kiáu	kiáu	賭、皎
搜	嬌一出	chhiau	tshiau	超

註釋 ——
[1] 「牀」意思是「床」，有建議用「朋」的說法，可以參考。並請參考本冊之055篇〈二牀四片八周〉。

020
淌淌滾

　　2019、2020這兩年的選舉，除了韓國瑜、龍介仙、館長陳之漢、村長詹江村、文山伯等聲名大噪，還有一位人稱「強強滾大哥」的阿誌也非常紅。為了製造「衝突性對比」，每次他上節目都會被介紹為「前民進黨資深黨員、陳菊競選麥克風手」。他以前一定是一位競選造勢場的氣氛塑造高手，每次都能把場子吵得很熱，讓群眾熱血沸騰，所以被稱為「強強滾大哥」。

　　「強強滾」是台語，一般而言也只會用台語發音。多數的解釋是說：「原意是指熱水持續沸騰，後來用在形容氣氛熱烈或人潮洶湧」。其實，「滾」在華語有兩種用法，一是大水奔湧翻騰的樣子，例如「滾滾長江東逝水，浪花淘盡英雄」、「滾滾紅塵」；另一種是液體沸騰，例如「水滾了」。所以不論是哪一種意思，都符合用來形容氣氛熱烈的情境。喔，還有一種：「滾！」

　　大部分的人說「強強滾」的「強」是狀聲詞，單純是用來模擬聲音，就像「嘰哩咕嚕」或「嘎嘎叫」。但是如果是狀聲詞，應該是用「聲音」接近的字呀，問題是「強」的好幾個發音沒有一個是我們講的「ㄑㄧㄤˇ」、十五音是【姜三出】

（chhiang-3）的音。

也有人說「強強滾」可能是源自廟會熱鬧的狀況，鑼鼓喧天。銅鈸的聲音正是「ㄑㄧㄤˇㄑㄧㄤˇ」，所以可能是「鏘鏘滾」，但是「鏘」音【姜一出】（chhiang-1），音調不一樣，而且「鏘」的意思是「金玉之聲」，金玉和鳴應該是悅耳的，不適合混搭「滾」字。

《彙音寶鑑》中唸【姜三出】（chhiang-3）的字其中有一個是「淌」，「水勢大波貌」。「淌」的北京語有兩個音，「ㄊㄤˇ」和「ㄔㄤˇ」，後者是「水流動泛起波紋的樣子」。我認為如果「滾」取「大水奔騰翻湧」的意思，「強強滾」應該寫成「淌淌滾」，而且這樣的「淌淌」是有實際意義的，不單是狀聲詞。後來也找到一些文章有相同的看法，因此，「淌淌滾」應該是比較適合的用法。

北京語「水開了」變「開水」，加熱用「燒」，加熱完，燙的，叫「熱開水」，涼的叫「冷開水」。

台語則是「水滾了」變「滾水」，加熱是「燃」，加熱完，燙的，叫「燒滾水」，涼的叫「冷滾水」。

某個程度上我還是覺得應該稱讚一下台語，「滾」字合理多了，水要如何「打開」？開水龍頭？「開水」是指煮過可以喝的水，還是打開水龍頭的動作？台語就不會有這樣的困擾。

快投票了，今天的造勢活動不管「強強滾大哥」會不會到場，相信每個候選人的競選團隊都會大力動員催票，每個造勢場合必然一片「淌淌滾」。

本文拼音參考。————————

漢字	十五音	羅馬字	台羅拼音	台語同音字
強	姜二求	kiáng	kiáng	襁
	姜五求	kiâng	kiâng	強
	恭五求	kiông	kiông	窮
鏘	姜一出	chhiang	tshang	娼
淌	姜三出	chhiàng	tshàng	倡

021
鉛筆觳仔

　　小學時候的鉛筆盒可是一件很重要的寶貝，因為它是屬於你自己的東西，大家雖然都有，但是每個人的都不一樣，有的人的鉛筆盒裡面裝的東西可能會包含鉛筆屑，是的，削鉛筆剩下來的鉛筆屑。

　　鉛筆盒台語叫「鉛筆觳仔」、「鉛筆篋仔」、「鉛筆盒仔」、……。

　　「觳」當形容詞是「恐懼」，例如「觳觫」；當名詞是「裝米或液體的小量杯」，例如「水觳仔」是「小水瓢」、「齒觳仔」是「漱口杯」；也可以當「小盒子」，例如「紙觳仔」；紅豆餅我們小時候叫它「觳仔粿」；還有一個常用的，煮飯的時候量米的單位叫「觳」，例如「煮三觳米」就是「煮三杯米」，但是現在很多人都用「杯」。「觳」在台語字典的音是【干八喜】（hat-8）與【江八喜】（hak-8），但是一般口語說的是【公四去】（khok-4）的音。「篋」，【兼四求】（kiap-4），「盒」，【甘八英】（ap-8）。

　　小學時同學的鉛筆盒大部分都是硬塑膠做的，一個底座加上一個蓋子，樣式簡單，紅的、黃的、綠的、藍的。後來有比較豪

華的，PV材質包覆，上面印有卡通圖案，側掀式的，蓋子靠磁鐵吸附。（「磁鐵」台語叫「吸石」）後來還有雙面開的，甚至做到A5的大小，還有隱藏小抽屜，大家都很羨慕有這種鉛筆盒的同學。

鉛筆盒放的當然是文具，包括鉛筆、小刀、橡皮擦和尺。這些東西的名稱都很單純，小刀通常叫「鉛筆刀仔」，鉛筆就是鉛筆，尺就是尺，只有橡皮擦會有好幾個名字，基本上因地區而異，有人說「拭仔」（或「樹奶拭仔」），有人說「拊仔」，有人說「擦仔」（或「鉛筆擦仔」），有人說「撸仔」（或「冊撸仔」）。

「拭」，音【巾四出】（chhit-4），拭、刷、潔的意思。

「拊」，音【龜二喜】（hu-2），循、擊的意思。

「擦」，音【干四出】（chhap-4），摩的意思。

「撸」，音【龜二柳】（lu-2），打磨金屬的意思。

這四個字有類似的意思，而且都是動詞，加了「仔」，動詞轉名詞。

鉛筆的色彩比較多，除了各種不同的花色圖案，有的鉛筆還有香味。如果你用削鉛筆機削鉛筆，可能會削出一條長長捲捲的鉛筆屑，有同學會把這鉛筆屑留下來放在鉛筆盒當芳香劑。

有人的鉛筆盒還會放一種東西：彩色玻璃紙絲。小時候的月餅是用玻璃紙包起來的，裡面夾了一張圓形的紙，畫或寫這個月餅的口味。然後放在一個襯著不同顏色玻璃紙絲的紙盒中。這種晶晶亮亮捲捲的玻璃紙絲常被小朋友拿來放在鉛筆盒中當裝飾物。說好聽一點，這玻璃紙絲增加美觀，減少鉛筆震動，可以避

免削好的鉛筆心斷掉，說難聽一點，加上鉛筆屑，整個鉛筆盒裝的垃圾比是真的文具多......

後記。————————————————————————

有人問：「有沒有人聽過『石拭仔』？」沒有人回，我也沒聽過......

本文拼音參考。————————————————————————

漢字	十五音	羅馬字	台羅拼音	台語同音字
篋	嘉四去	keh	kheh	客
殼	干八喜	hat	hat	—
	江八喜	hak	hak	斛、學
	公四去	khok	khok	擴、廓
拭	巾四出	chhit	tshit	七
拊	龜二喜	hú	hú	甫、府
擦	甘四出	chhap	tshat	漆
	瓜四出	chhoah	tshuah	鑷
撸	龜二柳	lú	lú	—

022
食話

　　這幾年軍公教年金改革引起軍公教人員的不滿，但是絕大部分的人不清楚事由而撻伐軍公教人員，讓軍公教無辜地背上汙名。說起18%的由來，你到網路上去查，可能會看到：「政府為了照顧退休軍公職人員（其實是一部分的人），從1960年開始，提供一次退休金的優惠存款利率，當時的計算方式是『一年期定存利率+50%』。……1973年，石油危機爆發。台灣面臨通貨膨脹的壓力，貨幣購買力下降，因此隔年，政府讓退休公務員、教師與軍人的公保、軍保養老給付也加入優惠存款，用意在於『維持退休軍公教人員的購買力』，避免因通膨壓力而快速花掉一次性養老給付。」

　　表面上看起來是「政府為了照顧軍公教人員」，事實上是：「政府先跟軍公教人員借錢的交換條件」。怎麼說？

　　1974年台灣推動十大建設，政府錢不夠，因此透過國外借款和發行公債來支應，在1973年石油危機的狀況下，政府無法負擔軍公教人員薪資調漲，另外也希望退休人員把錢存在銀行，政府允諾的是用優惠存款利率來補償。

　　隨著時代環境的演變，利率大幅降低，以致有年金改革的

問題。由於認知不同，一般人認為不應該給軍公教這樣優渥的條件，但是軍公教卻認為這是政府允諾的對價。倒是台北市長柯文哲說這是政府背信於人民。「背信」台語怎麼說？

羅時豐有一首陳百潭作詞作曲的「買醉」，歌詞有：

> 買醉，是為着愛情不如意，一時才來想未開。
> 你明明知影，阮未當無你，也是僥心做你去。

「僥心」是變心，「僥」【嬌五英】（iau-5）或【嬌五語】（giau-5），「僥」是「反」，台語用「僥反」或「反僥」當作是爽約、背信。例如：「照咱的約束，希望你不通反僥（依照我們的約定，希望你不要反悔）。」也可以用「失約」、「背信」、「後悔」、「反悔」、「想退悔」，而這裡有些詞也可以用在單純是自己心裡後悔，不一定有背信的行為。「僥蟶」（hiau-than），倒是比較特別，是指木板或紙板等平狀的物體，因潮溼或乾燥而翹起變形。例：這答會洩水，貼佇頂頭的紙久來就會蒜蟶（這個地方會滲水，日子一久貼在上面的紙就會翹起變形。）也做「蒜蟶」、「翹坦」，也被用來當作「背信」。對於教育部以上的建議，我有很大疑問的是「蟶」，牠是一種雙殼綱貝類，在這真的不知道要如何解釋！它唯一合理的是發音。我倒覺得同音的「傲坦」字要更加適合。「傲」，【嬌一喜】（hiau-1），掀也；「坦」，【干一他】，（than-1），土崩曰坦也。

國語有「食言」的用法，成語「食言而肥」出自左傳：

「是食言多矣，能無肥乎？」台語則是說「食話」，「伊足賢食話。」是指他這個人很不守信用，言而無信。不過，在英文裡「eat my words」則是指「我承認錯誤，收回先前說的話」，中文跟英文不一樣。

小時候吃飯講話，就會被唸「食飯配話」，把話當作是配菜。話當然不能吃，吃也吃不飽，但是「食飯配話」可能有助於吃飯的心情，幫助消化，我覺得很好呀！

後記 ◆

這篇在FaceBook上差點引起爭端，有人看了說：「建議不要帶入政治性議題，維持單純的台語學習。改變調整不合時宜的政策，豈能當做政府反悔背叛來論述？那人民是否也能說政府背叛公平照顧人民的職責呢？」

有人緩頰說：「有沒有帶入政治性的議題，有時也端看我們有沒有用政治的眼光去看事事物物，若不帶任何論斷，則應是事事可談，事事與台語有關。放輕鬆吧！」

我的回應是：「台灣人普遍政治參與度高，我試著從生活中擷取靈感，寫到與政治相關在所難免。

不可否認，這是有爭議的問題，我也同意這裡以台語為主，因此，對於前一則與您對政治相關的看法，小弟就都不接續回應。」

不過，還是有人不平：「政府的僥反在無恥政客、名嘴掩護下變成理所當然的護國行為，當下又有多少人民願意去了解原由。一句不要把債留子孫就可以讓一堆酸民找到撻伐的好理由。」

哎呀！我不知道怎麼接了，只討論台語......

本文拼音參考◦ ───────────────────

漢字	十五音	羅馬字	台羅拼音	台語同音字
僥	嬌五英	iâu	iâu	遙
	嬌五語	giâu	giâu	堯
傲	嬌一喜	hiau	hiau	梟
坦	干一他	than	thuan	癱

023

倚豬椆死豬母

　　2020總統選舉後，有位朋友在Facebook上貼了一句台語俗諺：「靠山山倒，靠海海涸，靠豬圈死豬母，靠兄死兄嫂。」他後來又問：「靠近的台語說「ㄨㄚ第二聲」，應該怎麼寫？」我們聊聊這句話。

　　我們比較常聽到的是北京語發音的「靠山山倒，靠樹樹倒，靠自己最好。」台語也有人這樣說，而且也有押韻。不過比較常聽到的是「靠山山倒，靠海海涸」。

　　「涸」【高二去】（kho-2，水名），「涸」【公四喜】（hok-4，水竭也）。就意思來說應該是「涸」，但是就讀音來說應該是「涸」，這個部分就留待專家驗證了。

　　至於朋友的問題「靠近」的台語說「ㄨㄚ第二聲」，應該怎麼寫？「倚」有三個音，【居二英】（i-2，依也，恃也，偏側）、【居一求】（ki-1）以及【瓜二英】（oa-2），【瓜二英】音義都符合，這也是教育部建議用字。有人建議用「偎」，但是「偎」讀作【檜一英】（oe-1），音雖然有點近似，但是「偎」的意思是「愛」，「倚」才是音義都符合的字。

　　接下來，豬圈，有人用「豬牢」，亡羊補牢，「牢」養牛

馬圈也;它的另一個意思「堅固」,因此,有人把抱緊寫「攬牢牢」,擋不住寫「擋未牢」,有的字典的「牢」有(tiau-5)的音,但是有的(如《彙音寶鑑》)就沒有。其實原本又有一個字「椆」,音【嬌五地】(tiau-5),意思是「畜椆」。我在想,這兩個字或許在某個時代有被誤用,因為從造字的原理來看,「牢」才是關牲畜的地方。這裡,我先用大家常用的「豬椆」。又,最後一句不知道是不是我朋友的創意,我是覺得不太好啦......

講了半天,結論是或許寫成「倚山山倒,倚海海洘,倚豬椆死豬母,倚兄死兄嫂。」比較適合。

我的朋友在Facebook貼這個俗語是要讓人猜看這個「掃把星」是誰,但這不是我們的重點。「掃把星」有人稱他為「衰尾道人」,但他應該是民國六十年代六合三俠傳布袋戲裡的人物,是個新名詞,而且它比較像是自己倒楣,而不是帶來霉運的人。還有一種說法是「白跤蹄」,據說三國時代劉備的坐騎有白色的腳蹄,後來劉備命喪白帝城,故有人認為白蹄動物為不祥。不過都是穿鑿附會啦,不要信以為真。

本文拼音參考◆────────────────

漢字	十五音	羅馬字	台羅拼音	台語同音字
涸	公四喜	hok	hok	霍
洘	高二去	khó	khó	可、考
倚	居二英	í	í	以、椅
	居一求	ki	ki	饑、居
	瓜二英	oá	uá	瓦

漢字	十五音	羅馬字	台羅拼音	台語同音字
偎	檜一英	oe	ui	鍋、瘞
牢	高五柳	lə^	lô	勞
牢、稠	嬌五地	tiâu	tiâu	條、潮

024

好佳再

「甘願賣祖公產，不願阿娘的話烏白擲。」

台灣話運動的先驅黃石輝先生說：「你是臺灣人，你頭戴臺灣天，腳踏臺灣地，眼睛所看的是臺灣的狀況，耳孔所聽見的是臺灣的消息，時間所歷的亦是臺灣的經驗，嘴裡所說的亦是臺灣的語言，所以你的那枝如椽的健筆，生花的彩筆，亦應該去寫臺灣的文學了......。」「用臺灣話做文，用臺灣話做小說，用臺灣話做歌謠，描寫臺灣的事物......。」

但是「用臺灣話做文」，坦白說，現在對大部分的人而言這是困難的，連閱讀與口說都會有障礙，更何況寫？簡單來說，如果用學英文來對照，大部分年輕人「單字／字彙」貧乏，只能造簡單的句子，要寫整篇文章真的是一件困難的事。我們目前能做的，也只是設法先將單字補起來。有朋友說台語有很多不可考，教育部編的東西錯誤百出。我只能跟他說：「許多東西大家有不同的看法，很難說一定是對或錯，當然我同意教育部編的字典是有些錯，但仍有很大部分是對的或可以參考。如果知道正確寫法的都不保存，任由媒體和所謂的網紅亂寫，亂造火星文，那不是在加速台語的滅亡？」

蘇菲亞在「台灣的語言文字」一書中提出一個看法：「教育部大幅縮減文言文是在剷台語的根！」她說台灣人說的正是文言文，四百年以前漢人說的話，就是寫在古典書籍中的文言文。如果你是台灣人，應該知道台灣人的語言和文言文差不多。台灣人每天都在說文言文，例如：

　　「聽有否？」，白話說「聽懂了沒有？」；

　　「食抑未？」，白話說「吃過了沒有？」；

　　「姑不而將」，白話說「不得已」；

　　「若贅？」，白話說「多少？」；

　　「少括」，白話說「一點點」；

　　「吾偕爾」，白話說「我和你」；

　　白話的「螞蟻」，台語說「蚼蟻[1]」，語出莊子。

　　白話的「是不是」，台語說「敢是」。

　　白話說「筷子、鍋子」，台語說「箸、鼎」。

　　白話說「幸好」，台語說「好佳再[2]」。

　　這樣的例子不勝枚舉。

　　蘇菲亞又說現在的政府（民進黨）想「去中國化」而去文言文，將高中國文的古文比例降低，殊不知白話文是國民黨的產物，去文言文也是共產黨在做的事，民進黨政府在做的是摧毀台語的根。漢語的根在哪？在古文，不在白話文。

　　不管你同不同意他的說法，如果真的愛台灣，我們應該努力保護這可能在未來30-50年會消失的語言，這是我們媽媽說的話——「阿娘講的話」。

本文拼音參考。

漢字	十五音	羅馬字	台羅拼音	台語同音字
講	江二求	káng	káng	港
	公二求	kóng	kóng	廣

註釋

1 有一說做「螻蟻」，其本是螻蛄與螞蟻，後來用來單指螞蟻。

2 「好佳再」，原意是「好險，又過了一關」；它跟北京語「明天」的台語是「明仔再」類似。有的人認為是「好佳哉」。

025
先品先贏

　　有一天在吉林路看到一家餐館，名叫「川川川川食麵」，它賣擔擔麵、口水雞，我終於看懂店名四個「川」字是「四川」的意思。許多店家都會想要取特別的名字，「口叩品」應該也是，它賣平價牛排，也賣麻辣臭豆腐。

　　只是取「口叩品」這樣的名字背後的想法是甚麼呢？

　　看來跟『ㄅㄠㄅㄠ麵擔』¹取名字的想法不同，它與字義無關，而是要用字型解釋，或許老闆的想法是：一個口、兩個口、三個口，越來越多張口來光顧。這倒讓我想起前一陣子網路上有人在討論中文的怪字，包括四個口的「品」，【金四出】（chhip-4，古「聶」字，口舌聲）。

　　「叩」北京語讀「ㄒㄩㄢ」的時候，同「喧」，大聲呼叫；讀「ㄙㄨㄥ`」的時候，同「訟」，訴訟。「叩」的台語是【觀一時】（soan-1），同宣，揚也，召也。

　　「品」的意思就多了，可以當名詞，是「某一類東西的總稱」，如「食品」；可以代表等級，如「極品」；或是人的德性，如：「人品」、「學品」。也可以當動詞，「品詩」、「品茗」，及吹奏樂器「品竹」、「品簫」；而當形容詞的時候是

「眾多的」的意思。

台語的「品」，前面提到可以當作是吹奏樂器的動詞，如：「品竹」、「品簫」，是吹笛子、吹簫的意思。台語則把笛子或簫稱為「品仔」。

它當動詞的時候，還有一種意思是「約定」，通常是「事先講好、事先約好」。例如：「咱先互好，講錢不食藥」，意思是說「我們先講好，若有任何受傷，只算賠償金，而不是找醫生治療。」例如：「品無哮个！」意思是「我們先講好，不能哭！」又例：「此擺个實驗，逐家品欲用A公司的產品……（大家講好這次的實驗要採用A公司的產品……）。

以前還常聽見這樣的話：

「你也沒先品……」，意思是「你事先有沒先講好……」

「這我先品的，先品先贏」，意思是「這是我先說的，先講（約定條件）的贏」。

可見「品」通常只是嘴巴講，口頭約定，也不太嚴謹。不過，從另一個角度來看，一諾千金，大家還滿重誠信的。

本文拼音參考

漢字	十五音	羅馬字	台羅拼音	台語同音字
叫	觀一時	soan	suan	宣、萱
品	巾二頗	phín	phín	——
品	金四出	chhip	tship	緝、輯

註釋

[1] 請參考《偕曆邊頭尾話仙》冊之124篇〈冇冇冇〉。

026
點着穢着

最近想要策劃一個村子裡的書畫聯展。我們村子很小，但是對書法、繪畫、攝影、雕刻等藝術創作的還不少，當然也有名家，但是我們的目的是邀請有興趣的同好參與，開心最重要，因此名為「歡喜展」。

我也邀請父親寫個書法作品參加，我買了一百張的宣紙給他寫，三不五時還會盯他作品準備的進度。前幾天問他，他說他有寫，但是他去買了較便宜的毛邊紙練習，但是墨很容易暈開，而且一瓶大瓶的墨汁沒幾天就寫完。

寫毛筆字墨太多或是墨不夠濃就很容易暈開，當然紙的吸水性也有差。暈開的台語叫「點開」。「點」，【沽三地】（to-3，深黑色、故獨也、黑也）。

小時候練習寫毛筆字，會把字帖墊在練習紙下面「描」，這樣的寫字或畫畫方式也叫做「點」；還有，練習紙透墨，沾到下面的字也，也叫「點過」、「點着」。

以前店家交易開二聯或三聯式發票都是手寫，寫第一聯，下面要墊複寫紙，這樣就不用重複寫；「複寫紙」的台語叫做「烏點紙」。

或許很多人有過慘痛的經驗，把有色的衣服跟白色的衣服放在洗衣機一起洗，結果有色衣服的顏色染到白衣服，通常我們不說「染着」，而說「黗着」。

　　「染」通常是用在故意著色在物體上，使其改變原來的顏色。例：「白白布染曷烏去（一塊純白的布料被染成黑的）。」這也可以用來比喻一個人或一件事硬是被抹黑了。或者是用在「染布」、染頭毛（染頭髮）。「染」，【梔二柳】（liⁿ-2，以色皂物）。

　　「染」在「傳染」或「沾染」的時候則唸【兼二入】（jiam-2，染色、汙染）。不過，台語還有不同的用法，「沾染」毒品說「沐着毒」，參與政治說「沐政治」，手沾到水或弄髒叫「沐溼」或「沐驚人」。

　　而傳染病的傳染用「穢」，被傳染感冒叫做「穢着感冒」，小朋友在教室上課，一個人生病很容易傳給其他人，通常會說「穢來穢去」。「穢」，【檜三英】（oe-3，惡也、污也、荒也）。

　　我是在雜七雜八講什麼？是不是「穢」着什麼症頭？

本文拼音參考

漢字	十五音	羅馬字	台羅拼音	台語同音字
黗	沽三地	tò	tòo	妒
染	梔二柳	líⁿ	ní	你
染	兼二入	jiám	jiám	冉
沐	公八門	bok	bak	目
穢	檜三英	oè	uè	—

027
空思妄想

　　我四伯父沒念書，從小就去別人家魚塭當伙計、住在魚塭。很會拉大廣弦（胡琴）的他，一直覺得自己是個頭腦聰明的人，只是沒有機會念書：「幹！我是欠栽培爾爾！」[1]「幹！」是他的口頭禪，在魚塭幹活，所以養成打赤腳的習慣，穿鞋子對他來說是一件再彆扭不過的事，他大女兒出嫁時還是家人硬逼，他才肯在西裝褲下穿著一雙拖鞋。我清楚的記得小時候他來我家的樣子：健碩的身材戴著一頂斗笠，身穿白汗衫、灰色短褲，或罩著在魚塭工作穿的圍軀裙[2]，赤腳踩著一輛二十八吋腳踏車。

　　我很懷念他講「空思妄想」、「不足世事」的樣子和口氣，這是他常用來批評他認為愚蠢、膚淺、幼稚的人的字眼。

　　「空思妄想」，看字就可以理解，「臭心想」就不一定了。有時候會聽到人說「厚筋，臭心想！」但某個程度上這兩個詞並不完全相關，「厚筋」原來是指一個人會想一些點子或理由來推諉或隱瞞事情，後來多用在形容一個人沒理由地使性子、鬧脾氣。「臭心想」在台文華文線上字典的解釋是「癡心妄想、妄想」，但是比較準確地說法，是指一個人的心思敏銳到很容易猜疑別人，特別是都是負面的情緒和思慮。

有幾個意思接近的「想」，包括「憨想」、「儑想」與「數想」，基本上都有癡心妄想的意味。這三個詞中「憨想」或「憨憨想」，多一點點「笨」的味道，有批評人腦袋不清楚的意思；有句話說：「憨想也知！」這句話跟「用膝蓋想也知道！」是一樣的。

「儑想」，「儑」，【甘一語】（gam-1，不慧也）。「儑」、「儑儑」、「儑面」是指一個人無知，還帶有一點不知天高地厚不知死活的憨膽，也有不識趣的味道。例：「你哪會遐儑，不知影人咧受氣（你怎麼那麼不識趣，不曉得人家在生氣）。」「儑想」自然也比較傾向這樣的意味。

「數想」，則有一點「癩蝦蟆想吃天鵝肉」的味道，他覬覦一個非他能力或條件所能及的東西。這裡的「數」要唸【嬌三時】（siau-3，數錢、數簿）。這個「數」用法應該跟「數念」一樣，用來表是次數頻繁，所以「數念」是指想念、掛念、懷念的意思。例：「我真數念伊（我很想念他）。」

「不足世事」基本上是指「無濟於事」的意思。

除了「空思妄想」、「不足世事」，我還懷念小時候四伯父常常從魚塭提兩隻虱目魚到我們家，還問我：「你敢有錢買庶饈仔？」[3]然後從口袋掏出一些零錢給我說：「我看穩當無，拿去買庶饈仔。」

後記 ◆ ━━━━━━━━━━━━━━━━━━━━

有個朋友說每個成語或俚語都是寶，希望能詳細解說，讓台語保存下來。

其實這需要大家一起同心努力，我也是一邊學、一邊寫。希望有更多的人可以提供分享。

本文拼音參考。

漢字	十五音	羅馬字	台羅拼音	台語同音字
憨	甘七語	gām	gām	——
儑	甘一語	gam	gam	——
數	嬌三時	siàu	sàu	少、帳
	沽三時	sò	sòo	素
	公四時	sok	sok	束、速

註釋

[1] 「爾爾」參《偕厝邊頭尾話仙》冊之106篇。

[2] 「圍軀裙」是圍裙，請參《偕厝邊頭尾話仙》冊之166篇〈圍軀裙〉。

[3] 「庶饈仔」是零食的意思，參《偕厝邊頭尾話仙》冊之144篇〈蚵焿與鋏冰〉。

夯哩夯哩

偶然間看到網路上有人問：「pali-pali是台語嗎？是甚麼意思？」其中有一個很無厘頭的回覆：「咖哩咖哩是一種零食。」

大部分的人對於「pali-pali」的認知是正確的，知道它是「時髦」的意思，也有很多台語歌有用到這個字眼，通常寫成「啪哩啪哩」，包括葉璦菱有一首「嬲吱吱」，它的部分歌詞是：

くちめり是紅吱吱，打扮起來嘛嬲吱吱，
要來去，要來去，欲偕貼心个來相見，
雖然無鑽石偕金手指，偕你作伙，無蜜嘛感覺甜。
情人的シヤツ嘛紅吱吱，今日的你也是啪哩啪哩，
欲愛你，欲愛你，欲愛你這一個壞東西。[1]

我們先談歌詞中的「啪哩啪哩」，再回頭看歌名。

我覺得「啪哩啪哩」的「啪」應該是「夯」。「夯」在北京語中有「虛大、張大」的意思，《說文解字·大部》：「夯、大也。」它也當「炮石」。明張自烈《正字通·大部》：「夯、砲、礮同」。而在方言中，意思卻不太一樣，廣東方言稱說大

話稱為「車大奅」，說大話的人稱為「大奅佬」。而台語中，「奅」當動詞是「結交異性朋友」，例：奅姼仔（泡妞）；當形容詞時是指時髦，例：「伊穿曷真奅（他穿得很時髦）。」因此，被當作「時髦」的Pali-Pali寫為「奅哩奅哩」應該是合理的。「奅」，【交三頗】（phau-3），但是一般口與唸為【監七頗】（pha^n-7）。

關於「奅姼仔」，「姼」音【居五時】（si-7），台語字典說「南楚曰妻之父母」，北京語的解釋除了前述之外，《說文解字》說「姼，美女也。」；《集韻》提到同「媞」，美好、或同「妓」。

「姼仔詼」是指喜歡用言語挑逗女子的男人。例：「你哪會去愛着一个姼仔詼（你怎麼會愛上一個花心蘿蔔）？」只是不知道是不是因為「姼」也有「妓女」的用法，一直以來都覺得「姼仔」是一個頗為輕浮的詞。還有一個可能，很多人把它寫成「七仔」，意思是「女朋友」，而在數十年前它是指有固定金錢的「人與人連結」關係，也就是指「三七仔」的「七」的那一方。

回到葉璦菱這首歌的歌名「嬲吱吱」。「嬲」，有「糾纏、煩擾」的意思，也做「戲弄」、「遊玩」，在廣東話有生氣的意思。

在台語，我們就要把「嬲」與「嫐」拿出來一起看。《彙音寶鑑》：

「嬲」【嬌一出】（chhiau-1，娋也）、【茄一出】（chhio-1，嬲哥也）。

「嫐」，【嬌五喜】（hiau-5，妖也，不貞正曰嫐）。

從字型來看，「嬲」是一女擁二男，應該是女的水性楊花；

而「嫐」是一男抱二女，應該是男的愛風流，但是意思卻是相反的。而歌名「嬲」應唸【茄一出】（chhio-1），是有「騷包」的意思，它與「奅哩奅哩」的「時髦」是同義。

不過我還是不懂「嬲」與「嫐」為何意思是顛倒的......

本文拼音參考。

漢字	十五音	羅馬字	台羅拼音	台語同音字
奅	交三頗	phàu	phàu	砲
姼	居五時	sî	sî	時、辭
嬲	嬌一出	chhiau	thiau	超、搜
	茄一出	chhio	thio	——
嫐	嬌五喜	hiâu	hiâu	——

註釋

1 部分歌詞用字非原用字。

029
赤腳仔驚治嗽

　　我哥哥當兵的時候常咳嗽，休假回家時媽媽就會給他喝麥芽蛋花湯，不但是甜的，而且必須在一大早剛醒的時候、開口說話之前就喝，真是個滿特別的偏方。咳嗽是很麻煩的東西，所以有句話說：「赤腳仔驚治嗽。」

　　關於這句俚語，網路上可以查到相關的句子，整理出以下四句：「做醫生驚治嗽、總鋪驚吃晝、土水師驚抓漏、地理仙仔驚着猴。」一般的認知是說：「各行各業都有害怕遇到的情況，醫生怕治咳嗽，因為不容易痊癒；辦桌外燴的廚師怕做中午宴席，因為時間上太趕了；做泥水工的則怕檢查房屋漏水，因為不管怎樣，也無法保證房子完全不漏水。」現在的用法反而常倒過來講，用來強調咳嗽是難以處理的問題。

　　我覺得對也不對。各行各業都有看似簡單卻不容易根治的小毛病，然而如果仔細看這幾幾句話，「做醫生驚治嗽」嚴格來說應該是「赤腳仔驚治嗽」，而「赤腳仔」或「赤腳仙仔」是指無牌照執業的密醫或是蒙古大夫，他跟認證過有取得執照的醫生是不一樣的，相同的咳嗽症狀病因卻可能很多，沒有經過正統訓練的「赤腳仔」無法知道真因所以治不好。

「總鋪驚吃晝」，原本的說法應該是「屠煮驚吃晝」。「吃晝」是吃午餐，早期習俗婚宴時都會聘請廚師在家或在戶外搭棚設宴叫「辦桌」，且通常是中午的時候宴客。廚師的台語一般叫「屠煮」，或「屠煮師」，只有主廚才叫「總鋪」或「總鋪師」。總鋪沒有怕的道理，只有小廚師——「屠煮」，才會擔心來不及。

　　另外，關於「總鋪」一詞，在不同的字典也有不同的建議用字，包括「總鋪」、「總舖」、「總傅」、「饌傅」、「總庖」等等，依劉建仁先生的研究，他認為可能是「總庖」或「掌庖」。

　　「土水師驚抓漏」這一句，以前比較常聽到的是「土水个」或「做土水个」，「土水師」也是有，我們如果從前面兩個來看，可能是「土水个」或「土水師仔」比較合理。台語的「師父」的「師」唸【龜一時】（su-1）時是對出家人的稱呼，唸【皆一時】（sai-1）時則是指「工藝匠師」的意思（但是《彙音寶鑑》字典的標音卻是【居一時】（si-1）[1]，而不是【皆一時】）。「XX師」則是對有專門技藝的工匠的尊稱，例如年前很有名的廚師鄭衍基先生被稱為「阿基師」；而「師仔」則是指學徒[2]。要小心的是：「師个」是指老師，音有點近似，台語不是母語的人可能容易弄錯。

　　因此，理論上，如果因為是「學藝不精」，這三句話應該是「赤腳仔驚治嗽」、「屠煮驚吃晝」、「土水師仔驚抓漏」。

　　「地理仙仔驚着猴」這句就可是後來被加進去的。「着猴」有幾種不同的意思，依教育部的解釋，一是罵人舉止如猴子般不

正經或是罵人動作太快太急如猴子一般（猴急）。例：「你是咧着猴是無（你是在發神經嗎）？」另一種是因為營養不良或寄生蟲所引起，有消化不良、腹痛、面色灰白、貧血等症狀。不過，一般民間的說法，「着猴」是被所謂「無形的」卡到，也就是說「中邪」，所以要感覺上是「與專業不符」，而不是「學藝不精」，您說呢？

後記

在「大家說台語」看到這一段，滿有意思的：「總鋪師驚食晝、醫生驚治嗽、塗水師驚掠漏、討海驚風透、賓館驚掠猴、賊仔驚拄狗、剃頭驚人吼，月底驚錢無夠。」（此處用採原文）

本文拼音參考

漢字	十五音	羅馬字	台羅拼音	台語同音字
師	龜一時	su	su	輸、思、私
	居一時	si	si	需、詩
	皆一時	sai	sai	獅、犀

註釋

1　《彙音寶鑑》在【居一時】音裡有書、輸、施、詩，以及私、司、獅、思等字。
2　參考《俗閣邊頭尾話仙》冊之182篇〈孫仔俗孫〉。

030

各祕

兒子在加拿大出生，雖然只上了幼幼班就回台北，但似乎那段時間對他們的影響很深。到現在，他們對於許多台灣小朋友吃飯時不能好好坐在餐桌上吃，喜歡跑來跑去、還要媽媽追著一口一口餵最無法忍受。

很多人認為叫小孩子乖乖坐在餐桌吃飯是不可能的，因此很多父母親就任由小朋友在公共場合喧嘩玩耍，連餐廳也不例外，其實那是大錯特錯的想法，那是縱容的結果。

不過也有人認為小孩子皮是天性，越皮越好，我有位腦神經外科的醫生朋友，他說男孩子不調皮就糟了，他認為會調皮才是聰明，不調皮是笨的表現。

「皮」在台語可以當「調皮」，例：這個囡仔誠皮（這個小孩子很頑皮）。這裡「皮」指「頑劣、不聽勸告、不服管教」。一般我們也會用「狡獪」來形容。而「狡獪」兩種接近但不太相同的意思，第一種是形容小朋友「頑皮、調皮、愛作怪、不聽教誨。例如：「你這個囡仔哪會這爾仔狡怪（你這個小孩怎麼這麼頑皮）！」而如果用在形容大人，通常是指「不馴服、喜歡與人作對」。「狡怪」的另一個意思是「狡獪、奸詐。詭變多詐」。

例：「彼个人真狡怪，不通互伊騙去（那個人很奸詐，不要被他騙了）。」

「皮」也當「厚臉皮、不在乎」來用，例：「伊逐項事誌攏激皮皮，不驚人加伊笑（他每件事都裝得不在乎，不怕人家譏笑他）。」所謂「一皮天下無難事，越皮越順序」，把「皮」發揮到極致。

而「蠻皮」（或作「慢皮」）是「頑固、冥頑不靈」、「動作慢而且個性固執，無論如何打罵依然故我」。例：「這个囡仔誠蠻皮，無論你安怎拍攏未驚（這個小孩子很皮，無論你怎麼打都不怕）。」通常是指「叫不動，講不聽」。

調皮過頭、愛搗蛋、惡作劇，我們也稱為「作孽」。例：「囡仔人不通傷作孽（小孩子不可以太調皮搗蛋）。」

「各祕」則是形容一個人的性情、脾氣特別古怪、乖戾，或指稱人的個性滑稽、詼諧（教育部台語字典）[1]。這兩個意思其實差異還滿大的，我們常用「各祕」來形容一個人「鬼靈精怪」，「鬼靈精怪」其實跟「滑稽、詼諧」並不相同。

「散形」是形容「懶散、漫不經心」。小朋友行事不周全、經常忘東忘西，會被唸「散形散形」。例：「這爾重要的物件竟然無扴，你實在有夠散形（這麼重要的東西竟然沒帶，你實在很懶散）。」我們第80篇〈有形與有雄〉談到雞蛋的有形無形，如果一個有形蛋在為孵出就沒了，也叫「散形」，我不知道這兩個散形有沒有關係，有關係的話再想雞生蛋和蛋生雞問題......

最常罵愛動手動腳、摸東摸西小孩的是「賤」、「手賤」。這個「賤」並沒有罵人「賤」那樣的嚴重。「賤蟲」是「淘氣

鬼」，形容一個人喜歡動手動腳，玩弄東西。例：「這个囡仔若賤蟲咧，物件攏互伊玩歹了了（這個小孩真是淘氣鬼，東西都給他玩壞了）。」只是這個字用得也讓人覺得太沉重了一些。大衛羊先生的建議是「覶」，字典解釋是「狎也、遊覶也」，字義滿符合的，但是音是【觀二語】（goan-2）。

　　動手摸也就算了，精力旺盛的小男孩可能會把室內當運動場，追逐跑跳、東碰西撞，或許許多家具物品都會拿來當玩具、當作阻擋追逐的器具，這就不是一個「賤」字可以形容，一般稱為「撦」，在台語這個字與「車」同音，【迦一出】（chhia-1），一般的解釋是說它同「扯」，《集韻》解釋是「裂開也」。

　　看了這麼多罵小孩的詞，準備好要罵小孩了嗎？喔，還是不要好了，不如花時間教他一些台語。

本文拼音參考。

漢字	十五音	羅馬字	台羅拼音	台語同音字
皮	居五頗	phî	phî	疲
	檜五頗	phoê	phuê	——
狡	交二求	káu	káu	九、狗
	膠一求	ka	ka	咬、膠
孽	堅八語	giat	giat	——
各	公四求	kok	kok	國、谷
	高四求	koh	koh	閣
毚／毴／祕	居三邊	pì	pì	臂、痺
賤	堅七曾	chiān	tsiān	濺
	官七曾	choaⁿ	tsuānn	濺

翫	觀二語	goán	guán	玩
捙	迦一出	chhia	tshia	車

1 「敊」的意似是香氣，「各敊」跟古怪、詼諧有什麼關係我就不懂了。《彙音寶鑑》【居三邊】並沒有「敊」這個字，但是有「飿」，意思是食物的香氣。不過問題還是一樣，跟古怪沒有關係。「秘」也是同音，不知道為何不用「各秘」？

031
燒糜傷重菜

　　台語有很多關於婚姻的俗諺，很多都很有趣。有一句在講追女孩子的條件與方法：「一錢、二緣、三美、四少年、五好嘴、六敢跪、七纏、八綿、九強、十敢死。」有錢第一重要，也要有緣分，最好要英俊而且年輕，再來是嘴巴要甜，會甜言蜜語（台語用「好嘴」來形容），然後要可以不顧面子，能放下身段甚至敢下跪追求、還要加上糾纏、賴著不走，必要時要強勢，最後是能用盡各種手段，甚麼都敢做，連死都不怕。

　　女生要慎選夫家，不要急，所謂「緊紡無好紗，緊嫁無好擔家[1]」，但是過份地挑也可能「三揀四揀，揀到一個賣龍眼。」挑的時候，古人的建議是「第一門風、第二祖公、第三秀才郎。」或「揀後注，不揀大富」，意思是要挑有未來發展性的，不要只看目前有錢就好。但是「愛着較慘死」，就是說當一個男生或女生愛上一個女生或男生的時候，就會變得沒理智，講再多也不一定聽得進去。

　　男人娶到老婆的好壞也是很重要的，「娶着好某較贏做祖，娶着歹某一世人艱苦」、「種着歹田望後冬，娶着歹某害一世人」、「娶着歹某較慘過三代無烘爐、四代無茶鈷。」老祖宗講

了很多話勸人要慎選老婆，但是很多人娶了老婆就聽老婆的話、寵老婆，甚至「細漢母的囝，大漢某的囝」，所以俗話勸戒著：「聽母嘴，無敗壞，聽某嘴，絕三代。」不過，這樣是以偏概全了，「聽某嘴，大富貴」，很多妻子都是很賢慧的啦！

　　古時候可以納妾，但是「娶細姨」問題也很多，「一某沒人知，兩某相卸代[2]。」意思是說娶一個老婆，家務事外人不會知道，但是娶兩個老婆，她們會爭風吃醋，互揭瘡疤，醜聞就會傳遍鄉里。「卸」，【迦三時】（sia-3），「卸世卸眾」是「丟人現眼」的意思，不過現在大部分的人都寫成「藝世藝症」，甚至是「下世下症」，很沒力！

　　有趣的是「娶某無閒一工，娶細姨無閒一世人」，婚禮的習俗很多，所以娶老婆要忙上一整天，但是如果娶小老婆，日後大小老婆的紛爭會讓你一輩子疲於奔命。（「無閒」即為「忙碌」，「一工」是「一天」。）

　　不納妾，那麼就要挑一個漂亮老婆囉，可是有句話說「燒糜傷重菜，水查某損囝婿」，稀飯太燙吃不下，因此會吃很多菜，妻子太漂亮，可能就會傷身。有句俚語：「二更更、三暝暝、四算錢、五燒香、六拜年」是提醒人要節制房事頻度。二是二十幾歲，更更是指每一更，意思是可以是「一夜N次郎」，三十幾歲的時後夜夜笙歌，但是四十過後就要像算錢一樣，五、十、十五、二十，每五天一次，五十歲以後就是像初一十五拜拜一樣，約莫兩星期，六十，嗯......

　　夫妻相處一定會有問題，家家也會有自己難唸的經，有些事情自己遇到才會知道，「未生囝不通笑人囝愛哮，未娶某不通笑

人某賢走。」

本文拼音參考。

漢字	十五音	羅馬字	台羅拼音	台語同音字
卸	迦三時	sià	sià	舍、赦
褻	堅四時	siat	siat	設

註釋

1. 公公和婆婆，一般稱為「擔官、擔家」（泉州）或「大官仔、大家仔」（漳州）。附帶說明，「親家公、親家母」應寫為「親家、惶姆」。（摘自大衛楊〈台語不要鬧〉）
2. 應做「一某沒人知，兩某相卸事」。

032
有錢吃鮸，無錢免吃

　　過年期間有一天跟家人一起到將軍漁港（馬沙溝）看花燈，剛好遇到表弟，表弟很開心邀我們到家裡坐，然後馬上去烤烏魚子、文蛤。烏魚子端出來的時候並沒有切，我正在想要怎麼吃的時候，表弟笑著說當地人吃烏魚子是不切的，直接用撥的，這樣才霸氣。

　　烏魚被稱為烏金，是上帝賜給南部沿海的禮物，每年冬至之後從台灣海峽往南洄游產卵，他們在北部的時候魚卵尚未長成，因此在北部沿海捕撈的烏魚不會有烏魚子（卵），約莫從嘉義布袋開始，才是主要的漁場。烏魚全身都能吃、全身都是營養，除了頗富盛名且昂貴的烏魚子與烏魚膘（精囊），魚頭、魚肉都各有其營養價值。

　　魚膘的「膘」唸【嬌三頗】（phiau-3）；「烏魚子」的「子」唸【居二曾】（chi-2），跟「種子」的「子」一樣；拿掉魚卵／魚膘的身體通常稱為「烏魚殼仔」。雖然相對於烏魚子和烏魚膘，烏魚殼價格低，但是它味道鮮美，而且富營養。

　　台灣有句俗語「賣棉被，買烏魚」。聽說有對夫妻在冬至那天看到市場有人在賣烏魚，很想買條烏魚來吃，可惜家裡窮，

沒有多餘的錢可以買烏魚，於是丈夫就對妻子說吃了烏魚就不怕冷，並提議把棉被當了去買烏魚來吃。妻子聽了便信以為真，把家裡唯一的棉被拿去典當換錢買了一條烏魚回家煮來吃。結果到了晚上，天氣愈來愈冷，夫妻倆差點被凍死。這句諺語，除了用來說烏魚的好吃和人們的愛吃之外，後來也用來譏笑一個人貪圖近利、不顧後果，弄得自己因小失大，得不償失。

除了烏魚，鮸魚也是很受歡迎的魚種，早年南台灣有「一鮸二午三臭肚」之說法，鮸魚的美味造就牠的高價，以前一小段斤把重的鮸魚要花掉一家幾口人平常吃喝兩三天的開銷，尋常人家吃不起，所以有「有錢吃鮸，無錢免吃」的俗語。但這句俗諺重點並不在形容鮸魚的經濟價值，而是在諷刺沒有節制的生活方式。有錢的時候揮霍無度，山珍海味，大吃大喝，再昂貴的奢侈品下手時眼睛都不眨一下，等到沒錢時，再勒緊褲帶過著有一餐沒一餐的苦日子。「鮸」與「免」同音，【堅二門】（bian-2）。

我家鄉靠海，虱目魚養殖很盛，無刺魚肚是我的最愛。「肚」在北京語指腹部時唸「ㄉㄨˋ」，指胃則唸「ㄉㄨˇ」；在台語，雖然《彙音寶鑑》字典只有一個【沾七地】（to-7）的音，但一般稱腹部為【沾二地】（to-2）[1]，稱胃為【沾七地】（to-7）。

還有一個部位叫「魚領」的，是魚的背脊，通常是炸來吃的。

「魚鱗」的「鱗」發【干五柳】（lan-5）的音。「去鱗」台語是說「拍鱗」。魚橫切一塊一塊的叫「魚箍」。

「魚鰓」是魚的呼吸器官，媽媽教我看魚新鮮不新鮮是以魚

鰓的色澤來判斷。「鰓」，【居一出】（chhi-1）。

　　「魚鰾」是魚的輔助呼吸器官，因為裡面填充有氧氣、氨氣以及二氧化碳，在缺氧的環境下，魚鰾可以為魚提供氧氣，所以有輔助呼吸的作用，同時也是靠著魚鰾的充氣與放氣上浮或下沉。「鰾」的音與「膘」相同，都是【嬌三頗】（phiau-3）。

　　「魚鰭」的「鰭」，【居五求】（ki-5）。

　　不過，對於魚的好吃排評，還有其他的說法：「一午二紅沙，三鯧四馬鮫，五鯡六嘉鱲，七赤鯮八馬頭，九烏喉十春子。」對我來說，海鮮，來者不拒。

本文拼音參考

漢字	十五音	羅馬字	台羅拼音	台語同音字
膘	嬌三頗	phiàu	phiò	票、嫖
子	居二曾	chí	tsí	止、址
肚	沽七地	tō	tōo	度、渡
	沽二地	tó	tóo	賭
鮸	堅二門	bián	bián	免
鱗	干五柳	lân	lân	蘭
鰓	居一出	chhi	tshi	癡、泹
鰾	嬌三頗	phiàu	phiò	票、嫖
鰭	居五求	kî	kî	其、期

註釋
1　有建議腹部為「胃」、胃為「肚」之說法。但是「胃」音【ㄐ七地】，差異滿大的。

033
白賊七狗駛犁

　　小時候常常唸一句話：「白賊七仔，狗屎螺仔。」我知道白賊七是騙子，但是狗屎螺是什麼卻一直不懂。

　　對於「白賊」二字，研究閩南語的老專家吳坤明先生認為「白賊」本字應該是「弗實」（源自《楚辭》九章〈惜往日〉：「弗省察以按實兮，聽讒人之虛辭」），轉音而誤植的為「白賊」。但是我比較能夠接受一般的解釋：「白」是「空的」的意思，如白手起家、白吃、往來無白丁；因此，「白賊」就是指不是實際去「偷」，而是靠嘴巴來騙人，獲取他人物品的人，最後「白賊」就引申為「說謊」。

　　關於「白賊七」，據說它是一個台灣民間故事，故事主角原來叫阿七，因為愛說謊名字前被加了「白賊」二字而成為「白賊七仔」。

　　台語有一句歇後語「白賊七仔講古」，意思是「騙戇人」。

　　跟「白賊七」一樣成為騙子的代名詞的還有「王祿仔」或稱「王祿仔仙」。2019年底導演柯一正就用「王祿仔仙」酸韓國瑜說他是騙子。有一種說法說王祿仔是清朝人靠賣藥維生，他是位行銷奇才，善用心理學，讓消費者信以為他的藥像仙丹，後代

才會把賣假藥的人稱之為王祿仔仙。不過也有台灣文學系老師提出來，王祿仙不是真人，古代乞丐分到的東西都是帝王給的福祿稱為「王祿」，有人為了分到更多不惜用騙的方式取得，這樣的人、這樣的行為就稱為「王祿仔仙」。如果去問老一輩，他們可能還會說洗別人的腦，叫顧客一直買，那就叫王祿嘴。

「諞仙仔」也是對騙子、郎中的稱呼，指用謊話或詭計去陷害別人的人。有位林潮淑先生寫了一首台語詩，「愛情諞仙仔」：

嘸淌愛我，阮是愛情諞仙仔；
甭肖想感動我，阮是感情白賊七。
想欲偕阮逗陣走作伙，
要細二阮會騙你一世人。……

他用了「諞仙仔」和「白賊七」是對的，但是好多錯字......

「諞」，【堅二邊】（pian-2，巧言也）。「你不通互伊諞去。」意思是說「你不要被他的花言巧語欺騙了。」「騙」有兩個音，一個是【堅三頗】（phian-3，欺騙也），另一個是【堅二邊】（pian-2，同「諞」字），因此這是兩個極近似的字，但是「諞」通常是用花言巧語講到你甘心受騙，但是「騙」則不是。

「佬仔」也是常用來稱呼騙子的字眼。例：「阿達仔是一个佬仔，你不通互伊騙去（阿達是個騙子，你別讓他給騙了）。」我記得小時候台灣省還在，還有省議員的時代，台南縣有一位省

議員被政界朋友稱為「佬仔」，他們的對話會說「佬仔」如何如何，但是並沒有帶上人名，我覺得這樣還滿含蓄的，但是大家心知肚明是某人某省議員，不像前一陣子前副總統吳敦義被直呼「白賊義仔」。

　　喔，我還是不知道「狗屎螺仔」是誰......

　　後來看到「呫使」一詞，「呫呫」是傲氣逼人的樣子，如「（四壁金剛）如有氣呫呫，如叱叱有聲。」這個「呫」字，有人說它與「九」同音，這樣唸起來就跟「狗屎」一樣，但《彙音寶鑑》寫【ㄐ五求】（kiu-5），是與「求」同音。

後記◆

　　前一陣子網路上看到一張台南市學甲區人拉白布條抗議的照片，上面寫著：「政府的糖衣毒藥能吃嗎？美麗謊言能聽嗎？白賊七仔駛狗犁，將鄉親騙到......。」先不研究他們訴求的這流浪狗的問題，我看到的是「駛狗犁」三個字。我不知道它會不會跟我從小聽的「狗屎螺」有關？因為若把字對調一下，音是完全相同的，而且犁理應是牛在駛，不是狗，狗駛犁是不合理的，這或許可以解釋這句話。

　　倒是有朋友說她聽到的是「狗屎摸」，她說小時候只要從外面撿一些雜七雜八的東西回家，或亂拿東西，就會被罵像「狗屎摸」。不過這樣看起來，「狗屎摸」的意思可能不太一樣......

本文拼音參考。————————————

漢字	十五音	羅馬字	台羅拼音	台語同音字
諞	堅二邊	pián	pián	區
騙	堅三頗	phiàn	phiàn	片
	堅二邊	pián	pián	區

034
拗蠻嚚詖

第30篇〈各祕〉講到罵小孩的詞。以前的小孩可真鬱悶，不但會被那些詞教訓（其實還有更多更多），他們還成長於在一個「囡仔人有耳無嘴」的年代，字面上是「小孩子有耳無嘴」，意思是小孩只能聽、不能說、不應該發表自己的意見，不是只有不可以回嘴、不可以申訴，是連問都不能問！

我們以為西方國家是比較尊重小孩子的，特別是德國，他們極為注重引導小孩子的思考，讓小孩有更大的發展空間，但竟然聽說在德國的俗語中，也有「小孩只能被看見，不能被聽見」的說法。

看來大人都一樣霸道。「霸道」的台語一般都說「鴨霸」。因為感嘆台灣無是非而跳樓身亡的高雄市許崑源議長，曾在議會飆罵受質詢的市長陳菊：「妳有夠鴨霸」，「議員問妳有無按摩，有跟無就好，妳是怎樣？妳要找漏氣嗎？妳囂張這款型的，妳囂張什麼？市長是這樣做的喔！」

對於「鴨霸」這兩個字，《世說台語–河洛語》一書提到認為是「跋扈」的反序詞。他說：『台語稱無道暴橫的行為報章雜誌寫作「鴨霸」，並無意義。扈古字之音為áh。馬融曰：「有

扈姒姓，無道之國為無道。」跋，又為暴之假借字。所以一個人橫行，無道非為，台語便稱之為扈跋。』

「鴨霸」好像並沒有什麼道理，但是「扈跋」說服力也不太夠。有個建議是「壓霸」，倒是可以參考（但是「鴨」和「押」是【膠四英】的音，而「壓」是【甘四英】）。

跟「壓霸」近似的有一個「拗蠻」，是「野蠻、蠻橫無理」，指「個性固執而不通情理的人」。例：「你就是醜這步拗蠻（你就是蠻橫這點不好）」。

許崑源議長說陳菊「囂張」，這個詞教育部的建議用字是「囂俳」。它形容人的行為舉止放肆傲慢。有句俗話：「囂俳無落魄的久（人生境遇，一時的囂張狂妄往往比不上落魄潦倒的時間來得久）」，是在酸得勢的人不要太囂張，得意是短暫得，別太過張狂。

但是「俳」的意思是當徘迴，或是俳優，因此有建議寫為「囂詖」，「詖」北京語音「ㄅㄧˋ」，形容偏頗、不公正。漢·王充《論衡·自然》：「德彌薄者信彌衰，心險而行詖，則犯約而負教。」或形容諂媚。《漢書·卷八四·翟方進傳》：「（翟）義父故丞相方進，險詖陰賊。」唐·顏師古·注：「詖，佞也。」而其台語音為【居五頗】（phi-5）。我認為這比較合適。

這個詞教育部建議異用字為「嬈俳」，近義詞有「風神」、「臭煬」、「聳鬚」等。（以上為教育部閩南語字典的說法，但是「聳鬚」應是「鬖鬚」才對。「鬖」，【江三出】（chhang-3，不直、毛亂也）。

某個程度上來說，這些都還可以忍受，更凶惡的還有，像「橫逆」或是「酷刑」就會讓人咬牙切齒。「橫逆」是「凶橫」、「殘忍暴虐」。例：「伊彼个人有夠橫逆，殺人放火的事誌攏敢做（他那個人實在很殘暴，殺人放火的事都敢做）。」「酷刑」是「殘忍、心狠手辣」。例：「伊彼个人真酷刑（他那個人真殘忍）。」

　　如果只是個性粗魯，一般會用「土性」或「土公仔性」來形容，台灣閩南語常用字典說：「『土公仔』釋義一是『處理喪葬墓穴的工人』，二是形容個性粗魯耿直。例：你這款土公仔性着愛改啦！」另外，也說：「土公仔性」是形容人的個性粗魯，就像墓穴工一樣。例：「伊就是彼款土公仔性，你莫偕伊計較（他的個性就是那麼粗魯，你不要和他計較）。」說真的，我有點存疑，但若是真的，這就有點職業歧視了。

本文拼音參考

漢字	十五音	羅馬字	台羅拼音	台語同音字
鴨	膠四英	ah	ah	押、閘
	甘四英	ap	ap	壓
霸	膠三邊	pà	pà	豹
壓	甘四英	ap	ap	鴨
虐	沽七喜	hō	hōo	互、護
跋	觀八邊	poát	puéh	拔
	瓜八邊	poáh	puáh	鈸
拗	交二英	áu	áu	嘔
蠻	甘五門	bân	bân	閩

漢字	十五音	羅馬字	台羅拼音	台語同音字
嚚	膠一喜	hiau	hiau	驍、梟
	高五語	gâ	gô	訛、遨
俳	皆五邊	pâi	pai	排
	檜五邊	pôe	puê	陪
詖	居五頗	phî	phî	疲
嶢	膠五入	jiâu	hiâu	皺
聳	恭二時	sióng	siúnn	賞
鬯	江三出	chhàng	tshàng	藏
鬏	ㄐㄧ出	chhiu	tshiu	秋
橫	經五喜	hêng	hîng	行、形
	麇五喜	hoâiⁿ	huâinn	——
逆	經八語	gek	gik	——
	嘉八求	keh	keh	——
酷	公四去	khok	khok	擴
刑	經五喜	hêng	hîng	行、形
土	沽二他	thó	thóo	——
	沽五他	thô	thôo	塗

035
穿咧紩，穿咧縫

　　我絕對不是個愛哭包，但是有一首歌我每唱必流淚，孟郊的「遊子吟」：

　　　慈母手中線，遊子身上衣；
　　　臨行密密縫，意恐遲遲歸；
　　　誰言寸草心，報得三春暉。

　　我母親年輕的時候是位洋裁老師，那個時代成衣尚未開始流行，要穿新衣服都要去量身訂做，因此洋裁師傅需求很大，媽媽幫人做衣服也教洋裁。大姊和哥小時候，媽媽幫他們做了很多童裝，讓很多人很羨慕，村子有些人會指定說要「阿惠穿的那一件」。後來媽媽改行，我就很少穿到媽媽做的衣服，她偶而幫我縫一縫鈕扣。

　　一般而言縫鈕扣的「縫」，台語叫「紩」，它跟「縫」在針法上不太一樣。「紩」的針法較密，像縫鈕扣的時候針插差不多都落在同一個地方，所以會是「紩」；「縫」的話針距會比較大，有時候女生的裙子或是男生長褲褲管，在反摺的地方不一定

會縫的很密，就用「縫」的。

做衣服會到很多工法，「反摺」叫「拗裒」，把「裒」縫起來叫「縫裒」；如果小孩子身高變高了，要把反摺的地方拆開放長叫做「放裒」。而百褶裙的褶叫「裾」，跟「裒」不一樣。訂做衣服時，為了確保衣服合身，在縫起來之前會先用針線大致上別一下，做一點小調整，台語叫「扗」。「扗」，【茄四地】（tioh-4，曳也）。

「紩」、「縫」和「扗」三者並不同。孟郊寫得清楚：「密密縫」，針法是密的，所以在台語是「紩」。

「紩」，【梔七他】（thiⁿ-7）；「縫」，唸【江五邊】（pang-5）也唸【江七頗】（phang-7），這時則同「隙」字；「裒」，【沽五邊】（po-5）；「裾」，【經二求】（keng-2）。（與衣服相關請參閱《偕厝邊頭尾話仙》冊之166篇〈圍軀裙〉）

台灣有首「紩衫歌」。小時後要縫衣服或鈕扣，媽媽都會叫我們把衣服脫下來，她說不脫下來會被人誣賴是小偷。我覺得這完全是騙人的，應該是因為衣服穿在身上不好縫，而且比較容易被針扎到，所以是要騙小孩脫下來的藉口，就像說小孩子吃粽子不可以吃粽角，否則會臭頭、不可以吃雞爪，否則會撕破書本一樣。

不過還是有人不把衣服脫下來，因此產生了「紩衫歌」，媽媽會一邊縫一邊唱：

身軀裏面紩，身軀裏面縫，
什麼人若賴汝做賊，伊嘴就生蟲；

身軀裏面針，身軀裏面補，

什麼人若賴汝做賊，不是死尫就是死某。

也有一句比較簡單的用唸的「穿咧紩，穿咧縫，罵阮是賊仔不是儂」。其實，從歌詞本身我們可以看到「縫」、「蟲」、「儂」都是「江」字韻。

不論是長是短、用唱的用唸的，都可以感受到媽媽迫切守護孩子的心。

本文拼音參考 ◦

漢字	十五音	羅馬字	台羅拼音	台語同音字
紩	梔七他	thīn	thīnn	──
縫	江五邊	pâng	pâng	房、馮
裒	沽五邊	pô	pôo	蒲、抔
裯	經二求	kéng	kíng	景、拱
挓	茄四地	tioh	tioh	著

036
捼死

有時候真的不知道為什麼台語要搞得這麼複雜，每一種動作都有她的名稱，問題是她的用字對應到北京語用法的意義又常常不太相同。

東西拿在手上把它握著，台語說「扲」，例如「扲牢牢」。「扲」，【金七語】（gim-7，把也）。如果握更緊，則是「抮」，例如「抮朥胿自殺」，「抮」【更七地】（te^n-7，持也）。

而「握」這個字在台語是唸做【江四英】（ak-4），握持的意思。這個動作在北京語也用「抓」來表達，例如說握緊或抓緊、握牢或抓牢，但是台語的「抓」是發【嬌二入】（jiau-2）與【嬌三入】（jiau-3）的音，意思是「亂搔抓也」，是等於北京語「抓癢」的「搔」。

然而，如果不是「抓癢」的「搔」，而是作弄的「搔癢」，教育部的建議是借用「擽」字（教育部說因為原字不明，建議借用）。倒是我在《彙音寶鑑》找到一個字，「摮」[1]，唸【較一語】（giau^n-1，摮隱處使其笑不止），音義都對。「搔」，【高一時】（so-1，手把也）。

北京語中的「癢」，不管是皮膚的癢或是心理的癢都叫「癢」，但是在台語有分「癢」與「擛」，二者不大一樣。「心裡癢癢的」，台語會說「心內擛擛」。

　　我們打完針後，有的時候要推一推、揉一揉，把藥推開，台語不叫「推」也不是「揉」，叫「軟」。北京語把紙「揉」成一團，台語叫「搦」。而台語的「揉」是指用濕布擦拭。例如「揉塗腳」、「揉身軀」。「揉」，【ㄐ五入】（jiu-5）；「搦」【恭八喜】（hiok-8）或【江八柳】（lak-8）。

　　北京語說「揉眼睛」，台語是用「挼」。抹布或毛巾用後要搓洗，就叫做「挼」，可以用在「挼衫」、「挼目睭」。「挼」音【高五柳】（lo-5，按揉），另一音【檜五入】（joe-5），都是「按、揉」的意思。用手指把螞蟻按死叫做「挼死」，所以有句話說「我加你挼死」的意思是說我可以用一根手指頭不費吹灰之力就可以把你搓死，而且死無殘屍。而「搓」的台語是【高一出】（chho-1，摩也），就是搓湯圓的搓。

　　東西掉地上要「撿」起來，《彙音寶鑑》用「拾」，教育部字典建議用「抾」，它有「撿」、「拾」和「積」的意思。但是「撿」在台語唸【兼二求】（kiam-2）是同「檢」，是檢查的意思。

　　「摘花」的「摘」字，台語唸【迦四地】（tiah-4，輕折也，摘花也）或【經四地】（tek-4，手取也，招果樹實也），在朗誦「花開堪折直須折，莫待無花空折枝」的時候就要唸文讀音【經四地】，但是口語中不管是摘花還是摘水果，都是用「挽」，音【觀二門】（boan-2，引也）。

小朋友跌倒，幫他安慰撫摸一下疼痛的地方叫「撫」，例如「撫撫咧」，如果用力一點揉擦則叫「抪」，把寫好的字亂塗亂擦掉就叫「抪」，把魚或肉搗成不成形變魚鬆或肉鬆叫魚抪或肉抪。「撫」，【龜二喜】（hu-2，摩也，循也）；「抪」，【龜二喜】（hu-2，循也，擊也），音相同，但義有別。

　　手的動作實在太多了，北京語和台語用字的不同又有差異，搞得人團團轉，下次再繼續，我怕你早就睡著了……。

　　看了這一堆無聊的字，會不會想從口袋掏錢給我叫我閉嘴？這個動作台語叫「撏」。「撏」，【金五時】（sim-5，取也），字典這樣標，但是與一般發音（【金五入】）有差異。

後記。

　　有網路讀者反應說腳的動作也很多，是的，但相對於手是稍微少一點，有機會下次再聊。也有讀者說這樣的表達精確。其實我也有朋友建議做有聲媒體，不然對於台語不熟的人會看得很辛苦。

本文拼音參考。

漢字	十五音	羅馬字	台羅拼音	台語同音字
扲	金七語	gīm	gīm	
抍	更七地	tēn	tēnn	鄭
握	江四英	ak	ak	沃
抓	嬌二入	jiáu	jiáu	擾、爪
	嬌三入	jiàu	jiàu	
撓	喿一語	giau^n	giau	——
搔	高一時	sə	so	騷

漢字	十五音	羅馬字	台羅拼音	台語同音字
揉	ㄐ五入	jiû	jiû	柔
摎	恭八喜	hiok	jiok	——
	江八柳	lak	lak	六
挼	高五柳	lô	lô	勞、羅
	檜五入	joê	juê	——
搓	高一出	chho	tsho	操、臊
撿	兼二求	kiám	kiám	減
抾	茄四去	khioh	khioh	卻
拾	茄四去	khioh	khioh	卻
摘	迦四地	tiah	tiah	——
	經四地	tek	tik	嫡
撫	龜二喜	hú	hú	釜
拊	龜二喜	hú	hú	釜
撏	金五時	sîm	jîm	蟳

註釋
[1] 這個字特別到讓人懷疑是某個時期的新造字。

俗更有力大碗更滿墘

037
俗更有力，大碗更滿墘

　　很多牛肉麵店或餐飲店都標榜「大碗又滿意」招攬生意，也有人說「俗又大碗又滿意」，阿Q麵廣告也這樣打，連三立電視台的美食節目也大喇喇地寫著「大碗又滿意，美食跟著大胃王去旅行」。

　　我記得約莫十五年前就曾經跟朋友說過「大碗又滿意」不是原來的台語，我的朋友還說我亂講，說我台語太爛，因為所有的媒體和廣告都這樣寫，唉......

　　我老家村子的北邊是將軍溪，溪旁有個村落叫溪墘寮。「寮」是「簡陋屋舍」的意思，例如「工寮」、「菇寮」；跟「厝」一樣，「寮」以前也常常成為地名，例如「口寮」、「中寮」，高雄的苓雅區以前叫苓仔寮，苓仔是一種魚網，存放苓仔的工寮叫苓仔寮，後來它成為當地的地名（笭改為苓，笭仔寫為苓雅）。

　　「墘」雖然北京語唸「ㄑㄧㄢˊ」但是大部分字典的解釋都說它在閩南語方言中是「旁邊、附近」或「邊沿」的意思，也就是說北京語不太用這個字。內湖有條「港墘路」，在以前所稱「港墘」的地區，在基隆河岸邊，古早時候有個碼頭，是內湖大

宗貨物進出的裝卸地。田的旁邊叫「田墘」，海的旁邊叫「海墘」，我家鄉附近有個地方叫「潭墘」，可以猜測當地以前有個水潭。溪的旁邊叫「溪墘」，溪墘有簡單的屋舍，後來變成地名，就叫「溪墘寮」。

碗的邊沿叫「碗墘」，上面提到「大碗又滿意」正確的字是「大碗更[1]滿墘」，意思是說「不只碗很大，而且還裝到滿至碗沿」比喻物美價廉，一般人說「俗又大碗」。只是「墘」的說法也逐漸被忘記，因為「墘」，【梔五求】（kiⁿ-5，邊也）與「邊」【梔一邊】（piⁿ-1，旁也）音近似，而意相通，所以很多人都說「海邊」、「溪邊」，而「碗墘」已經很少人會講了，甚至被誤寫為「大碗又滿意」還讓很多人以為是對的。

關於「俗又大碗」的「俗」，或是一般講「大拍賣」的「大俗賣」、東西便宜賣的「俗俗賣」，其中的「俗」，發音是【恭八時】（siok-8）。「俗」的意思，在《彙音寶鑑》中寫的是：風俗、鄉俗，俗化曰風、下習曰化。因此，似乎「便宜」是沒有關係的。不過有人認為因為「顯貴」與「庸俗」是相對，而貴有高價的意思，因此用「俗」表低價還算合理。

台語「靠俗」是不拘禮節、不拘小節的意思，比喻人的交情熟稔而不拘細節。例如：「雖然恁是好朋友，嘛不通傷靠俗（雖然你們是好朋友，也不能太隨便。）」

但是台語表示粗鄙的「俗」應該是「傖」。「傖」有三個音，【公一出】（chhong-1，鄙俗之稱）、【公五時】（song-5，傖也）與【經五時】（seng-5，吳人謂中州人為傖），我們平常用的就是【公五時】（song-5）的音。「俗又有力」，

應該是「傖更有力」。但是教育部建議用字是「倯」，異用字「傖」。「倯」，【恭一時】或【恭五時】（siong-1或siong-5，懶曰倯）。還好，教育部沒有跟一般台語文盲一樣用「俗又有力」，但是我還是不知道「倯」哪裡比「傖」好？

本文拼音參考。

漢字	十五音	羅馬字	台羅拼音	台語同音字
墘	梔五求	$k\hat{i}^n$	kînn	——
邊	梔一邊	pi^n	pian	鞭
俗	恭八時	siok	siok	蜀、孰
傖	公一出	chhong	tshong	聰、蒼
	公五時	sông	sông	——
	經五時	sêng	sîng	成、城
倯	恭一時	siong	siong	商、傷
	恭五時	siôk	siok	松、常、詳

註釋

[1] 表「又」的台語字，教育部建議用「閣」，我們建議用「更」。

038
做戲个悾，看戲个憨

　　清明假期回老家，陪老爸和姊到廟裏走走和朋友聊天。再過幾天就是「大道公生」（保生大帝誕辰），所以村子裡的義工隊有些義工到廟裡幫忙打掃。義工隊朋友說往年都是媽媽在「箍」，所以人手比較多。「箍」在台語口語有當「號召」的意思，「箍」，【沽一去】（kho-1，以篾束物）。村子東邊二位元帥廟收奉獻也都是我媽媽自願去服務，今年就找不到有人願意去幫忙了……

　　廟裡的行事曆寫著三月十八日賞兵，「賞兵」是一種拜拜，我記得小時候廟祝會「放送（廣播）」說要「犒賞兵士」，我記得他都會這樣說：「這是金興宮播音站，各位村民注意收聽。下晡大廟欲犒賞兵士……。」所謂的「士兵」是廟裏王爺的軍隊，平常駐紮在東南西北中五營，到鄉下的村落去，通常都會看到在村子東南西北四個主要出入口附近會各有一個「營頭」，而「中營」則通常在大廟後方。村民在農曆每月十五日帶著供品到廟裡拜拜，「犒賞兵士」是酬謝這些神兵神將的保守。因為三月十五剛好是廟裏主神大道公的誕辰，因此這個月的「犒賞兵士」延到十八日。（有些地方用「犒兵」、「賞兵」，或稱「平安會」）

廟埕搭起了戲棚，聽說是新的主任委員希望每年大道公誕辰至少都要謝一棚「大戲」。「大戲」是「歌仔戲」，是相對於「布袋戲」來說的。「棚」是計算戲台的單位，因為演戲要搭戲台，「戲台」台語稱為「戲棚」，搭一個戲棚演戲叫一棚戲。酬神演戲用「謝」當動詞。（「齣」是「戲」的段落的單位，一棚戲下來可能會有好幾齣戲。）「棚」，【經五邊】（peng-5，棚棧、棚閣）；「齣」【君四出】（chhut-4，一入曰齣）

有幾句台語的俗語，「做戲个悾，看戲个憨。」戲是假的，但是演戲的人要當真、演得逼真，看戲的人卻明明知道是假的卻還是跟著劇情和演戲的人的情緒高興大笑或悲傷哭泣，這句話也有引申為「一個願打、一個願挨」的意思。「悾」，【公一去】（khong-1，悾悾無知也）。

「戲棚腳，徛¹久个人的」，看戲的時候，最好的位子是在戲台前，可以看得清楚、聽得真切，因為演久了有些觀眾會離開，你就有機會換到較好的位子。這句話是在告訴人「要有耐心，持之以恆，有一天必然會成功。」

不過，站在戲台前是要看戲，不是要挑女朋友，「戲棚腳，揀無美查某囝仔」。「戲子」台語叫「戲班仔」，她們上台都是濃妝豔抹，因此一般來看戲的人相形之下都不會有她們好看，所以拿戲班仔的標準來比，要找到漂亮的女孩就會很困難。

現在演布袋戲好像就是給神看的，基本上已經沒有觀眾，因為新式布袋戲能做到太多的燈光與運鏡及特殊效果，所以通常都是下午扮仙結束後，晚上改播電影。幾個月前有一次看到廟前酬神戲在播電影，螢幕前只有播電影的老闆在滑手機，唯二的觀眾

是廟埕前兩隻無精打采躺地上的流浪黑狗。

後記。────────────────────────

　　有位同學說：「我家在廟前，對『賞兵』的播送再熟悉不過了，這句話播送台詞非常寫實。」

　　他們村子跟我們村子離滿遠的，可是說法很相似。不過那是小時候了，現在大廟廣播說：「各位信徒注意收聽，下晡大廟欲賞兵，沒參加賞兵會的信徒請準備牲禮......，有參加賞兵會的......」

本文拼音參考。──────────────────

漢字	十五音	羅馬字	台羅拼音	台語同音字
箍	沽一去	kho	khoo	摳
犒	高三去	khò	khò	課
棚	經五邊	pêng	pênn	平、坪
齣	君四出	chhut	tshut	出
悾	公一去	khong	khng	亢、康

註釋 ─────────────────────────
1　「徛」字建議用「立」，請參《佮厝邊頭尾話仙》冊之114篇〈立陀位〉。

039
牽眾賣某，牽荇纘腹肚

　　父親退休後都還繼續從事教育工作，不但參與文化復興總會的心靈導師、擔任地區音樂比賽評審、在社區講授並推廣台語，也到附近國小當義工爺爺講故事。他喜歡跟小朋友講早期農漁業社會的工具和器物，他通常會上網找相關的資料，自己整理做Power point教材。有一次他播介紹給小朋友的牽眾捕魚影片給我看，還補了一句話：「牽眾賣某，牽荇纘腹肚，撈麻蜞趴白虎」。

　　我在網路上看到有人這樣寫：「牽罟賣某，牽荇束腹肚。」有兩個字不一樣，「罟和眾」以及「束和纘」。

　　「罟」，在北京話的解釋是「網的總稱」，捕捉魚或鳥獸的網。《孟子·梁惠王上》：「數罟不入洿池，魚鱉不可勝食也。」過於細密的魚網不要放入深池中捕魚，要放過小魚，那麼魚鱉這樣的水產就可以有機會循環生長，以後都還會有得吃。可見當時就有這樣的概念，怎奈貪心的人類不知節制，讓許多物種瀕臨絕種！

　　但是，「罟」應該不是正確的字，應該是「眾」，理由有二。其一，「罟」，【沽二求】（ko-2），「眾」，【沽一求】

（ko-1），從聲調看是「罛」才對。

其次，「罟」是「網的總稱」，「罛」是「大魚網」，「笒」也不小，只是相對於「罛」是比較小的，「牽罛」與「牽笒」，差異在於生產規模的大小，也就是耗費人力的，因此這句話的上下半句需要能夠區別大小差異的漁網，因此「罛」與「笒」才對，不應該用「網的總稱」來敘述這句話。我們再說明清楚一點：

「罛」通常用於海上。捕魚時一頭在岸上，一頭用船載到海上再拉回來，而因為它大，所以需要很多人幫忙。「牽罛賣某」的意思是說牽罛捕魚需要花很多錢僱人幫忙，但是漁獲所得如果不足以支付僱工，可能就得得賣老婆還債。不過，也有不同的解釋，我堂哥跟我說以前他和我大堂哥曾經到曾文溪出海口牽罛，那時參加牽罛的漁工大都是村裡較沒生產力的人，而牽罛所得漁獲則有提供漁網（所謂頭家）抽幾分，剩下再給參加的人平分。往往所得不多，所於分得的也無幾，而且都是些雜魚，所以不夠家裡溫飽才会有「牽罛賣某」一詞。

「笒」也不小，只是相對於「罛」是比較小的，一般來說一甲地的魚塭（一百公尺平方）也都是用「笒」來捕魚。這樣的網也需要花錢請人幫忙拉，而如果漁獲量不好，就得勒緊腰帶餓肚子，還好不用賣老婆。「笒」，【經七柳】（leng-5，取漁具）。

「勒緊腰帶」，我在網路上看到有人寫「束腹肚」，「束」音【公四時】（sok-4），「縛」的意思。但是原來的音應該是用「纘」，「纘」北京語是當「繩索」，在台語，音【褌三時】

（sng-3），縛緊曰纆。有些人打架的時後用手勒住別人的脖子，叫「纆頷頸」，在旁邊看熱鬧的人還會說「纆互死（把他勒死）！」，因此，「束」與「纆」是有點差異的，後者要更緊更暴力一些。

　　從「罟」、「罟」、「答」與「纆」、「束」，我們再一次發現台語用字的細膩。不過關於我父親唸的第三句「摨麻蜞趴白虎」[1]，似乎是後來有人加進去的，跟前面兩句好像沒甚麼關聯，唸好玩的而已。

本文拼音參考。

漢字	十五音	羅馬字	台羅拼音	台語同音字
罟	沽二求	kó	kóo	古、鼓
罟	沽一求	ko	koo	菇、孤
答	經七柳	leng	līng	另、令
束	公四時	sok	sok	速
纆	褌三時	sng	sǹg	算

註釋

[1] 「摨」字用法請參本冊之36篇〈摨死〉。

040
孝孤

中國時報曾有一篇社論,關待賜先生寫的「請講優雅的台語」,文中提到有位在巴拉圭長大的台裔女孩在賣場打工,有一次遇到一位同是台裔顧客,於是用台語跟他說:「你買這爾贅物件返去孝孤喔!」當場顧客愕然,女孩也不知道她錯在哪,她看了豬哥亮的錄影帶,以為「孝孤」就是「吃」的意思。豬哥亮流利的台語確實也是我們學習台語很好的參考,只是對台語瞭解不夠深入、學了之後用在不適當的地方,可能會踩到地雷,「孝孤」就是一個容易出錯的例子。

講到「孝孤」,就要跟「搶孤」一起談。

依照台灣民間習俗的說法,早期有些人因天災或疾病喪命之後因無後人祭祀而成孤魂,民眾於是在農曆七月舉辦普渡來奠祭這些魂魄。普渡時會豎燈篙昭告附近的好兄弟這裡有準備各種牲禮佳餚,歡迎前來享用,這稱為「孝孤」或「祭孤」。到了民俗月結束的時候,這些好兄弟應該要離開,人們又擔心好兄弟賴著不走,因此會辦一個「搶孤」,意思是「與孤爭搶」,目的是要嚇走好兄弟。

這樣的活動小時候常見,但是可能因為「搶孤」具相當程

度的危險，現在並不多見，目前以宜蘭頭城搶孤最具盛名。「搶孤」的活動方式就不在此說明，有興趣自己查資料。

簡單來說，「孝孤」意思為祭祀孤魂、孝敬孤魂，也就是拿東西請孤魂野鬼吃，理論上把食物給生者是不能這樣說的，但是後來被用來做為一種「吃東西」的鄙夷說法。例如：「我知影你想欲孝孤（我知道你想要吃）！」，又例：「這个物件提去孝孤。」它是一種粗俗的叫人拿去吃的表達方式。

「孝孤」後來被用在當要批評一個東西難吃的時候：「這款物件敢會當孝孤？」簡單地講它是說「這東西能吃嗎？」完整地說應該是指「這東西連拿去給孤魂野鬼吃都不行了，還能給人吃嗎？」

「孝孤」進一步用在質疑事情的可行性：「你食這款頭路（祿），敢會當孝孤？」意思是說「你做這樣的工作不太適合、不稱頭。」

另外，有時看到群眾爭先恐後地搶東西、搶食，也會被人罵「搶孤」。

關待賜先生呼籲，台灣境內「衝三小」、「踹共」等很多不雅辭彙，已經約定成俗、不絕於耳，值得憂心，希望傳播媒體及文藝創作者書寫閩南語時，要多加斟酌，以免助長閩南語的粗俗化與無理化。

我個人憂心的是這些不雅用詞的日常化與生活化，讓大家習以為常，甚至視為正常與理所當然。曾在法院的判決中，「幹X娘」已經被法官認為是「發語詞」，對別人講這三個字已經不構成毀謗罪，難怪一天到晚我們都會聽到一大堆「幹X娘」與「哭

爸」混雜在平常的嬉笑言談中，許多年輕人以此類粗口而得意，這樣真的不好。

後記。

　　有位讀者簡單留言，「長知識」三個字，令我也覺得滿開心的，至少我知道他按讚不是按假的。如果，我們的呼籲，包括要保護台語、要講文雅的台語、要修正錯誤的台語用字，都能慢慢地被接受、有行動，這樣就達到我們的目的了。

041

誶誶你

　　拜社群媒體之賜，失聯幾十年之後的老同學又被串在一起，大夥兒三不五時約聚會，或打球、或看畫、或聚餐、或小酌、或打牌，每次的聚會總是會聊起小時候各種奇奇怪怪的往事，有些事是大家都會記得的，例如有一堂課數學老師花了整堂課的時間發考卷，三根藤條打斷兩根、有男同學被要求脫褲子打屁股，打到冒血珠；也有很多是每個人的私房記憶，例如他如何幫某男同學傳情書給某女同學。前一陣子高中同學聚餐，我突然想起班上有個同學喜歡講的一句話：「I have no hiu-lan to you！」這話什麼意思，先賣個關子。

　　有個朋友跟我說我寫的東西她看不太懂，其中一個原因是我用「十五音」來「注音」，而「十五音」是大部分人不懂的。因此我決定加上羅馬拼音，因為國語的注音符號無法完全標出台語的發音，要用漢語的注音符號在打字上也會產生困擾。後來這朋友建議我要不要乾脆把我寫的東西用唸的並錄音下來，我坦白地說，相當的困難，而且效果不會好，因為我是用北京語寫的，用台語直接唸北京語的文字，並不算是真的台語，許多台語鄉土劇或台語相關節目令人看起來彆扭就是這個問題。

舉個例子來說「他在生氣，不用理他。」，用最基本的台語說是：「伊咧受氣，不免睬伊。」但是，台語不但可以很多變，而且味道不同。

「生氣」的台語，我們在第11篇〈脹䱐〉有討論，包括、「使性地」、「脹胿」、「起歹面」、「快忳」、「釘性」等等的。

另外，「不要理會他」可以說「莫管伊」、「莫睬伊」。「莫管伊」也可以說「管待伊」或「莫管待伊」，這也是台語奇怪的地方，「理他」或「不要理他」都是「不要理他」的意思。「睬伊」或「莫睬伊」都是不要理他。這跟我們在《偕厝邊頭尾話仙》冊之152篇〈免就是不免〉講的是類似的。「睬」，【皆二出】（chhai-2），我們建議這個字主要是採「理睬」同義複詞的緣故。教育部建議用「插」，【甘四出】（chhap-4），跟「插手」的「插」同一個音。（小有「插」建議用「岔」字者。）

小時候還會聽到媽媽說：「沒咧誗你！」「誗」，【ㄐ五出】（chhu-5，以言答之也），就是「懶得回應、懶的理你」的態度。有一個有趣的說法是：「我誗誗你！」也是一模一樣的意思與態度。只是通常我們發的是【ㄐ三出】，應該又是走音了。

雖然我們剛剛提醒要講文雅一點的台語，可是還是要把「常用」的用法帶一下：「莫睬伊」常常會加一個字「潲」成為「莫睬潲伊」，「沒咧誗你」也一樣會加一個「潲」變成「沒咧誗潲你」。

另外有一個字，「摳」，一般字典上都說這個字唸【ㄐ二去】（khiu-2），是拉或扯的意思。但是《彙音寶鑑》裡，

「摼」還有另一個音，唸【ㄐ三喜】（hiu-3，摼掉也），在台語是「甩」的意思。台語有一句「沒咧摼屪你」，男生尿完尿要把生殖器甩一甩，就是在「摼屪」。

　　終於回到主題。如果我不想理你，台語隨著情緒的程度可以從「我無欲睬你！」一直到「我無欲詶淋你！」或「我沒咧摼屪你！」等等的，而標題「I have no hiu-lan to you！」就是「我沒咧摼屪你！」，這句話的意思是「不甩你」、「不鳥你」或「不屌你」。

本文拼音參考。

漢字	十五音	羅馬字	台羅拼音	台語同音字
插	甘四出	chhap	tshsm	——
詶	ㄐ五出	chhû	tshiû	愁
	ㄐ五時	siû	siû	仇
摼	ㄐ二去	khiú	khiú	——
	ㄐ三喜	hiù	hiù	嗅

042
不四鬼

　　老家村子裡的住戶大概都是世居幾十年或上百年，回去要找國小同學都可以直接去他小時候的家找他，那個房子幾乎不會換屋主，只是同學可能在外地很少回來，家，還在。

　　村子裡大部分都是老一輩長者，我甚至都還知道他們的父執輩，但是年輕一代，整個村子我大概只知道兩個，我家正隔壁的小孩。

　　這一對兄弟成長在一個較為封閉而落後的環境，應該也差不多三十好幾了，整天在家閒晃，老大還好，偶而打零工，老二遊手好閒，聽說他經常尾隨婦女，從後面用竹竿撩女生的裙子偷窺，雖然不曾有甚麼傷害，卻也是在一個純樸村落的問題人物，他甚至曾在村子裡「遛鳥」，後來被村子裡的人動用私刑，以鞭打他的寶物結案，雖然派出所離他家只有五十公尺。

　　一般而言，對於好色之徒，台語會用「豬哥」或「色龜」來稱呼。「豬哥」是比較容易理解的，因為以前豬哥是用來到處「播種」的，所以也有「豬哥神」或「瘸豬哥」的稱法，但是烏龜又無辜了，戴綠帽也是被罵龜，想拈花惹草也罵「龜」。

　　形容一個人好色，台語還有一個名詞叫「不四鬼」或「不

死鬼」。還有人認為應該是「不速鬼」或「不羞愧」、「不思愧」、「不似鬼」。認為應該是「不四鬼」的所持的理由是「不三不四」。「不三不四」本來就是不正經、不像樣的意思，不論北京語或台語，對於有不良嗜好或不良行為的人常常用「XX鬼」來稱呼，表示厭惡之意。取「不三不四」的「不四」加上「鬼」，可能是其由來。（劉建仁台灣化的語源與理據—不死鬼）

認為應該是「不死鬼」的說法是《論語憲問篇》：原壤夷俟。子曰：「幼兒不遜弟，長而無述焉，老而不死是為賊。」又，《詩經鄘風相鼠篇》：「人而無儀，不死為何？」（湖海大散人ki999mo的部落格）。

也有人建議「不祀鬼」，聽起來也有幾分道理。也有說是「不斯鬼」，意思是「斯文掃地」、「不斯文」的鬼。教育部建議的也是「不死鬼」：形容男性好色，不要臉。例如：「譀[1]！伊哪會這不死鬼（天啊！他怎麼這麼不要臉）！」又，教育部說說近似詞為「姼仔誄」。（「姼仔誄」請參第28篇〈奅哩奅哩〉）

「老不修」則是用於形容行為舉止不正經、好色的老人。例如：「你這个老不修，食遐老矣，猶更想欲行酒家（你這個老不修，年紀一大把，還想上酒家）。」

有一個「燥」字，是好色的形容詞。例：「你有夠燥！」就是「你好色！」，「燥」的原意是「不濕、燥熱」。

農村人口外移，使得村落缺乏新動力，不過，最近有些人回鄉蓋新房子，鄉下還是比較適合退休養老的地方，再怎樣，這裡總是家，是根的所在。

本文拼音參考。

漢字	十五音	羅馬字	台羅拼音	台語同音字
瘖	嬌一時	siau	siau	消、蕭
愧	規三去	kuì	kuì	季、桂
燥	高三時	sə̀	sò	躁

註釋

[1] 「謼」是應聲字，建議參考本冊之075篇〈呀，好〉，考慮「呀」字。

043

孤獨、孤屘

　　寫第40篇〈孝孤〉讓我想到「孤」的其他用法。

　　「孤獨」在台語並不當「孤單」來用，而是指一個人特立獨行、不近人情，不喜歡與人交際、親近，性情孤僻乖異、寡合、而自私。例：「伊个個性較孤獨，無咧佮人相交睬（他的個性比較孤僻，不喜歡與人往來）。」「孤獨」的意思與用法跟「孤佬」接近，例：「你嘛不通遐孤佬，諒情一下也無通（你也不要那麼不近人情，原諒一下也不行）。」前面提到的「獨」發【江八地】（tak-8）的音；「佬」，【交一柳】（lau-1，佬佬大貌）。

　　除了「孤獨」，「孤屘」是比較常用來形容孤僻的人，「孤屘」原先是指無父無母，無兄弟姊妹或親戚，孤苦無依的人，但是後來「孤屘絕種」或「孤毛絕種」則是詛咒人以後老了會絕子絕孫的話。「屘」，【君八求】（kut-8，鳥短尾也），「孤屘」或是「孤毛」意指鳥羽毛不豐，無以保暖。「孤屘」這個詞在過去是還滿常用的字眼，現在也很少聽到了。

　　而如果你要說的是沒人做伴的孤獨，則要說「孤單」。心理的「孤單」比較接近「寂寞」，另一個形容寂寞的詞是「稀

微」，例如：「囡仔攏出外，兩个老个感覺真稀微（小孩子都離家在外，父母兩人覺得很寂寞）。」

黃俊雄布袋戲六合三俠傳裡有一位「孤單老人」，她為了尋找她的兒子四處在江湖走動，武藝高強的她，常常對正義之士伸出援手。「孤單老人」自稱「老身」，「老身」是早期白話中老年婦人的自稱，《北史穆紹傳》：「老身二十年侍中，與卿先君亟連職事，縱卿后進，何宜相排突也！」。「孤單老人」獨自一人，她是死了丈夫的寡婦，稱為「孤孀」。《淮南子・脩務》：「弔死問疾，以養孤孀。」可見看布袋戲真的可以學到好多台語，而且文言的台語是那麼的優雅！

布袋戲的打打殺殺，打群架比較少，但比較熱鬧；不過單挑的場面更可以看出演者掌偶的功力，以及英雄使用的招術。一對一的「單挑」，台語叫做「釘孤枝」。例：「伊欲偕你釘孤枝（他要跟你單挑）。」

有一天我跟父親提到時下台語漸漸消失以及錯誤的台語氾濫的問題時，我父親嘆了口氣，無奈的說：「咱是孤鳥」。「孤鳥」是落單的鳥，比喻孤獨的人。例如俗語有「孤鳥插人群」，是比喻獨自一人在人群中，形單影隻。也常用來指稱獨力做一件事，沒有奧援的人。

其實，當我開始蒐集台語資料的時候，發現其實是有很多人默默地投入這個領域的，這是很令人振奮的事，只是希望這些作者或是Youtuber不要再亂搞錯誤的台語，他們的努力反而是害了她。

有您的支持，我們就不會是孤鳥。

本文拼音參考。────────────────────

漢字	十五音	羅馬字	台羅拼音	台語同音字
獨	江八地	ta̍k	ta̍k	逐
佬	交一柳	lau	lau	──
毳	君八求	ku̍t	ku̍t	滑、堀
燸	公一時	song	song	霜
	褌一時	sng	sng	酸

044
礙虐逆篙

在圖書館翻書，翻到有一本兩位年輕人寫的關於台語用字的書，一位負責寫內容，一位負責畫插畫，目的也是要推廣台語。本來對於年輕人願意做這樣的事、能做這樣的事，我覺得是值得嘉許的，但是看到他寫的「礙虐」，讓我覺得「礙虐礙虐」。

這本書說「枷笱」是跟「礙虐」近似。

書中對於「礙虐」的解釋是對的，他說：「譬如當正處於曖昧的兩人，在路上不期而遇，其中一方紅著臉說不出話來，便可以說『礙虐』；當心頭有件事擱著沒說出來，卻又得面對當事人時，這時也可以用『礙虐』來形容......。」

「礙虐」教育部字典讀做gāi-gioh，又唸作ngāi-gioh。意思是「彆扭、不順，令人覺得不舒服」。例如：「伊今仔日的穿插，我看着真礙虐（他今天的穿著，我看了很不舒服）」。心裡覺得怪怪的，也可以說「心肝頭感覺礙虐礙虐」。「礙」，【皆七語】（gai-7，止也，拒也，妨也，阻也，限也）；「虐」，【姜八語】（giak-8，殘暴也，酷虐也）。簡單來說就是一種「尷尬」的感覺。

只是這個「虐」字是有點怪怪的，也有人寫為「礙謔」，

但是總沒有「礙齵」來得好。「齵」是牙齒長得參差不齊不好看，因為牙齒長得不好看而有點尷尬不好意思，解釋起來是滿合理的。

「礙齵」雖然多半是屬於自己這邊，有些狀況是也是回用來形容雙方的關係。而「礙齵」是還在一個可以被忍耐的程度，很令人討厭叫「刺鑿」或「鑿目」或「忨」或加強語氣的「忨淅」。

而該書所說「枷笱」的詞，倒是怪怪的，我本來還看不懂他在寫什麼，看了半天才恍然大悟。作者所說「礙虐」比較屬於心理層面感受的，而「枷笱」是比較具體或是具象的，因此作者要說的應該是林仙隆先生所說的「格戈」或「逆篙」。

依林仙隆先生在《河洛話一千零一夜》的建議，這個詞應該寫做「格戈」，意思是「以戈阻格使不能前進」。它可以當名詞也可以當動詞，例如：「我偕伊有一括格戈」是指「我和他中間有一些隔閡、意見不合的地方」，這是當名詞用。又如果說：「伊格戈我的提案」那則是指「他不同意、杯葛我的提案」，這就是當動詞。

我比較喜歡林先生另外的想法──「逆篙」。他認為「戈」是武器，過於強烈，「逆篙」阻逆之勢要比「格戈」輕微。「逆」在字典中寫【嘉八求】（keh-8，不順也），事情做起來不太順暢可以說「逆逆」，叫人家不要阻礙別人的事可以說：「你莫共人逆啦！」「戈」與「篙」都讀【高一求】（ko-1），與「高」同音。

該書作者用「枷笱」這兩個字，我看不出來他的道理，

「枷」，【嘉五求】（ke-5），「笱」，【沽二求】（ko-2，取魚竹具），音同「古」。「笱」字的音與義都找不到合理解釋。此外，這本書用北京語注音符號來標示台語讀音，例如把「礙齬」」寫成「ㄋㄞˇㄧㄜˋ」，真的差太多了！事實上這本三百多頁的書，錯的字、錯的音很多，特別是硬要用現有的北京語注音符號注台語發音，根本就很怪，我會建議作者如果要用這種方式注音，他應該把「台灣方音符號」學好再來。所以這本書我翻起來真的覺得「礙齬礙齬」。

本文拼音參考。

漢字	十五音	羅馬字	台羅拼音	台語同音字
礙	皆七語	gāi	gāi	——
虐	姜八語	giàk	gik	癮
逆	嘉八求	kèh	kèh	——
戈	高一求	kə	ko	糕、高
篙	高一求	kə	ko	糕、高
枷	嘉五求	kê	kê	鮭、痂
笱	沽二求	kó	kóo	古、笱

045
低祿肉腳

　　台南市佳里區的北頭洋是以前平埔族群分布的區域，有一次我開車閒晃走到飛沙崙的古蹟荷蘭井，遇到一群「北頭洋發展協會」的民眾在烤肉，就跟他們小小聊了一下。他們提到他們都在學西拉雅語，「北頭洋」的「北頭」和台北士林區「北投」同音，是源自西拉雅語「女巫」。

　　「北投」的原意大部分的人並不知道，我們台語常用的「阿西」意思是「呆瓜、傻瓜」，罵人「不靈光、不精明、反應慢」，詞的意思我們知道，但是可能大部分的人並不知道它是來自西拉雅語，不過，「阿西」現在已經「變成」台語了。例如：「你罵我阿西，無，你家己是有若巧（你罵我不靈光，那自己是有多聰明）？」

　　所以，「北投」跟「北頭」一樣，「阿西」你要怎麼寫應該也都可以。但有時候我們真的很難考究、澄清文字和語言的關係。跟「阿西」有接近意思的「低路」和「頇顢」都有這樣的問題。

　　「低路」是指不靈光、不中用。例：「你真正有夠低路，連這款工課都未曉做（你真的很不中用，連這種工作都不會

做。）」，它有「笨手笨腳」甚至「越幫越忙」的味道。對於某人在做某工作，做得很不理想，形容此人技術很差會說「你有夠低路」或「低路師」。

不過《河洛語-台語正解》作者認為正確的用字應該是「低祿」，古代的貴族都有俸祿，俸祿低的表示才能低，所以笨手笨腳是「低祿」等級，比「無祿傭」（無路用）好一些。（但是「祿」的音與「路」有差異。）

「頇顢」是形容人愚笨、遲鈍、笨拙、沒有才能。例：「彼个人做事誌真頇顢（那個人做事情很笨拙）。」

有贊成寫為「頇顢」的，他們的理由是：北京語「顢頇」解釋有兩個，一個是臉大的樣子，另一個是不明事理、糊里糊塗。台語「頇顢」是「顢頇」的倒置（倒置反序相關請參《偕厝邊頭尾話仙》冊之127篇〈紹介〉）。連雅堂《台灣語典》：『漢漫：謂無能者。呼含慢，正音也。《北齊書·楊愔傳》：「愔強識不忘，有魯漢漫者，自言猥獨不見識。愔曰：『卿前騎禿尾驢，見我不下；何不識耶』？又調之曰：『名以定體，漢漫果自不虛』。亦作頇顢。」所以連雅堂先生也說寫為「漢漫」或「頇顢」。

但是也有人持不同意見說：「『形容不明事理，糊裡糊塗』與台語原意不完全相同，其次音也不合。因此建議寫為『憨慢』，意思通，而雖然『憨』通常音發為gong，但是有中古音韻書寫濁聲母的讀法是陽去調，下瞰切，對應台語是hām（諴）。」

倒是《彙音寶鑑》收錄的，「頇」，【干一喜】（han-1，顢頇大面之兒也）；「顢」，【觀五門】（boan-5，顢頇大

面）。「憨」有兩個音，一為【甘一去】（kham-1，憨神），一為【甘一喜】（ham-1，痴也），也可以參考一下。

對於這樣都有可信的說法，基本上我會先採用教育部的用字，我必須承認我較「頇顢」，沒若賢。所以，教育部收錄的「侗戇」，也一起放進來。「侗戇」，指「愚蠢無能呆笨」。例：「不去學一个工夫，規工坐佇遐，直直侗戇去（不去學個本事，整天坐在那兒，越來變得越笨）。」也當「愚蠢、呆笨的人」，例：「隱疴个交侗戇个（駝背的人結交愚笨的人）」，比喻物以類聚。異用字「侗忨」。

不過我都用「飯桶」自稱，其中一個原因是我吃飯會吃很多米飯（兩碗很多吧），但配很少菜。聽說「肉腳」是近幾十年在一群專科生打麻將時被創造出來的，滷肉腳是指純肉沒骨，就是軟的意思，這也已經被教育部字典收錄：「『肉腳』，行為軟弱，能力不足的人。是一種帶有譏諷意味的說法。例如：『我叫是伊是肉腳仔，結果伊上贏（我以為他不行，結果他最贏）。』」

西元1874年，西拉雅族人還在用羅馬字拼音寫他們的母語，1895年日本佔領後就很少人會講，竟然在三年後的1898年，西拉雅族人告訴日本人田代安定說他們的母語差不多都消失了。現在的西拉雅語復甦是靠著十七世紀荷蘭宣教士留下的翻譯本西拉雅語聖經和有限的文獻，力求一字一句復活，2017年噶哈巫語還有12個人會說，巴宰語在2010年潘老太太在96高齡過世後世界上再也沒有流利巴宰母語使用人。我們應趁早保護台語，不能讓台語走到這樣的田地，如果你跟我說你愛台灣，一起來！

本文拼音參考。

漢字	十五音	羅馬字	台羅拼音	台語同音字
頇	干一喜	han	han	——
顢	觀五門	boân	bân	饅
憨	甘一去	kham	khám	坎
	甘一喜	ham	ham	酣

白翎鷥擔畚箕

　　我有位堂哥他喜歡參訪各地寺廟，也經常把各寺廟的照片、歷史或民俗、節氣相關典故貼文在Facebook上。有一次他重貼一篇幾年前的貼文，他說這篇貼文他特別珍惜，因為他五嬸（我媽媽）很少在他的貼文按讚，這是少數的一篇。那篇文章是關於白鷺鷥，不是寺廟。其中一張照片他在旁邊加了一首童謠，他這樣寫：

> 白翎鷥，擔畚箕，
> 擔到溪仔墘，踣一倒，拾到一仙錢。
> 買大餅，分大姨。
> 大姨嫌無夠，喊雞喊狗來咒詛。
> 咒詛無，投姆婆，姆婆去做客，投大伯，
> 大伯去賣龜，投姊夫，
> 姊夫去賣紙，投來投去投着我，害我心肝博博彈，
> 雞母換雞（台語ㄋㄨㄚˋ），雞（台語ㄋㄨㄚˋ）會生
> 卵，有米兼有飯。

　　這首童謠大部分人聽到或記得的是比較短的版本：

白翎鷥，車畚箕

　　車到溝仔墘，跋一倒，撿到二仙錢。

　　一仙買餅送大姨，一仙留起來好過年。

　　我們熟悉的是短的版本，所以唱的都是「車畚箕」，但是畚箕怎麼是用「車」的？明明是「挑」的，「挑」字台語唸【嬌一他】（thiau-1，撥也、取也、杖荷也），或【茄一他】（thio-1），是海腔變音。但是台語的「挑」通常是用「擔」，音是【監一地】（ta^n-1），我父親說他小時候是唸「擔畚箕」。

　　有一天，我突然想到，「車畚箕」會不會是「搝畚箕」？（「搝」請參考本冊之015篇〈車踦寏〉）

　　「撿到錢」，「撿」字的台語唸【兼二求】（kiam-2），基本是等於「儉」。而北京語「撿」的意思的台語是用「拾」這個字，唸為【茄四去】（khioh-4）。教育部建議用字「抾」，從《說文》、《廣韻》、《集韻》等來看，意思有一點點相似，但是還是有點差別。另外，「撿到」的「到」應為「著」字。

　　一仙錢是一文錢。「喊雞喊狗」，應該是「喝雞喝狗」，北京語唸「ㄏㄜˋ」的「喝」，這個字在《偕厝邊頭尾話仙》冊之128篇〈軍士象，車馬包，兵仔卒子捉來鬥〉有討論。

　　「喝」倒是有建議用「吳」字的。「吳」音化，大聲也。

　　堂哥寫的「雞（台語ㄋㄨㄚˋ）」，是指雛雞，寫為「雞健」或「雞妹」，在本冊之094篇〈雞角雞健〉有討論，這裡就先略過。

還有一個詞「咒詛」。

北京話「咒人禍事上身」都說「詛咒」；這個詞的來源可追溯到《尚書・周書・無逸》：「變亂先王之正刑，至于小大，民否則厥心違怨，否則厥口詛祝。」中的「詛祝」。到西漢，「詛祝」就被「咒詛」所取代了。司馬遷約西元前九二年，於《史記・卷四十九・世家十九外戚世家》記載：「女子楚服等坐為皇后咒詛，大逆無道，相連誅者三百人，乃廢后居長門宮。」

而「詛咒」出現於唐韓愈《南山詩》：「得非施斧斤，無乃假詛咒，鴻荒竟無傳，功大莫酬僦。」至今北京語都說「詛咒」，但是台語保留了「咒詛」，舉凡詛咒、咒罵他人都說「咒詛」，發誓也叫「咒詛」，發重誓叫「咒重詛」。

可惜這些歌謠以前並沒有被好好地寫下留存，以致於現在一首短短的童謠，就有這麼多需要討論的地方......

本文拼音參考◆

漢字	十五音	羅馬字	台羅拼音	台語同音字
擔	監一地	tan	tann	檐
	甘一地	tam	tam	聃
挑	嬌一他	thiau	tiau	刁
	茄一他	thio	thio	——
佫/佫	經四求	kek	keh	隔、格
到	交三求	kàu	kàu	夠
撿	兼二求	kiám	kiám	減
拾	茄四去	khioh	khioh	卻
	金八時	sip	sip	習
抾	茄四去	khioh	khioh	卻

047
打馬膠

　　我們村子名叫「將軍庄」，簡稱「將庄」，地名是因施琅將軍登陸現今將軍溪而來，當時有施士聰和吳英兩位將軍同行，後來兩位將軍邀請他們族人到此開墾，因此我們村子原來以姓吳和姓施為主，聽說後來姓施的大部分搬到鹿港，留在村子的以姓吳較多。我們村子出過兩位監察委員，剛好一位姓施，施鐘响先生，一位姓吳，吳豐山先生。

　　吳豐山先生是我父親教升學班時的學生，他淡出政壇後經常寫書、寫字、畫畫，2018年底還舉辦了一個小型個展，有一幅書法作品是寫童謠：

　　　　天黑黑，欲落雨，阿公舉鋤頭掘水路。
　　　　掘着一尾鯽仔魚。
　　　　鯽仔魚，欲娶某，龜擔燈，鱉打鼓。
　　　　蜻蜓舉旗叫艱苦，水雞扛轎大腹肚。

　　我本來以為他寫的這首童謠是「天黑黑」和「西北雨」兩首歌謠混在一起，後來在網路上發現這是諸多「天黑黑」版本

之一。

「天黑黑」，「黑」台語說「烏」，常見版本我們就不在這重述。倒是「舉鋤頭」的「舉」，台語唸【居二求】（ki-2），與「幾、己」同音。而「夯」，【迦五語】（gia-5）是「有力舉起」，拿個鋤頭或拿一支筆，不需要用這樣的力氣。因此教育部建議了一個字，「攑」，這個字有兩個意思，一是「拿」，例如攑筆、攑箸；一是「舉」，例如攑頭、攑手。只是這個字北京語唸「ㄑㄧㄢ」，台語是【堅五去】」（khiang-5），所以應該是借用。

其實我們很熟悉的李白的靜夜思講得很清楚了，「舉頭望明月，低頭思故鄉」，此外，「舉」字的甲骨文是一個人用雙手將一個小孩撐起，照理有一雙手就夠了，不需要再加一隻手。

普通版的「天黑黑」會唱到「阿公欲煮鹹，阿嬤欲煮洘，兩人相拍挵破鼎」。《彙音寶鑑》並未收錄「挵」這個字。國語字典說「挵」古同「弄」，是「把玩」的意思，因此，這可能也是另一個借用的例子。

有台灣閩南語辭典說：「因強烈撞擊而導致損壞，就是『挵破』（long-phua）。臺灣閩南語的『挵』和北京語的『撞』用法基本相同，但也有些差異，例如『挵鼓』。華語不說『撞鼓』而說『擊鼓、打鼓』，『挵破』北京語不說『撞破』而說『打破』。」

蜻蜓、艱苦、水雞，在不同篇幅談，不再贅述，「大腹肚」就有點意思。一般而言，「大腹肚」當然是肚子變大，女人肚子變大通常是懷孕，稱為「大肚」；男生如果是太胖肚子大，叫

「大肚胿」。青蛙肚子變大，通常是因為牠感覺你要傷害牠或者對牠有敵意，是一種防衛的表態。不過，小時候戲弄青蛙，常常玩到牠肚子脹起來，我們稱「膨肚」，基本上，牠大概是要被玩掛了。我突然想起上星期在村子裡金道長家泡茶，他說不要把「膨肚短命」當做是罵人的話，那是真的，他說他辦了很多法事，長壽的幾乎都是瘦子。這兩天盛傳北韓領導人金正恩腦死，原因是那位要幫他裝心臟支架的醫生嚇壞了，沒見過這麼胖的病人，裝支架本來一分鐘要完成的，卻手抖搞了八分鐘，於是……（不知道是不是假新聞？）

有首也是很有名的童謠「點仔膠」：

> 點仔膠，黏着腳，叫阿爸，買豬腳，
> 豬腳箍啊焄[1]爛爛[2]，枵鬼囝仔流嘴瀾。（「枵」可做「飢」。）

大部分的人知道「點仔膠」是柏油（瀝青），但是不知道為什麼。其實它原來叫「打馬膠」，是英文Tarmac的音譯，原意是「停機坪」。1901年Edgar Pumell Hooley發明瀝青混合焦油與碎石來鋪路，而Tarmac也成為了「停機坪」或是類似停機坪一般平整的路面—柏油路，的同義詞。我小時候唸的還是「打馬膠」，不知不覺長大後竟然變成「點仔膠」。

吳豐山先生在這件作品落款的地方寫著：「童謠豐富了農村孩童的心靈，可惜如今已逐漸消失，吳豐山萬般珍惜，所以抄寫。」

我們的台語不也是面臨相同的景況？

本文拼音參考。

漢字	十五音	羅馬字	台羅拼音	台語同音字
舉	居二求	kí	kí	幾、己
夯	迦五語	giâ	giâ	——
擤	堅五去	khiân	khiân	虔、乾
挵	公七柳	lōng	lōng	浪

註釋

1 焜，音【君五求】（kun-5），將食物放在水裡長時間熬煮。
2 亦有建議「胭」者。但「胭」音【觀二柳】（loan-2）、【君七柳】（lun-7）。

048
色水

　　我在汽車產業工作，我們的車子的顏色常常會加兩個字來形容，不加還好，加了常令人如墜入五里霧中，基本上都是廢話，什麼「晶鑽銀」、「時尚灰」，「時尚」加到其他顏色不是也都可以？「科技黑」，科技的代表色是黑？還有「細膩白」，真的都是贅詞。

　　台語講到「顏色」會說「色水」，「色水」的名稱除了基本顏色外，常常都是用「實物」的顏色來做說明，似乎這樣比較容易辨認。

　　所謂「基本顏色」是指代表五行的紅（火）、黃（土）、白（金）、黑（水）與青（木），其中「青」是指綠色。北京語「青出於藍勝於藍」，青是指靛青色，藍則指蓼藍，是一種可以提煉顏料的草，靛青是比蓼藍還要深的藍，跟台語指的「綠」不同。反倒是台語「佛頭青」是一種藍，這種顏色常出現在舊時的廟宇建築中。淡青色有個名字叫「鴨卵青」，深綠叫「金龜色」。

　　至於藍色，小時候都稱「空色」或「天空色」，「空色」的「空」唸【公二去】（kong-2），這不知道是不是從日語過

來的，正常台語說「藍」是「淺」，發【柿二出】（chiⁿ-2）的音，字典上說「布不深青曰淺」。基本上這顛覆了我們在北京語裡學到的認知。

而其他的顏色就會用我們常見的物品的顏色來命名，例如：

紫色是「茄仔色」，橙色是「柑仔色」，粉紅色是「桃子色」，水藍色是「水色」，綠色也叫「草仔色」。如果是顏色深一點又帶黃的綠就叫「鹹菜色」（鹹菜就是吃牛肉麵加的酸菜）

乳白色或有點淡黃叫做「米色」，再深一點就類似泥土的顏色，但是台語的「土色」是指灰色，也稱「殕仔色」和「獠鼠色」（獠鼠是老鼠）。我本來覺得不太合理，我認知的土是有點黃，後來想想，土有黃土、紅土，顏色本來就不同，土色應該就是「沙」的顏色。（不要再跟我爭論沙也有黃沙、黑沙和白沙……）

土黃色會被稱為「漚屎色」，褐色是「咖啡色」或是「茶色」，若是再深一點，叫「豬肝色」或是「醬色」。

大紅叫「正紅」，朱紅叫「朱砂紅」，有點紅的咖啡色叫「磚仔色」，很深的紅叫「烏黗紅」，「黗」有好幾種意思，當「染」用：白衫黗曷變烏的；當「暈開」：烏墨黗開；當「描繪」，例如：「我未曉畫，無我黗一張互你。」「複寫紙」就叫「烏黗紙」。

小時候穿卡其褲、或是高中時的軍訓服，甚至到大學時的大學服都是「卡其色」，「卡其色」早期有一個名字叫「國防色」。

皮膚的顏色就叫做「肉色」，其實它並不是「肉」的顏色，

而是皮膚的顏色。這就又跟「土」類似了，白種人、黃種人和黑人，膚色是不一樣的……。不過，大致上來說，用實物來表達顏色還滿容易辨識、理解的。

最後補充一下，一般顏色深淺狀態可以用「暗」、「漚」、「顯」、「大」、「正」、「粉」、「水」、「淺」、「洘」等等來形容。

後記 ◦

有位讀者反應：『「紅（火）、黃（土）、白（金）、黑（水）與青（木）」，台語有「黑」字嗎？應該是用「烏」字吧？』

一般來說，台語的「黑」都用「烏」這個字沒錯。不過，《彙音寶鑑》中，【沽一英】音中有「烏」字也有「黑」字，「黑」的解釋是「北方之色，五行屬木」。另，「黑」的另一讀音是【經一喜】，解釋是「北方之色也」。所以，寫「黑」沒有錯喔。

另有一位讀者提到：「因為傳統染色都需各色水泡，所以台語才叫『色水』」。原來是這樣，我也長知識了。

本文拼音參考 ◦

漢字	十五音	羅馬字	台羅拼音	台語同音字
空	公一去	kong	khong	匡
	公二去	kóng	khóng	孔
	公三去	kòng	khòng	抗
	江一去	khang	khang	眶

漢字	十五音	羅馬字	台羅拼音	台語同音字
淺	堅二出	chhián	tshián	闡
	梔二出	chí^n	tshínn	——
稃	龜二頗	phú	phú	——
黗	沽三地	tò	tòo	——

049
步輦坐轎

　　星期六在村子大廟聽管委會的人聊天，他們說有兩座大轎修好了，拿回來後想要放在廟大廳右側展示，因為這兩座轎都是近百年的古物。

　　廟裏會用到的轎子有幾種，基本上是依大小來分。「大轎」最大，一般需要八個人來扛，因此又被稱為「八助」，裝飾也較華麗。我們在電視上看到每年大甲媽遶境的轎子就是大轎。

　　小一點的是「四轎」，由四個人扛，又稱四輦轎、四輪、四駕、四輦。型態較簡單，像一張椅子，常被作為神明指示的代言工具，以及儀式進行的輔助工具。

　　最小的是手轎，型態與四轎類似，但不需要扛，只需兩個人在左右兩側攙扶即可，俗稱「輦手轎」、「抓手轎仔」。

　　「輦」其實是人力車，古代多指皇帝、貴族富豪所乘坐的車子，是有輪子的；而「轎」是沒有輪子的乘坐器具，有四支抬槓，乘客坐在其中，再由兩人或多人以肩扛或手抬，步行接送，仕官階層為凸顯其尊貴身分平時多搭乘轎子，後來漸漸流行於民間，新娘喜轎就是最常見的例子。說到這，會不會覺得我們現在對於「輦」和「轎」的用法是不是有點怪怪的？

對於汽車的房車，一般稱為「轎車」，可是，「轎」不是沒有輪子嗎，為何叫「轎車」而不是叫「輦車」？「轎車」在發音上，彙音寶鑑「轎」有兩個音，音義都近似，【迦七求】（kio-7，肩舉人之具也），【嬌七求】（kiau-7，肩輿之車），所以台語說的「轎車」是後者的發音。再來，「四轎」又稱四輦轎、手轎稱「輦手轎」也是很奇怪，明明是「轎」，怎麼加個「輦」？

我們來看看這美麗的錯誤。「步輦」在北京語原是指轎子或用人力拉的車子，然而某個程度上在秦漢時代「輦」與「轎」因結構被改而有所混淆。《文選‧班固‧西都賦》：「乘茵步輦，惟所息宴。」三國魏‧曹丕〈校獵賦〉：「步輦西園，還坐玉堂。」古代帝王所乘坐的代步工具原來是和車子一樣有輪子的「輦」，秦以後，帝王、皇后所乘的「輦車」被去掉輪子而改稱為「輿」（也就是轎子），由馬拉改由人抬，於是稱做「步輦」。

結果，「步輦」在台語變成徒步、步行。例如：「我欲步輦去公園迌[1]，你欲鬥陣來去無（我要走路去公園玩耍，你要不要和我一起去）？」也所以，有沒有輪子也就都搞不清了。

有時候徒步還會說是搭「11」路公車，因為兩條腿就是個「11」。我家門前是台北市市民小巴11號（返往捷運芝山站與天母）的起點站，我覺得很奇怪，為什麼要用這號碼，會不會有一天倒楣，坐到半路要「步輦」回家？

本文拼音參考。

漢字	十五音	羅馬字	台羅拼音	台語同音字
轎	迦七求	kiō	kiō	蕎
	嬌七求	kiaū	giō	蕎
嬌	嬌一求	kiau	kiau	驕
輦	堅二柳	lián	lián	撚、撚
輿	居五英	î	î	夷

註釋

1 迌迌，台語「遊玩」的意思，異用「彳亍、佚陶、得桃、敕桃」，所以這詞有滿多討論的地方。個人覺得最合理的用字是「跮踱」。「跮踱」原意是走路時忽進忽退。清蒲松齡《聊齋志異・醫術》：「韓思不治則去此莫適，而治之誠無術。往復跮踱，以手搓體。」清朱彝藻《集璜川書屋觀伏波銅鼓同企晉迹庵張策時凌祖錫聯句一百二十韻》：「解帶步跮踱，挹撚窮冥搜。」早期台語用此二字含蓄形容整天遊晃無所事事的流氓，稱「跮踱仔」。「跮踱」台語音應該是【居三曾】（chi-3）、【公八地】（tok-8）。

050

啥物碗糕

　　2020年初北韓領導人金正恩消失期間，網路上流傳一個影片說：「全世界的人都在找他，他卻跑去彰化吃米糕。」我也轉給朋友看，竟人有人說：「替身啦！什麼碗糕！」過了兩天，我看到新聞說彰化米糕攤爆紅、該片是在香港拍的、喬裝的人出來澄清……唉，看就知道是假的，讓你笑一下，竟還當真！

　　剛好，今天一早醒來，看到手機LINE上我老哥轉貼了一張照片，是一片彩繪磚牆寫了四句台語俗諺，他問我最後一句怎麼唸。它上面寫的是：

　　「好話毋出門，歹話脹破腹肚腸。」
　　「家己栽一樣，較贏看別人。」
　　「一隻鳥仔掠佇手，較好十仔歇佇樹。」
　　「九頓米糕無塊算，一頓冷糜抾未囥。」

　　其實，我本來也懶得看，我只回我哥說「抾」是「撿」或「拾」的意思，「囥」是「放」，但是整句「一頓冷糜抾未囥」真的不知道是什麼。後來發現是因為原本的照片寫了很多錯

字，包括「己」寫成「已」、「欉」寫成「樣」、「贏」寫成「贏」、一個隻寫錯、第二個隻漏寫、「來」寫成「未」。

最後那句話應該是「九頓米糕無上算，一頓冷糜抾去囥。」，意思是說：我餐餐招待好料理，你都不當一回事，現在請你吃一餐冷稀飯，卻一直懷恨在心。

「上算」的「上」，音【薑七曾】（chiuⁿ-7），北京語中也有「看上眼」或「上樑」（動詞），在台語都是唸【薑七曾】這個音，說「看上眼」或「看上目」及「上樑」。

「抾」在第36篇〈捘死〉一篇中有討論過，在這就不再談。「囥」音【褌三去】（kng-3，置物曰囥）。教育部字典的解釋有三個：1.放入。例：囥一括糖（加一點糖）。2.擱、保留。例：牛奶是未囥得，你愛緊飲互伊了（牛奶是放不得的，你要快點喝完）。3.存放。例：錢囥佇銀行（錢存在銀行）。

有一個很重要的問題：「米糕」跟「油飯」一樣嗎？如果不一樣，差別在哪？

有的人說是南部北部名稱差異，有的說是糯米和白米的區分，有的說是甜的和鹹的的分別，也有人說是看濕潤軟黏或乾燥分明的程度。

扒到一篇文章（淡江大學中文系），給大家參考：「我朋友身為台南人真的非常受不了北部人把米糕、油飯、粽子等糯米製品都視為一樣！米糕，就是糯米下去蒸，跟糯米飯差不多，有人會淋柴魚湯一起吃，有的會加配料。油飯，會把配料炒香再連米一起炒後放進電鍋蒸熟。粽子就看地方做法，基本上都要有包覆物。筒子米糕，因為是米糕，所以也是糯米下去蒸，只是會在

底部放上滷肉、鳥蛋、香菇等配料。」我想起我媽媽說的「炊米糕」、「炒油飯」。

那麼「碗粿」呢？麻豆有很有名的「阿蘭碗粿」，我覺得是一夕爆紅，而且不知道為什麼。不過我們鄉下的碗粿和台南市區的不太一樣，他們的顏色較深，我們的較白，都是「碗粿」。那「碗糕」呢？依照字典的解釋，「碗糕」是一種民間小吃，用在來米粉和開水拌勻後，加入香料及配料，裝在碗裡，放進鍋裡蒸製而成。所以，「碗糕」就是「碗粿」，也等於「碗糕粿」。雖然字典這樣說，我還是覺得怪怪的。

「碗糕」，有人認為是「碗膏」，彰化有位自稱「示子」的在部落格中提到「碗膏」由來的典故，他說「碗膏」指的不是「碗糕」，而且是極粗鄙的話，簡單的說，我們在運動或勞力之後說沒力了，會說「沒膏了」，「示子」說「碗膏」的來由與此類似。

補充一下，教育部的字典解釋說「碗糕」多和「啥物」結合使用於疑問句中，意思較為負面。例：「你是咧講啥物碗糕？我哪會聽攏無？（你是在說什麼？我怎麼都聽不懂？）」，所以「什麼碗糕」台語應做「啥物碗糕」。

本文拼音參考

漢字	十五音	羅馬字	台羅拼音	台語同音字
上	姜七時	siāng	siōng	尚
	姜二時	siáng	siúnn	賞
	薑七曾	chiū^n	tsiūnn	癢
	恭七時	siōng	siōng	誦

漢字	十五音	羅馬字	台羅拼音	台語同音字
囥	褌三去	khǹg	khǹg	勸
	公三去	khòng	khàng	控

註釋 ────

1   有「家己」源自南島語系之說法。例如阿美族、布農族等幾個族的「我」都叫「Kaku」，與台語表「自己」的音近似。

排班喝路

　　媽媽是大道公的虔誠信徒，每年過年以及農曆三月十五大道公誕辰，都是媽媽忙碌的時候，如果我在這些日子回到老家，她常不在家，多半要去廟裡才找得到她。

　　大道公是保生大帝，也是我們村子大廟金興宮的主神。保生大帝本名吳夲，原為宋代醫師。台灣保生大帝信仰源自泉州府同安縣白礁（今福建漳州市龍海市角美鎮），台灣最早供奉保生大帝的廟宇是台南市新市區的保生大帝宮，學甲區慈濟宮相傳是「二大帝」[1]，由同安縣百姓李勝迎祀隨鄭成功軍隊來台。古時候信徒會在保生大帝誕辰組團返回福建泉州白礁慈濟宮謁祖廟，稱為「上白礁」，後來因為兩岸隔絕，因此信徒於將軍溪畔建白礁亭，以於白醮亭「請水」[2]遙祭對岸白礁祖廟代替。列為台灣五大香科之一的「學甲刈香」是由「上白礁」繁衍而來。我們村子的大廟也在將軍溪畔建了一做「白醮亭」，我們村子金興宮的白醮亭在溪南，學甲慈濟宮的在溪北。

　　「上白礁」三個字的台語分別是「上」，【薑七曾】（chiuⁿ-7）、「白」，【嘉八邊】（peh-8），「礁」，【膠一地】（ta-1）。父親說小時候有人把「上白礁」說成「汲未

乾」，還編了一個故事說是因為大道公小時候家裡蚵架的問題，需要汲水汲乾，但是汲不乾，所以有「汲未乾」的說法，當時他還信以為真。

「汲未乾」三個字分別唸【薑七出】（chhiuⁿ-7）、【檜七門】（boe-7）、【膠一地】（ta-1），跟「上白礁」是真的有點接近。有許多俗話與諺語被誤解或穿鑿附會，都是因為沒有被文字妥善保存加上腔調不同與走音而有許多謬誤。

廟裡王爺出巡，不論是請火、請水或遶境，陣頭組成結構上大致分為「前鋒陣」、「鬧熱陣」及「主神陣」三個部分，學甲慈濟宮的蜈蚣陣極富盛名，值得觀賞。近來「鬧熱陣」有許多鋼管舞車隊，以前都是穿著清涼的少女，現在多了秀大塊肌的猛男，雖然人們愛看，我個人卻覺得是對神明的不敬。「排班喝路」這類的陣頭才是傳統慶典行列的隊伍（有人寫做「排班喊路」，應是「排班喝路」才對。「喝」，這個字在《偕厝邊頭尾話仙》冊之128篇〈軍士象，車馬包，兵仔卒子捉來鬥〉有討論。）

那什麼是「排班喝路」？我們到漢人的廟宇，通常在大殿兩邊都會有些架子，上面插著一根根的竿子，有的是方形的牌子，寫著「肅靜」、「迴避」，或是神明的稱呼，有些是兵器的形狀，也有的是有一隻手臂拿著一支毛筆的。在遊行的時候，這些器具會在神明轎的前面，這應該類似古時候皇帝或官員出巡前導的儀仗隊，過去都是由男丁拿著，象徵是衙門的部屬，現在都改成用推車推，我媽媽都會很虔誠地去當義工，隨著遊行的隊伍從村子大廟出發，一路推著「排班喝路」到將軍溪旁的白礁亭請

水，再走回來，一直到她這一輩子的最後一個大道公生[3]……。

本文拼音參考。

漢字	十五音	羅馬字	台羅拼音	台語同音字
上	薑七曾	chiūⁿ	tsiūnn	癢
白	嘉八邊	pe̍h	pe̍h	箔
礁	膠一地	ta	ta	乾
汲	薑七出	chhiūn	tshiūnn	象
	金四去	khip	khip	吸
未	檜七門	boē	muē	昧、妹
乾	膠一地	ta	ta	礁

註釋

1　相傳保生大大仙逝後，鄉人於白礁立廟祭祀時雕刻有「大大帝」、「二大帝」、「三大帝」三尊神像，「大大帝」奉祀於龍海白礁慈濟宮。

2　「請水」是遙祭對岸白礁祖廟，乩童於水邊靈動進行儀式。

3　台語講到王爺生日，只會講「生」，不講「生日」；講到農曆的日期，只會說幾月和日期的數字，不會加「日」，例如中秋節是「八月十五」，天公生是「正月初九」，都不會說「日」。

圓仔花醜不知

　　我二姊是唸會計的，卻「不務正業」當了鋼琴老師，她常跟我說她字醜、也不會畫畫，沒有美術細胞。我記得我國小時曾替她捉刀畫圖，當時我真的覺得她不是繪畫的料，但近來她每天早上在Facebook上貼一張「Good Morning」相片卻令我大大驚奇。她拍的都是近物，早餐的咖啡杯、窗邊的小花朵，甚至是每天吃的維他命和營養補給，都可能入鏡，不起眼的小東西，在她的布局安排和色調處理後，每張照片看起來就是很簡單而舒服。

　　今天她貼的是牽牛花，有位姊姊留言說：「我很愛牽牛花，我聽村子裡的長輩說台語叫『五爪龍』」。我覺得滿有趣的，上網查牽牛花的台語名字卻查到一堆不一樣的稱呼，包括「碗公花」、「碗花」或「碗仔花」、「喇叭花」、「鼓吹花」（鼓吹就是喇叭）、「藤仔花」、「番仔藤」、「番薯舅」、「牽牛仔」、「孤挺花」。

　　我發現有些花有好多名字，複雜性要比動物或昆蟲多得多。「咸豐草」也叫「同治草」、「鬼針草」，客語還有「白花婆婆針」的稱呼，台語叫「恰查某仔」。關於「恰查某」，除了「查某」可以討論外，「恰」也有討論空間。有句話說：「惹熊惹

虎，不通去惹着恰查某」。對於凶巴巴的女生，一般寫為「恰北北」。但是，「赤爬爬」或「刺耙耙」在字亦上要比「恰北北」適合得多，「爬爬」或「耙耙」二字是綴詞，所以是「爬」或「耙」可能不是很重要。但是，如果是「赤」的概念，「熾」字是比較合適的。「日頭熾炎炎」是不是比「日頭赤炎炎」要好些？「熾」，【居三出】（chhi-3），與刺同音。許多研究台語的人都一再呼籲應該要以義尋字，不能以音尋字。

　　鄉下還常常見到「百日紅」或叫「千日紅」，台語叫做「圓仔花」。有句俗語「大紅花不知醜[1]，圓仔花醜不知」，是用來諷刺人家不知道自己醜，還要自我炫耀，也比喻半斤八兩或是不知羞恥。

　　「夜來香」叫「暗香」、「月來香」、「月下香」、「晚香玉」、「玉簪」、「翻瑞香」或「滿餘香」。「向日葵」叫「太陽花」或叫「日頭花」。

　　「左手香」是一般常用的植物，早期農民用來做刀傷、燙傷、烏青、退瘨[2]藥。為什麼叫「左手香」，右手不會香嗎？聽說以前的中醫師叫她「到手香」或「過手香」，後來輾轉流傳發音變為「左手香」。

　　「九重葛」原產於南美，通常是用日文的「葛」稱呼かずら，她和「紫茉莉」，同屬於紫茉莉科，所以九重葛別名為「南美紫茉莉」，而「紫茉莉」即台語稱為「煮飯花」的一種草本植物，它開花的時間通常在傍晚，那時鄉間人家，正好是升火煮飯的時刻。

　　再過幾天就是母親節，「康乃馨」也有台語名，叫做「剪

絨」或「剪絨花」，只是今年我要換顏色了。

後記 ◦

　　有個朋友說：「說到咸豐草才想到一件有趣的事，有次在山上的土雞城餐廳點餐，看到「帝王菜」，哇！很有氣勢，就點一盤，店主拿個籃子叫她孫女到圍籬旁摘赤查某回來炒，當時真有些傻眼......自己真沒知識。」

　　其實，我還真的不知道咸豐草可以吃。把咸豐草稱為「帝王菜」可能比較像是有家酒吧把「白開水」取名為「心痛的感覺」一樣。

本文拼音參考 ◦

漢字	十五音	羅馬字	台羅拼音	台語同音字
癀	公五喜	hông	hông	凰

註釋 ————
1　「醜」的台語字，教育部建議用「穤」，其實並沒有道理。「穤」，（buiⁿ-2）同「每」」音，禾傷水生黑斑。
2　退癀：消炎、消腫。例：這藥仔抹落去，真緊就會退癀矣（這藥擦下去，很快就會消炎消腫了）。

053
老神在在

　　台語講人膽子小，說他是「獠鼠膽（老鼠膽）」、「鳥仔膽」、「胡蠅膽」，或者說他是「無膽龜仔」，唉！不小心又要讓烏龜無辜第三次了......。不過，北京語也是這樣說：縮頭烏龜......

　　除了「無膽龜仔」，近來常罵人膽小的是「俗辣」。有人說：「『俗仔』是台語！俗仔並不是好話，但也不是很難聽的話，它的意思是：『沒有用的人』，例如：愛講大話而都作不到的人，也可以指膽小、畏首畏尾、畏畏縮縮的人。」

　　基本上他說的都沒錯，只是用字的問題有檢討的空間。有人認為：「『俗仔』應作『術仔』，原本是指不學無術的人，指小混混，後來指稱做事情畏畏縮縮的人，現在則是指膽小的人，詞性的涵蓋範圍愈來愈大，而且負面意思逐漸減少。」（不過我個人看不出來負面意思哪裡減少？）

　　另外，《閒雲書摘》的「自在老師的國學禪房」，引《戰國策·燕策三》：「荊軻怒叱太子曰：『今日往而不反者，豎子也。』」《五代史平話·周史·卷上》：「何物豎子？為此浮言，以沮我師！」、《史記·卷七·項羽本紀》：「唉！豎子不

足與謀。奪項王天下者，必沛公也。」以及《三國演義》第三〇回：「忠言逆耳，豎子不足與謀！」認為應該寫為「豎子」。

「俗」音【恭八時】（siok-8），因此，不論是「俗辣」或「俗仔」都是用國語的近似音亂寫的。「術」音【君八時】（sut-8），「豎」音【居七時】（si-7），前者音較近，但是我認為後者意思解釋較合邏輯。

倒是有個說法，大衛羊說：「戌仔」，它的解釋是「戌卒」，「戌仔」或「卒仔」都是小咖。看起來滿合理的，但是，我覺得他是把「戌」與「戍」搞混了，天干的「戌」，【君四時】（sut-4）才是我們唸「俗辣」的音，跟「率」同音；而「戍守」的「戍」唸【規三時】（sui-3）。

「膽子大」叫「好膽」，我們常可以聽到「好膽嘜走！」，就是說「你有種、膽子大，就別跑。」「嘜」是一個現在常見的誤寫字，它原本應該是否定詞「不／勿／莫」與表示「要」的「愛」的連音字，因此有人建議寫為「嬡」，姑且不論是否需要造新字，但是至少我們知道「嘜」或「賣」都應該不是正字。

「膽子大」也有人說「大膽」或「有膽」。雖然他們都是指膽子大，但可能好也可能不好，特別是「好膽」應該大部分用於有負面的意思。而「在膽」是用在正面的膽子大、穩健。「在」字或許不容易理解，但想想，您可能聽過別人稱讚一個小朋友學步或學騎車，走的穩或騎得穩叫「在」，經營公司經營的穩健獲利，也用「在」來形容；再不然，「穩健」的台語可以說「老步定」、「老步在」、「老在」，還有一句「老神在在」。

本文拼音參考。

漢字	十五音	羅馬字	台羅拼音	台語同音字
俗	恭八時	siȯk	siȯk	孰、屬、續
術	君八時	sùt	sùt	述
豎	居七時	sī	sī	氏、示
	迦七去	khiā	khiā	立
在	皆七曾	chāi	tsāi	載

054
料小

莫聽穿林打葉聲，何妨吟嘯且徐行。

竹杖芒鞋輕勝馬，誰怕？一簑煙雨任平生。

料峭春風吹酒醒，微冷，山頭斜照卻相迎。

回首向來蕭瑟處，歸去，也無風雨也無晴。

　　蘇軾四十四歲那年，被人誣陷說他愚弄朝廷，時常寫一些諷刺朝廷的文章，以致被捕入獄，在獄中動不動就被重重的杖打，他本來以為活不成了，後來因為宋神宗愛惜他的文才，下令重審，改被貶到黃州，才撿回一命，也結束了一百三十天悲慘的獄中生活。遭遇過這樣的苦難，他的人生觀變得很豁達，這首「定風波」就是他到黃州後第三年與朋友春天出遊遇雨的作品。

　　這雖然跟我要說的台語沒有直接關係，卻也有很無厘頭的關係：我每次讀到這詞中「料峭春寒吹酒醒」就會想起台語的「料小」一詞。

　　蘇東坡詞中的「料峭」是「風寒的樣子」，這裡要說的台語的「料小」是「單薄」的意思。例如：「你做這个架仔傷料小，物件园贊园重就會方[1]去（你做這個架子過於單薄，東西一

放多或一放重就會垮掉）。」通常「料小」是「不牢靠」、「不結實」、「單薄」的意思。「囥」，放置。（參考本冊之050篇〈啥物碗糕〉）

相同的意思可以用「lam-2」來說，特別是在形容身體的虛弱、不強壯。例如：「這枝柱仔傷『lam-2』」，是指這柱子不夠強，恐怕無法支撐。而關於「lam-2」的字，連雅堂先生引用《集韻》：「翮，乃感切，鳥羽弱也。」來說明「翮」字由「鳥羽弱」引申為「體弱」。但有人查證《集韻》（楝亭五種本）原文，並無這樣的記述，恐怕是沒有料峭春風幫連先生吹醒酒醉。

劉建仁先生的研究：「......，總結上面所說，台語「弱」意義的lam-2使用「荏」字書寫似乎已漸漸形成共識，其實用「姌」字書寫也不錯。」

由於「荏」在《彙音寶鑑》中的注音是【金二入】（jim-2），意思是柔弱，劉建仁先生建議的「姌」同「姌」，纖弱的樣子，「冉弱」也作「荏弱」，看來都是一家。既然「冉」唸【兼二入】（jiam-2），我們就先跟教育部用「荏」好了。因此，除了「身體虛」、「歹身命」，還可以說「身體荏」、「荏身命」。

小時候常聽到一句話「荏荏馬嘛有一步踢。」字面上的意思是再差、再弱的馬總是還會有踢人的一招，而且「馬後踢」總都是還有些殺傷力。這跟李白在將進酒所說「天生我材必有用」有相同的意思，提醒我們不要輕視別人，也不要看輕自己。

蘇軾被一貶再貶，最後竟被遠放到海南，他九死不悔的倨傲之心和曠達豪放的襟懷寫在「六月二十日夜渡海」中：

參橫斗轉欲三更，苦雨終風也解晴。

雲散月明誰點綴？天容海色本澄清。

空餘魯叟乘桴意，粗識軒轅奏樂聲。

九死南荒吾不恨，茲游奇絕冠平生。

　　宋徽宗時蘇軾獲大赦北還，卻於途中病逝常州。這樣正直性格的人，在當今的政治環境，恐怕也是不易生存。

　　「料小」也有「不起眼、不大方」的意思。例：「送彼个做禮物傷料小，恐驚無夠看（送那個當禮物太不起眼，恐怕不好看）」。但是如果你要請我吃「東坡肉」，我不會嫌「料小」啦！

本文拼音參考

漢字	十五音	羅馬字	台羅拼音	台語同音字
荏	金二入	jím	jím	忍
冉	兼二入	jíam	jíam	染
小	茄二時	sió	sió	──
	嬌二時	siáu	siáu	少、筊

註釋

1　「坍塌」在台語有時被寫為「崩」，但是台語的音是「方」，是「坍方」而來。

055
二爿四片八周

　　國小的時候每一個星期要上五天半的課，星期六下午是周末的開始，而星期三是個小周末，星期三下午的課通常比較輕鬆，而且好像幾星期就會在一個星期三下午「走操場」。

　　女生都很討厭，但是男生都覺得有趣，感覺雄糾糾、氣昂昂的，像是長大了要去當兵一樣。學校也會舉辦班際比賽，比賽就不僅是繞操場看大家步伐和隊伍整齊與否，還要看有沒有人踩錯腳，最讓大家害怕的是左右轉。其實一直到高中，左右轉還是很多人會轉錯。

　　北京語的「左右」有很多意思，包括「左方右方」、「附近」、「隨侍」、「輔佐」、「指揮」等等。而台語也有相似的用法，最常用的是在指「約略」、「附近」以及「影響」、「指揮」，而左邊與右邊，台語用的是「倒手爿」和「正手爿」。

　　常聽到一句話說「西瓜偎大邊」，其實是「西瓜倚大爿」，要更清楚這句話，可以從以下的說法來理解：「一個圓切成二爿、再切變四片、再切兩刀變八周」。簡單來說，圓的二分之一是「爿」，四分之一是「片」，八分之一是「周」。這句話的說法是不是完全正確很難說，但是有助於理解。

「爿」和「片」剛好是字型顛倒的字，「爿」北京語唸「ㄑㄧㄤˊ」，是個量詞，或當整體的一部分；台語在《彙音寶鑑》只收錄【公五出】的音，意思同「床」，現在很多人把它唸為【經五邊】（peng-5）音，意思是「邊」。

　　有人認為是「朋」才對，從甲骨文造字的概念和讀音，我覺得是滿合理的。也有建議用「平」，取「均」的解釋。可惜「爿」與「片」的趣味性較高。

　　切西瓜分給大家吃，選邊站的時候當然選大的。

　　至於右手為何是正，左手為反，我也不知道，本來想去網路上查，但是看到如下的討論就令我更加感嘆台語的式微。

　　網路上有人寫：「為什麼台語的左手是『鬥ㄑㄧㄡˋ餅』、反手邊，右手是『嫁ㄑㄧㄡˋ餅』正手邊？」這就是我們所謂的「台語文盲」。一般所謂「文盲」是只會聽說，不會讀寫，看來這樣的台語文盲不但不會讀寫，連音都說个準確。

　　不過「左右」與「正倒」，一般的看法是因為大部分的人慣用右手，是故以右為正。有趣的是英文也說右邊是Right，即使是在《聖經》上，右邊也通常是代表尊貴的位子。

　　我在想，以前小時候搞不懂北京語「左、右」跟台語「正、倒」的對應是不是因為口語順序顛倒的關係？十幾年前有位到大陸工作好幾年的朋友回來找我，吃過飯他開車送我回家，到十字路口要轉彎的時候問我：「大拐？小拐？」哈哈，又得重新適應一下向左轉、向右轉。

　　我開始回憶小時候的「向左～轉！一、二！」「向右～轉！一、二！」「向後～轉！一、二、三！」

「齊步～走！」「左右左右」「一二一二」......

本文拼音參考

漢字	十五音	羅馬字	台羅拼音	台語同音字
左	高二曾	chó	tsó	棗、藻
右	ㄐ七英	iū	iū	又、柚
正	驚三曾	chiàⁿ	tsiànn	──
	經三曾	chèng	tsìng	政、種
	經一曾	cheng	tsing	爭、征
	驚一曾	chiaⁿ	tsian	精
倒	高二地	tó	tó	島
爿	公五出	chhông	tshông	牀
	（經五邊）	pêng	pîng	朋
片	堅三頗	phiàn	phiàn	騙
	梔三頗	pìn	phìnn	

056
馬沙溝

　　我常常喜歡從台北捷運的台北車站走到雙連站，這段路有個「中山地下街」，除了有熙來攘往的人潮，汗流浹背練街舞的年輕人，偶而逛逛看看不同的店家，或是走廊上不定期的繪畫或攝影展，三不五時也到誠品書局逛逛。

　　昨天再經過時看到「誠品書局10,000天」的宣傳海報，但是我算算，應該超過11,000天了吧！怎才10,000天？創辦人吳清友先生是台南市將軍區馬沙溝人，他的父親吳寅卯先生人稱「卯叔」，在地方上也是善心人士，我父親在擔任馬沙溝長平國小校長時他擔任家長會長。在誠品開幕後，他很開心地邀請我父親到台北來看看這書局，時間過得真快！

　　馬沙溝的名字還蠻特別的，小時候有朋友問我馬沙溝的「溝長」是誰？呵呵，外海是有一條海溝......

　　關於馬沙溝這個名字，《台語的源流與語源》（吳國安著）一書中提到：「台南縣將軍鄉馬沙溝，荷蘭人稱Bassicou或Bassicouw，關於馬沙溝的地名由來，附會的故事很多，有說是『讓施琅養的馬翻沙』的地方。「Bassicou」發音和台語『Ve-Sua-Kau（把沙溝）』近似，「Bassicouw」發音也和台

語『Ve-Sua-Kau-á（把沙溝仔）』很近似。根據《熱蘭遮城日誌》，Bassicou位於Wankan灣的一處沙溝。由此觀之Bassicou或Bassicouw應可解讀為台語『把沙溝』或『把沙溝仔』，意思是『攬沙壩下的溝』。」

我不知道馬沙溝名字的由來，因此無法評論，雖然施琅是真的從這附近上岸登陸。事實上，我也算在地人，而我們稱呼「馬沙溝」的台語其實是「尾沙溝」。

突然想到黃俊俊雄布袋戲裡劉三曾出過一個題目，將「要買馬尾」用台語不同的音唸出來。有興趣的就看一下後面的發音表找答案。

倒是馬沙溝往內陸走就到「山仔腳」，「山仔腳」分兩個村落，一個是「下山仔腳」，或稱「玉山」，是我父親出生的地方，如果你單稱「山仔腳」，通常是指「下山仔腳」；而另一個村落是「頂山仔腳」，或稱「廣山」，之前國內桌球界赫赫有名的「小霸王」吳文嘉，就是這村子的人。

有趣的是這裡靠海，沒有山，所以怎麼會有「山仔腳」這樣的名字？我父親說據說以前的地名叫「Shi-ya-ka」，後來用台語稱呼就叫做「山仔腳」。

剛好該書（《台語的源流語與語源》）也提到「西拉雅」，講到所謂四大社的「Sideia」。「西拉雅」是「Siraya」的音譯，我不禁懷疑這中間是否有些什麼關連。

不過，在這裡我要提的是，上述這本書提到許多台灣地名跟西拉雅語或日語有關，並說：「台語的基本精神在於：di、de（le）、ka、ho、ni與beh、kahqah、kong等助詞，無不屬於南

島語，或南島語所移行而來的。」因而下了一個結論：「以南島語為基礎的『多音節』、『自由聲調』、及『粘著音』及『粘著語』中融入了漢語『單音節』、『固定聲調』、『孤立語』，加上若干外來語，混合夠成為一大混雜語體（creole），這正是現代台語的真面目。」

或許是我太笨，我看不懂他說「台語的基本精神」是什麼，你跟我說一個語言有基本語法、用法，我可以理解，一個語言的「基本精神」是什麼？

其次，外來語是有，多半在名詞，但是對於語法並沒有產生結構上的改變，我更不懂台語甚麼時候是「多音節」？它是有「連音現象」，但這跟「多音節」不一樣。前幾天，有網友在我「消失的台語」臉書上說希望這裡只談台語，不要談政治，但是，我還是不禁聯想，《台語的源流語與語源》是否有特定的政治意圖？

本文拼音參考◇

漢字	十五音	羅馬字	台羅拼音	台語同音字
要	檜四門	boeh	bue	卜
	嬌一英	iau	iau	夭、妖
	嬌三英	iàu	iàu	——
	梔八地	tih^n	tih	——
買	嘉二門	bé	bé	碼、馬
	檜二門	boé	bué	每、尾
	閒二門	bái^n	mái	蕒
馬	嘉二門	bé	mé	碼
	監二門	bá^n	bá	碼、買
尾	檜二門	boé	bué	買、每
	居二門	bí	bí	米、美

057
掠媿

　　有個徵信公司的廣告我們常常會看到：有隻猴子提著一雙鞋。雖然它是「徵信公司」，主要業務是「捉猴」，廣告會特別標榜「專業、誠信、合法」，讓我懷疑這是不是不合法所以才要強調合法？（開玩笑的啦！）就像有些理容院強調「純」理髮，強調「純」，就是因為它「不純」。（台語說「做烏的」）

　　「純理髮」不純理髮，提供的是按摩的服務。「按摩」，北京語通常稱為「馬殺雞」，是從英文「Massage」或日文「マッサージ」來的，一般而言是指色情按摩，台語正常的按摩則稱為「掠龍」、「掠筋」或「捶筋仔」。

　　「按摩」台語不說「抓龍」。台語的「抓」是「爪或手指」的動詞，「抓」只針對皮膚表面，不牽涉手掌，也不用到手臂的力量，唸【嬌二入】（jiau-2）或【嬌三入】（jiau-3）或，「爪」唸【嬌二入】（jiau-2），兩者音近似。

　　「龍」是指「龍骨」（也就「脊椎骨」），脊椎在身體裡，所以是「抓」不到的。台語的說「抓癢」，北京語也說的「抓癢」，但其實是「搔癢」。

　　而「捉」的台語則是唸【恭四出】（chhiok-4），用來表

示這意思的台語一般是用「掠」這個字，唸【姜八柳】（liak-8）。

「掠」這個字，只是描繪一個動作，用上臂甚至身體的力量以整隻手強力壓握住。「掠奪」、「掠取」的行為必然用到「掠」的動作，但是「掠」的動作卻不一定有奪取的行為，我們是受了北京語用語的影響而有印象。

「掠」在台語是「按摩、捏揉」之意，「掠筋」是「按摩、推拿」之意，目的是「放筋絡」，「筋絡」即「腱」，是與骨節相連的肌肉，所以是「掠」。肩頸痠痛，幫你捏一捏、按一按，台語就叫「掠」；泥水師抓漏，也叫「掠漏」；機車、汽車有毛病，不知道問題出在哪裡要偵錯要「掠毛病」、偷抓雞叫「偷掠雞」、警察抓壞人叫「警察掠人」，都是用「掠」這個動詞。有句話說：「掠虱母相咬」，這是在說人太閒了作無聊的事。

所以「抓猴」或「捉猴」就是跟「警察掠小偷」一樣，應該要用「掠猴」。但是，為什麼是猴子？

有人說「拉皮條」台語叫「牽猴仔」，耍猴戲的人總是把繩子的一端套在猴子的脖子上，一端抓在手上，牽著猴子走。很可能從牽引猴子比喻引申而產生牽線、中介、媒介等意義，聽說以前還因行業不同，有「牽米猴」、「牽茶猴」之分。而於是居中拉攏男女雙方發生不正常的性關係也叫做「牽猴」，「猴子」通常指當事的男性。

但是我並不覺得這是一個好的解釋。北京語說「捉姦」，「姦」是「交媾」，因此，「捉姦」就是「捉交媾」，台語稱「掠媾」。「媾」，音【沽一求】（ko-1）或【沽三求】（ko-

3），可能是因為與「猴」【交五求】（kau-5）接近而被誤會。

不知道通姦除罪化之後，這家公司的業務有沒有受影響？

本文拼音參考。

漢字	十五音	羅馬字	台羅拼音	台語同音字
抓	嬌二入	jiáu	jiáu	爪、擾
	嬌三入	jiàu	jiàu	──
爪	嬌二入	jiáu	jiáu	抓、擾
捉	恭四出	chhiok	tshiok	雀、觸
掠	姜八柳	liák	liáh	略
媾	沽一求	ko	koo	孤、辜
	沽三求	kò	kòo	顧、固
猴	沽五喜	hô	hôo	鬍、狐
	交五求	kâu	kâu	──

058
鬍鬚

　　唸大學的時候第一次到台北同學家玩，住三重的同學帶我去台北圓環附近的寧夏路吃「鬍鬚張」，簡單的台灣菜，卻是令人回味無窮，白菜滷、炸豆腐、蘿蔔湯和魯肉飯。它現在賣的東西已經和以前不太一樣，但我偶而還是會去，去的時候我都還要被同行的朋友問，也都要解釋為何不吃豬肉的我會吃它的魯肉飯？呵呵，不知道我是在懷念它的菜還是懷念我的大學時代。

　　以前並沒有特別注意它的店名，據說是創辦人張炎泉先生每日忙於工作而疏於整理鬍鬚，所以一些較為親近的常客就以其醒目的鬍鬚暱稱張炎泉為「鬍鬚張」，這後來也變成他的店名。

　　如果你把「鬍鬚張」的「鬍鬚」當作是一般鬍鬚，那麼你就對張先生的鬍鬚有所不敬了。「鬍鬚」的台語一般是說「嘴鬚」，台語「鬍鬚」是指北京語的「大鬍子」或是「落腮鬍」。「落腮鬍」是由兩鬢連至下巴的鬍子。明·無名氏《白兔記·第四齣》：「馬鳴王粗眉毛，大眼睛，落腮鬍。」也作「絡腮鬍」。

　　據說從1895年以後，台灣男人就不蓄鬚，所以「鬍鬚」的台語逐漸少人提起，「曲腳髯嘴鬚」也少見，因為大家都不留

鬍鬚了（「髯」，或做「捻」），這句話的意思是指「翹起二郎腿，輕鬆撮弄著鬍鬚」的悠閒情境。而且，不知道什麼時候開始，台灣人歧視蓄留鬍鬚的人，有一句俗語「作戲的無情，胡鬚的無義」，充分表達台灣人早期對大鬍子與演藝人員的歧視。（鬍鬚有時被寫為胡鬚，大概是胡人比較多大鬍子，漢人的「多毛基因」比較少。）

有句台語說「未曉剃頭，拄著鬍鬚。」是比喻遇到已經是不擅長又偏偏很棘手的事。以前人剪頭髮都會順便修鬍子，可想見落腮鬍難處理的程度……

留著山羊鬍則稱為「羊管鬚」，它被懷疑是「羊公鬚」的走音。

我們稱關公的鬍鬚為「五綹鬍鬚」，「五綹」是指兩個鬢角、嘴唇上邊兩側的鬍鬚、以及承漿位長出來的鬍子。「五綹清奇」就是指兩個鬢角特別長、垂到耳朵以下、嘴唇上邊兩側的鬍鬚特別長，而承漿附近也沒什麼鬍子，通常神仙才有這樣的長相，人間大概只有關雲長了。「綹」，【沾五邊】（po-5）。

嘴唇的兩撇鬍鬚為「仁丹鬍」或「翹鬍子仁丹」，這是受到日本「仁丹」這種去除口臭的物品影響。中世紀歐洲應該有很多人留這樣的鬍子，孫中山先生大概也是留這樣的鬍子，只是不夠長、不夠翹。

前幾年，全球吹起落腮鬍風，舉凡Nick Wooster、金城武、蜘蛛人安德魯加菲爾德Andrew Garfield，以及班艾佛列克Ben Affleck等，都留個落腮鬍。我們的鬍鬚張，張炎泉先生，是提早流行了幾十年，不然他也會是頹廢型男。

本文拼音參考 ◦

漢字	十五音	羅馬字	台羅拼音	台語同音字
鬍	沽五喜	hô	hôo	狐、葫
鬏	ㄐㄧ出	chhiu	tshiu	秋
鬑	兼一入	jiam	jiam	——
捻	兼八柳	liȧp	liȧp	粒
絡	ㄐ二柳	liú	liú	柳
	沽五邊	pô	pôo	蒲

059

牚腿

年紀越來越大，體力越來越不如人。常常在FB或LINE聊天群組中看到同學跑馬拉松的照片，從國小到大學的同學都有，而且很多很多。喜歡爬山，登超過百岳的也大有人在，想當初年輕時我也是運動健將，怎地現在算是老弱殘兵，走路還可以，跑不動、心肺功能也不好。前兩年有一次興沖沖地和外甥、姪子打了半天網球，手肘、手腕痛了一個多月。

劇烈運動最常見的痠痛其實是在腿部，通常叫做「牚腿」。例如：「昨暗走一下傷久，害我今仔日腳牚腿（昨晚跑了太久，害我今天腳肌肉酸疼）。」不過，很莫名其妙地，現在都被寫成「鐵腿」。呵呵，鐵打的腿不是應該很強壯？

「牚」的意思是「斜柱」，也作「橕」，桌椅等家具腿間的橫木也叫「牚」。另外，它也同「撐」，撐竹筏的動詞也可以用這個字。「牚」台語的發音是【更三他】（the^n-3），會被寫成「鐵腿」可能是因為近似發音的錯誤。「鐵」，除了一般常用的【居四他】（thih-4），文讀音會發【堅四他】（thiat-4）的音，這兩個都沒有鼻音，但是「牚」有。

除了「牚腿」，也會發生肌肉僵硬，特別是脖子。「僵硬」

在台語是一個與北京語反置的辭——「硬僵」，所以如果頸部肌肉繃緊痠痛，通常說「頷仔頸硬僵硬僵」。有些書把「硬僵」的台語說成「硬硞硞」，但是「ㄅ」和「硬」是不一樣的，它們的區別請參考《偕厝邊頭尾話仙》冊之124篇〈ㄅㄅ有〉。但字典中「僵」的音是【姜二求】（kiang-2），與習慣發音【驚四曾】（chiaⁿ-4）有異。

運動累了，通常都是手腳身體動作有障礙，倒是不太會影響眼睛，除非你是玩電腦的遊戲，用眼過度眼睛疲勞、眼花。依照教育部的字典，形容人視力模糊，看不清楚叫做「眵目」。例：「你是眵目是無？雞煞看做鴨（你是眼花了是吧？雞竟然看成鴨子）。」

一般而言，「眵目」都是用在罵人，該看到的沒看到，顯而易見的找不到，才會被這樣罵。小時候考試漏看題目、沒看到提示，或者整理東西沒收到某件物品、找擺在眼前的東西卻找不到，都會被唸「目睭眵眵」。有句笑話：「目睭眵眵，便所（廁所）看做ホテル（hotel）」。

可是我覺得有點懷疑，因為就音而言，「眵」是【居一出】（chhi-1），就義而言，它是指「眼膏」。台語字典上有一個字，我覺得可能要比「眵」適合——「齒」，它的發音是【龜二出】（chhu-2），較為符合我們平常的唸法，另外，它的字義是「弱、劣」，眼睛弱、眼睛差，當然就看不到。

本文拼音參考。

漢字	十五音	羅馬字	台羅拼音	台語同音字
掌	更三他	thèⁿ	thènn	——
鐵	居四他	thih	thi	——
	堅四他	thiat	thiat	撤、徹
硬	更七語	gēn	ngē	硜
僵	姜一求	kiang	khiong	姜、羌
眵	居一出	chhi	tshi	痴
齝	龜二出	chhú	tshú	取、鼠

060
涗清氣

　　有位同事來我辦公室聊到台語教育，我們共同的感慨是現在有「台語課」，但是沒有「台語環境」；反觀我們小時候沒有「台語課」，但是有「台語環境」，台語都是耳濡目染、自然學會的。他用了一個動詞──「涗」。

　　「涗」這個字北京語唸「ㄕㄨㄟˋ」，意思是「澄清的」，當動詞是「揩擦」。在北京語中我們很少用這字，但是台語還算常用，《彙音寶鑑》中收在【瓜七他】（thoa-7，再浣洗淨）與【檜三時】（soe-3，清也），簡單來說，洗衣服會用肥皂或洗衣精洗，洗完要用清水一次又一次地沖洗乾淨，這個動作叫做「涗」【瓜七他】（thoa-7）。「衫褲涗清氣」就是「把衣服褲子沖洗乾淨」。（另參本冊之064篇〈無就汰〉）

　　以前很多工藝都是學徒制，師傅帶個徒弟，讓徒弟跟在身邊，邊看邊學，叫「涗徒弟」或「涗師仔」（師仔是是徒弟的意思，加一個「仔」字小一輩，請參《偕厝邊頭尾話仙》冊之182篇〈孫偕孫仔〉），其實這樣的說法應該很合理，一次又一次的淨化，讓學徒學會、臻熟。於是，「涗會起來」就是這個徒弟帶的起來，學得會，而「涗未起來」就是……

我的同事所說的學台語的方式就是類似像這樣，所以她說「慢慢啊涗起來」。

另外，我想為「涗」這個字洗刷冤屈。《臺灣閩南語常用詞辭典》說台語「穢涗」是「汙穢、髒亂」。當「汙穢」用時，偏向心理上的。例：莫穢涗別人（不要污穢他人）。也當「髒亂、噁心」用。例：「穢涗兼鎮地（又髒亂又占地方）。」這裡就要發【檜三時】（soe-3）的音。

問題是「涗」不但沒有「髒」的意思，反而是「清澈的」，是澄清的意思，《周禮·春官·司尊彝》：盎齊涗酌。「涗水」也當「溫水」，例如《周禮·冬官考工記》：慌氏湅絲，以涗水漚其絲七日。說「穢涗」是髒亂噁心，實在都令人難以理解，若是解釋為「汙穢的清水」，更是莫名其妙。

有人認為「污穢」應該才是「穢涗」的正字，也有人認為是「猥瑣」被唸走音。漢文「猥瑣」，釋義「容貌鄙陋煩碎」，例如我們說「獐頭鼠目」，台語會用「猴頭老鼠面」，而北京語則說「猥瑣」。

無論如何，我還是覺得用「穢涗」當作污穢實在說不過去，應該要還「涗」一個公道。

本文拼音參考。

漢字	十五音	羅馬字	台羅拼音	台語同音字
涗	瓜七他	thoā	thuā	夯
	檜三時	soè	suè	歲、稅
穢	檜三英	oè	uè	——

漢字	十五音	羅馬字	台羅拼音	台語同音字
污	龜一英	u	ue	迂
	龜三英	ù	ùe	瘀
猥	檜一英	oe	ue	偎、鍋
瑣	高二時	só	só	鎖

061
台語、閩南語、河洛話

　　我大姐轉貼了一篇文章給我，文中提到：

　　「我們的祖先來自何處？我們的語言出自何處？不要被意識形態民粹政客們洗腦騙了！無論您是400年前、200年前、77年前、或何時來台，都是台灣人也是中國人，只有「堂號」能讓您完全了解。」（「堂號」指出我們的身家來歷，例如「穎川堂」是陳、鄔、賴、鍾，穎川是秦郡名，地轄河南舊許州、陳州、汝寶、汝州諸府，概指穎水流域。）

　　這裡我並不想討論統獨問題，我更不想被操弄，我只想說我們祖先來自哪裡是一回事，未來台灣要統要獨是另一回事。就像美國，除了原住民，早期移民來自英國，後來成為一個民族大熔爐，而美國已是美一個獨立二百多年的國家。我們不需要因為祖先來自中國大陸就一定要統，也不一定要獨立，重點是不能因為要獨而忘了許多人的祖先來自對岸。

　　這篇文章也說：「我們現在講的『台語』正確名稱不是『台灣話』、更不是『閩南話』、也不是『福建話』，正確叫做『河洛話』！河洛話：源自河南洛陽，俗稱中原話，在唐朝時期就是講河洛話，唐朝武則天就是講河洛話；日本現在廟宇和尚念經朗誦的語言就是用河洛話！」

我並不太同意他所說的現在的「台語」應該正名為「河洛話」，因為她們並不相等，但是，「台語源自河洛話」倒是不容否認。

　　應該這樣說：

　　「台語」是移民到台灣的閩南人所說的閩南話加上平埔族語和日語混合而成今天的「台語」。所以，她不等於純粹的「閩南語」。

　　「閩南語」是唐朝年間，由河南固縣派往閩南征伐百越的屯田兵所說的「河洛話」混上百越族語而成。所以，「閩南語」也不等於純粹的「河洛話」。

　　「河洛話」是古代中原地區，在河南、洛邑所說的話，也就是古漢語，秦統一六國後，古漢語發展成漢語。

　　而我們今天說的「國語」或「普通話」，其實應該說是「北京語」，它是在「五胡亂華」之後，中原淪陷，胡人在北京建都以降，發展而成的中國官方語言。

　　網路作家顏清全先生說：「漢語」與現今「台語」之間是一脈象傳的。反倒是現在的「國語」與「漢語」間似並無太多的關聯。而且據語言專家所言，「台語」與「漢語」之間，雖經千年隔閡，卻尚保留有八成以上的相似度。因此有人說：「唐朝以前官方語言是『漢語』，而今『台語』是『漢語』的活化石。」

　　維基百科說：「『閩南語』與「現代標準漢語」無法相通，因而被西方學者普遍認為是一種語言。在中國大陸被認定為漢語方言之一，稱為閩南方言。而在臺灣，認同語言說與方言說的學者皆有。閩南語及華語在語音、詞彙、句法上本有許多差異，又由於分支較早，彼此間的差異亦相當顯著，至於閩南語中許多來

源不明的字詞，也並非源自漢語。有統計研究指出，閩南語的核心詞彙僅49%與華語同源，比同屬西日耳曼語支的英語與德語之間的差異還要大10%。」

這樣的說法讓很多人造成誤解，而把閩南語認為是單純的方言。它基本的謬誤在於其中被認定為「現代標準漢語」的是「北京語」，要知道「北京語」基本上是「胡語」或說是「胡化」的漢語，不是漢語或古漢語。

因此，我們在本冊之024篇〈好佳再〉中提到古文是台語的根。當然，經過時代演化與居住遷徙，語言也跟著變。所以，「台語是河洛話」，這句話並不精確，但是「台語源自河洛話」是沒有問題的。

後記。

有讀者回應：「認可。說台語（閩南語）就是河洛話，應該拿出唐代運輸分析一下差異有多大，部分源自唐代官話是沒錯。」

有位說：「游牧民族逐水草而居，民風強悍。五胡亂華是黨國洗腦之說。唐帝國創國者李淵也是胡人血統！」

有位法國人把這篇文章分享給他一位新加坡朋友，這位新加坡朋友回覆：「Well written.」有趣的是我從這位新加坡先生的臉書看到一個用鹿港調編曲，由李竺芯用閩南語唱的「將進酒」。用台語吟唱古詩詞是蠻好的保存台語的方式。

我相信語言和文字的演變不是一天兩天的事，我們只能約略講出一個概況，但是沒有辦法精確地說出它變化的時點。

062

剪綹仔

連續兩天在捷運的電扶梯上都有人從我背後拍我肩膀跟我說我的背包拉鍊沒拉好，還好不是褲子……。基本上台灣人真的很善良而正直，見到有人掉皮夾、掉東西，都會伸出援手，很多國家並不是這樣，有許多人到歐洲旅遊都有遇到扒手的經驗。

2012年，我跟一位同事出差到法國巴黎，晚上去拉法葉百貨朝聖一番，回飯店的路上遇到一位年輕人問路，他說他和朋友約在拉法葉百貨，他不知道怎麼走，我跟他說左轉直走就到了，他又說時間快到了怕來不及，我又跟他說不會來不及，快去就是了。這時來了一個冒牌警察，說他懷疑我們有不法勾當，要求檢查身分證件和皮夾，結果被偷了好幾百歐元。

扒手的台語叫「剪綹仔」，古代的扒手叫做「綹竊」，「綹」是絲縷編成的線，主要用來繫東西；字典上又說「緯十縷為一綹」，它是個量詞，計算絲、線、髮、鬚等的單位。《剪髮待賓》第二折：「兀那街市上一個婆婆，手裡拿著一綹兒頭髮，不知是賣的？不知是買的？」。我們常用的是拿「綹」來計算麵線，小時候我媽媽喊我去雜貨店買麵線，她會說：「買三綹麵線」，就是三束麵線。「剪綹」是指「剪開他人的衣帶以竊取錢

財」，因此台語的「扒手」叫做「剪綹仔」。而動詞的「扒」，台語稱為「剪」。這個詞約莫可以追溯到元朝，明末的《警世通言·卷一七·鈍秀才一朝交泰》有：「仔細看時，袖底有一小孔，那老者趕早出門，不知在那裡遇著剪綹的剪去了。」

教育部台灣閩南語常用詞辭典的例句：「去人贄的所在愛較注意咧，無，會去扛著剪綹仔（去人多的地方要小心一點，要不然會遇到扒手）。」教育部的異用字是「剪紐仔」、「剪鈕仔」。以前也有字典說或做「剪柳仔」，剪「鈕扣」偷東西還講得通，剪「柳」就有點不知其所以然了，或許是因為音相同，「綹」、「鈕」與「柳」都發【ㄐ二柳】（liu-2）的音。

「剪綹仔」也叫「三支手」，因為「扒手」的「扒」古時候寫為「掱」，真的是多一支手。廣東話還稱「小手」。

北京語「扒」的台語也可以用「勍」，這字在彙音寶鑑中是標為【經五求】（keng-5）的音，與「瓊」、「窮」同音，不過一般是唸為【姜一去】（kiang-1）。「這本冊是我的，你莫勍去喔（這本書是我的，你不要偷拿走喔）！」不小心遭小偷，台語叫「着賊偷」。

前面提到的故事，說起來真的是很丟臉，只能怪我自己心血來潮，明明知道是騙子想要看看那人要耍甚麼把戲，我竟然瞪大眼睛都看不出來，讓他在我眼前把我的鈔票從我的皮夾抽走，只能說不是被「剪」走，而是花錢看了一場近距離的魔術表演，而且滿貴的，我和我同事各300歐元......

本文拼音參考。

漢字	十五音	羅馬字	台羅拼音	台語同音字
剪	堅二曾	chián	tsián	踐
綹	ㄐ二柳	liú	liú	柳、鈕
鈕	ㄐ二柳	liú	liú	柳、綹
柳	ㄐ二柳	liú	liú	鈕、綹
扒	乖五邊	poâi	pê	——
勍	經五求	kêng	khîng	瓊、擎
	姜一去	kiang	khiang	腔、鏗

一隻蚼蟻八千斤

　　有個諧音的笑話:「咱做朋友愛先睏做伙!」

　　當朋友要先睡在一起?女生一定會覺得受到騷擾,她才不想莫名奇妙跟不認識的男生睡。男生?我也不想!我沒有特別癖好!

　　不過,你如果聽到別人跟你這樣說,也先不要急著生氣,他可能是說「咱做朋友愛誠懇做伙!」

　　「誠懇」分別是【經五時】(seng-5)、【君二去】(khun-2),當兩個字連在一起,前面的字要轉音,後面的字維持原音,所以會變成【經一時】(seng-1)、【君二去】(khun-2)。

　　而「先睏」一般是分別唸【經一時】(seng-1)、【君三去】(khun-3),在這句話中,「睏」要和後面連在一起,所以「先」不轉調,但是「睏」要轉調,而變成【經一時】(seng-1)、【君二去】(khun-2),跟前面的「誠懇」一模一樣。

　　唸對了會有笑話,唸錯了也會有笑話。我父親常舉的一個例子,「伊咧做獸醫」。「獸醫」分別唸【龜三時】(siu-3)與【居一語】(i-1)的音,兩個字連載一起要唸【龜二時】(siu-

2)與【居一語】（i-1）。但是，你如果不轉調就會變成「他在做壽衣」，差很大！

　　講了六、七十年台語的人，不一定會知道轉調的問題，甚至沒想過這個問題，連自己的名字都轉過調也不自覺，不信的話你可以做個實驗，去問問六、七十歲講台語的人，問他的名字單一字怎麼唸、合起來怎麼唸、為什麼分開和合起來時的面那個字的音調會不一樣？我相信也沒幾個會知道是第幾聲。所以它是一個很麻煩的問題，因為變化規則有點麻煩，但也是一個不是問題的問題，因為都是自然而然就會。

　　我想起小時候的一個類似的例子。當時學校操場司令台旁有一整排的榕樹，有一天在樹下玩，有個同學問我：「你敢捌看過一隻蚼蟻八千斤？」我說哪有可能！他把我拉到樹旁，有許多螞蟻在爬榕樹的氣根。

　　「八」是【嘉四邊】，台語的「由低處往高處升」應該寫為「跙」，而「爬」並沒有上升。「跙」也是【嘉四邊】，而「爬」是【嘉五邊】

　　「榕樹」，台語是叫「榕仔」，「榕」唸【經五出】（chheng-5）。「千」是【經一出】。「八千斤」與「跙榕根」，您就自己練習一下囉！

　　又想到一個笑話：醫生交代吃藥是「食飽三粒」，病人以為是「食百三粒」。

後記。────────────────────────

　　有人說：「暈......看不懂。一隻螞蟻爬樹根有這麼饒舌嗎？」

　　我說：「呵呵，沒有。是因為您會台語。就像「食飽三粒」和「食百三粒」，不會台語的也聽不懂這笑話。」

本文拼音參考。────────────────────

漢字	十五音	羅馬字	台羅拼音	台語同音字
誠	經五時	sêng	sîng	成、乘
懇	君二去	khún	khún	捆
先	經一時	seng	sing	生
	巾一時	sin	sin	申、身
	堅一時	sian	sian	仙、鮮
	堅三時	siàn	siàn	扇、搧
睏	君三去	khùn	khùn	困
獸	三時	siù	siù	秀、宿
壽	ㄐ七時	siū	siū	受、授
八	嘉四邊	peh	peh	伯
跁	嘉四邊	peh	peh	伯、八
爬	嘉五邊	pê	pê	琶、鈀
千	經一出	chheng	tshing	清、稱
榕	經五出	chhêng	tshîng	傖
	恭五英	iông	iông	庸

064

無就汰

　　夏天比較不會賴床，所以我會比較早出門，連續幾天都遇到
對面的奶奶。前天他問我有沒有讀過「日本冊」，我心裡OS：
只有妳們這種年紀的才會讀過「日本冊」吧！我父親也才唸過兩
年。所謂的「讀日本冊」是上日治時代的小學。這奶奶說她唸了
六年，我說那應該差不多九十歲了吧，她說還沒，八十八。

　　今天我又遇到這位米壽的可愛長者，擦了粉、點了胭脂，出
門要去散步，她說她從七段由上往下走，很多人在賣東西，很熱
鬧、很好玩，她都到處逛，「有就買，無就汰！」。

　　「汰」在台語有三個讀音，【瓜四他】（thoah-4，簡淅
也）、【瓜七他】（thoa-7，同涗，再浣洗淨）以及【皆三他】
（thai-3，沙汰、淘汰）。

　　關於【瓜七他】的「汰」，它同「涗」，我們在本冊之060
篇〈涗清氣〉有說明，這裡再補充一下。網路上《台語與佛典》
有一篇提到煮飯前的洗米：「我覺得那個thua字是『汰（thuā，
不是汰，是汰）』，這個字本來陽去7聲，但因為後面有米字，
所以變調唸陰去3聲。汰米thuā-bí。」段玉裁的說文解字說：
「淅、汰也。釋詁曰。汰、墜也。汰之則沙礫去矣。故曰墜

也。」

作者指出「我本來以為是『汰』字讀音流變，從『汰thai-3』轉音成為『thua-3』，原來是台語保留古音，《大徐本》與《玉篇》標為『徒hoo-5蓋kua-3切』，得出『thua-3』，正是台語的讀音。後代『音隨字改』，讀成『thai3』，反而把正確的用字『汰』給淘汰了。」（古代有『音隨字改』，和『字隨音改』兩種狀況。」）這或許可以參考，但《彙音寶鑑》對「汰」的唸法認為是【甘四他】（that-4）與【皆七地】（tai-7）。現在大部分的人台語都改口為「洗米」，而「洮米」或「汰米」已經少人用了。

老奶奶說：「有就買，無就汰！」。這裡的「汰」是【皆三他】（thai-3），是「不要了、拉倒、算了」的意思。我們平常也常會用到「汰」這個字，舉例來說，我想請你吃飯，或是送你音樂會的票，但是你不想要，出於好心但是感覺熱臉貼人冷屁股時，我會說：「不就汰」，就是「不要拉倒！」的意思。

有時跟人講一件事，或某人不符我們的期待，不想理他的時候，我們會說「不管伊」或「管伊」，二者都是不理他的意思。我們也可以說「管汰伊」。

所以，「汰」就是「不要」的意思。東西不好吃，不要吃，「汰吃」；衣服舊了不穿，「汰穿」；電視節目很無聊，沒有營養，就「汰看」。

本文拼音參考。

漢字	十五音	羅馬字	台羅拼音	台語同音字
汰	瓜四他	thoah	thuah	屉、獺
	瓜七他	thoā	thuā	豸、浨
	皆三他	thài	thài	太、泰

065
剷稻尾

常常在新聞上看到某某官員主持某路段或橋樑的通車儀式或是公共工程的啟用典禮時，他的反對黨就會出來批評「割稻尾」。

「割稻尾」是指「坐享其成」，原意為收割別人的稻子，引申用來罵人不勞而獲，甚至竊占功勞。例：「人攏做曷欲好矣，伊才來割稻仔尾（別人都快要做完了，他才來坐享其成）」。因此，口語通常是說「割人的稻仔尾」。

網路上看到一篇文章，他說：『台語「割稻仔尾」有本義和延伸的意思。「割稻仔尾」不是指「收割稻子的尾端」，而是指「別人收割完稻子之後」。大部分國家都有這樣的習俗，台灣也不例外，農民收割完工之後，田裡總有殘留的穗粒，這時開放寡婦孤兒到田裡去撿拾，不算是竊盜。所以，「割稻仔尾」是指「別人收割完後進到田裡去撿一些零零碎碎的穀粒」。這樣子，「割稻仔尾」的引申意義就很明顯了，「割稻仔尾」是指別人已經收割完、已經賺夠錢的生意，你再進去經營，只是一些零碎的利潤，即使有賺頭也是相當有限。這也引喻為去作「夕陽工業」的生意，別家已經收攤不作了，自己還在苦撐賺蠅頭小利。有人

提到「割稻尾」，家中親友大多為農家子女，提供出來給大家斟酌。』

　　唉，錯了！我覺得這解釋是牽強的，問過老一輩的，他們說這解釋不對，而且事實上以前人講的是「剗人个稻仔尾」，用「剗」而不是教育部字典說的「割」，更不是教育部說異用字為「斬」。從意思來看，「割」沒有錯，「斬」不能說錯，但是割稻子的動作不適合用「斬」字。

　　我在某一本書上看到用「砟」，這字北京語音唸「ㄗㄨㄛˊ」，是「堅硬成塊的東西」的意思，例如「煤砟」；雖然有「砟刀」，但是我在《彙音寶鑑》中並未查到這個字，我認為應該是誤用。

　　「剗」音【監二曾】（chaⁿ-2，剗斷也），北京語唸「ㄔㄨㄢˇ」，動詞當「割裁」的意思。小時候隔壁的紅蟳伯（我不知道他為何有這名字，跟本名和工作都沒關係）用番薯葉餵豬，他都會先煮過，因為番薯莖葉連在一起很長，所以他都是抓一大把，然後從中間一段一段割斷，這叫「剗斷」。

　　「剗」在台語還會用於抄近路或是選一條路橫切過去，例如你要從操場一邊走到另一邊，若不沿跑道走，從中間穿過，這也叫「剗過」。還有一種狀況，開車的時候變換車道，插到別人的車子前也叫做「剗」。

　　感謝誤寫為「砟稻子尾」的先生，讓我想起這已經不太被使用的台語。

　　不過，對於一件公共工程的落成啟用，當局者為何不能敞開心胸，邀請過去有參與過的首長，不分黨派顏色，一起揭幕？除

了不會讓人譏為「剒人的稻仔尾」，更顯寬大。

後記 ◆─────────────────────────

　　父親看了我的初稿，特地打電話跟我說不要寫「寡婦孤兒」，我說我是引用，父親還特地問我有沒有括引號。他說那叫「拾稻仔穗」，是每個人都可以的，不是只有「寡婦孤兒」。我想起米勒（Jean-François Millet）的畫，拾穗者（法語：Des glaneuses）。

本文拼音參考 ◆─────────────────────

漢字	十五音	羅馬字	台羅拼音	台語同音字
割	甘四求	kat	kat	葛、結
	瓜四求	koah	kuah	葛
剒	監二曾	chá^n	tsánn	──
斬	甘二曾	chám	tsám	──

066
欲答

　　搭台北捷運要去小碧潭就要搭新店線在七張下車轉小碧潭支線，我因為在七張上班，所以每天都要聽一次廣播：「往小碧潭的旅客請在本站下車。」台語他說：「欲往小碧潭个旅客請佇本站落車。」我不能說他錯，但是我總是覺得怪怪的，就像高鐵的廣播都說「北上的列車」、「南下的列車」，台語會說「上北[1]」、「落南」，但是你說「北上」、「南下」，我不能說你錯，只是感覺味道不對。

　　「在這裡」，台語有很多不同的說法，但是坦白說，這些詞的寫法可能都有討論的空間。我們會說「佇這[2]」、「踮這」、「站這」、「蹛這」或說「在這」，但是使用的時機和會到有很細微的差異。

　　「佇這」比較像是單純形容位置，他不會有後續的動作。例如你問我在哪，我回答你：「我佇這。」這事就結束了，他是單純表明位置。但是，「踮這」、「站這」、「蹛這」，都會有後續動作，不管是要在這烤肉、在這轉車、在這等候……，感覺它會有一個後續的行為。但是，在北京語中，不管有沒有接下來的動作，都是「在這裡」。

可是，也不是完全不能用「佇這」接後續的動詞，「伊娶某欲佇這請人（他結婚要在這請客）」、「伊昨昏佇這落車（他昨天在這下車）」，強調的是位置，所以也可以用「佇這」。這完全是語感的問題，說真的，很難說明。

如果你在車上碰到朋友，要問他要在哪下車或要去哪，你可以問：「你欲佗？」或「你欲佗落車？」。雖然「佗位」是常用的說法，「佗」卻是很簡便的口語，它簡單到令人懷疑它沒有字或是跟本是個連音現象產生的連音字。不過，元朝的盧摯的《沉醉東風‧閒居》寫到：

> 雨過分畦種瓜，旱時引水澆麻。共幾個田舍翁，說幾句莊家話。瓦盆邊濁酒生涯。醉裡乾坤大，任他高柳清風睡煞。

> 恰離了綠水青山那答，早來到竹籬茅舍人家。野花路畔開，村酒槽頭榨。直吃的欠欠答答。醉了山童不勸咱，白髮上黃花亂插。

翻譯是：「雨過之後就分畦種瓜，天旱時就引來水澆麻。幾個種田的老人在一起，討論一些關於種植莊稼的話題，用大大的瓦盆盛酒來過日子，醉的時候就感覺乾坤如此之大。任憑他高柳清風我也一樣的睡覺。

剛剛離開了自己居住的綠水青山之地，早早地來到竹籬茅舍人家。路畔的野花開的正旺，村頭開著一家酒家。直吃得我酩酊大醉。即使喝醉了山童也不會嘲笑咱。摘下路邊的菊花，在白髮

上亂插。」

而「那答」：元代俗語，即那裏、那邊。有人認為「那」等於「彼」，所以台語的「那裏」說成「彼答」。其實這滿有趣的。

後記

網友回應：「捷運不用北上南下，是因為站間東西南北方向都有而且太近，不像台鐵高鐵多是南北向而且站距遠。」

我說：「是的，捷運沒有南下與北上的需要，但是高鐵有。這裡是想強調台語的『南下北上』通常是說『落南上北』。」

他說：「的確，北捷很多台語用法是蠻怪的，不是說不對，而不是台灣常用的講法。」

我想，這是我們需要注意的事情，當官方，當媒體，都用錯誤的台語教育年輕不懂台語的年輕人時，他們的台語就走精了。

本文拼音參考

漢字	十五音	羅馬字	台羅拼音	台語同音字
佇	居二他	thí	thí	貯、褫
蹛	皆三地	taì	tuà	帶
踮	兼三地	tiàm	tiàm	店
站	甘七曾	chām	tsām	暫
在	皆七曾	chai	tsāi	載、豸
佗	高五地	tô	tô	陶、逃
	高一他	tho	tho	滔、叨
	居五英	î	î	姨、移
答	甘四地	tap	tah	搭

1 大衛羊提到古時後「上」自用的地方有限，應該是「就」字，例如「就北」、「就位」、「就職」。

2 「這裡」台語用字，教育部建議用「遮」，異用「這」。我覺得「這」比較好，事實上用「遮」的目的在取音近似，但是也不是相同的音。

067
無事使

　　我常常會以「飯桶」自稱。現代人米飯吃得不多，多是以菜為主，事實上以我這樣的年紀，澱粉是不適合攝取太多，但是我吃飯的壞習慣，不但是吃很快，而且菜配得很少、而米飯吃得很多，所以我都自稱「飯桶」。

　　「飯桶」，除了「裝飯的桶子」的原意，也有引申為「大食客」或常用的「笨蛋」、「庸才」、「差勁」的意思。我也不懂為何飯吃得多就是庸才？搞不好是位力士，所以他需要吃很多飯呀！

　　指稱「笨蛋」、「庸才」，台語還可以說是「落屎馬」，或說這個人「無事使」，「無事使」是於事無補、無濟於事、無效、沒有用或不中用的意思。當然，你也可以罵他「歹腳梢」、「糞桶」。

　　「糞桶」與「飯桶」音很近似，引申的意義也相同，都是笨蛋，「糞桶」的原意是「屎桶」，古人夜裡肚子不舒服，在房間方便用來裝排泄物的桶子，天亮再清理。不過，有一個比較文雅一點點的說法，叫「土桶」，因此，古時候房間隔一條小巷放「土桶」的稱為「土桶巷仔」。

《論語‧公冶長》：「宰予晝寢。子曰：『朽木不可雕也；糞土之牆不可杇也。』」糞土是糞便和泥土，比喻沒有價值的東西。例如「榮華富貴，視如糞土」，稱「糞桶」為「土桶」倒是有點學問，只是「飯桶」和「糞桶」，「飯」是消化前，「糞」是消化後，卻是落的同一個田地......

　　另外，「屎桶」的引申意義是有一點不一樣的，它也可以當「笨蛋」，也可以是指「擺架子的樣子」。例：彼個人足屎桶（那個人很會擺大架子。）

　　現在的「水桶」，四、五十公分高的，以前叫「腳桶」，因為它是用來泡腳的，而「臉盆」以前叫「面桶」，通常會放在一個「面桶架」上，我記得國小的時候校長辦公室有個屏風隔間，屏風後有一張床，床邊還擺著一個「面桶架」，有個洗臉盆，掛著毛巾，那個時候覺得校長辦公室很豪華。那位校長很兇，常常叫我們：「拿『笨箕』倒垃圾」，他說的「笨箕」其實是「畚箕」，「糞」、「畚」與「笨」三字聲母都是【邊】、韻母都是【君】，只是不同調；而「畚箕」也做「糞箕」，「糞桶」都是「笨桶」了，「糞箕」當作是「笨箕」就隨它了啦！（王校長，對不起，呵呵！）

後記 ◆

　　網友回應：「飯桶」＝「笨蛋」、「庸才」、「差勁」，應該是出自法醫祖師北宋的宋慈。《宋慈傳》載：宋慈有一女助理，某日無法完成宋慈交辦事項，宋慈怒曰：妳就提著腦袋管飯吃，什麼都不會！

本文拼音參考。————————————————————

漢字	十五音	羅馬字	台羅拼音	台語同音字
糞	君三邊	pùn	pùn	—
	君三喜	hùn	hùn	訓、奮
畚	君二邊	pún	pún	本
笨	君七邊	pūn	pūn	坌
飯	觀七喜	hoān	pūn	范、宦
	禪七邊	pn̄g	pn̄g	傍

068
空嘴哺舌、大舌更興啼

陳小雲有一首歌叫「愛情的騙子」，裡面唱到：

> 講什麼　我親像　天頂的仙女，
> 講什麼　我親像　古早的西施。
> 講什麼　你愛我　千千萬萬年，
> 講什麼　你永遠　未來變心意。
> 原來你是花言巧語　真情給你騙騙去，
> 原來你是空嘴薄舌　達到目的做你去。
> 啊　我問你　啊～我問你
> 你的良心到底在哪裡！

「空嘴薄舌」一般是指一個人很會信口開河，或是說話不切實際，所以跟他歌詞的前一句「花言巧語」是有點類似的意味。「空嘴」應該跟北京語「空口說白話」一樣的概念，而「薄舌」是指靈巧的舌頭很會說話，台語「大舌」是指口吃，講話結結巴巴、不清不楚，「薄舌」就剛好相反。因此這兩個合起來是「花言巧語又不負責任」。

不過一般用法是教育部寫的「空喙哺舌」，它的解釋是：
1.信口開河，說話沒有憑證。例：「你不通空喙哺舌誣賴別人
（你不能夠空口無憑地誣賴別人）。」2.光說不練、空口說白
話。指一個人好發議論卻沒有實際的行動表現。例：「空喙哺
舌無路用，無去做攏無準算（光說不練沒有用，不去做都不算
數）」異用字：「空嘴哺舌」、「空嘴薄舌」。

「喙」還是寫成「嘴」比較好（是不是寫成「咀」還可以討
論）。但是「哺」【沾七邊】（po-7），雖與「薄」【高八邊】
（poh-8）音接近，但應該是兩個不同的概念，或許是因為音近
似才被搞混。「哺」的意思是「嚼」，「哺舌」它應該是北京語
的「嚼舌」一樣的意思，「嚼舌」是比喻「搬弄是非」，例如：
「有意見當面提，別在背後嚼舌」；或者當作是「說廢話、無謂
地爭辯」，例如：「沒工夫跟你嚼舌」。

依照長輩們的說法，「空喙哺舌」是指「嘴巴裡是空的，所
以『嚼／哺』的是舌頭」，這符合「嚼舌根」的意思。

因此，「空嘴」、「空喙」和「空口」、「信口」是一樣
的，都是隨便說說。而「薄舌」應該是「哺舌」的誤植。

跟舌燦蓮花相對的是「大舌」，有句台語「大舌更興啼」，
它的意思是指一個人口吃講話講不清楚又愛說個不停。關於
「又」的台語字，有許多不同的建議，有人說是借用字，也有
人說一定有字。但是是哪一個字？「革」、「佮」、「各」
「復」，各有人支持，教育部用「閣」，我比較建議用「更」。
「興」音【經三喜】（heng-3），是指「喜好」，也可以寫為
「好」，同一個音。而「啼」，是因為口吃者說話重複，像在啼

叫，而戲稱他講話為「啼」。我看到有好多種寫法，「喋」、
「題」和「啼」。

　　「喋」，【兼八地】（tiap-8，多言也）。這是教育部建議用
字，但是音差很多，意也不是原意，缺乏了原先語言的趣味性。

　　「題」，【嘉五地】（te-5，品題、詩題），這就差太多了。

　　「啼」，【嘉五他】（the-5，號也、泣也、鳥鳴也）、
【居五他】（thi-5，哭也、吼也）。應該是這個才對啦。

本文拼音參考 ◆

漢字	十五音	羅馬字	台羅拼音	台語同音字
哺	沽七邊	pō	pōo	步、部
薄	高八邊	po̍h	po̍h	——
	公八邊	po̍k	pa̍k	縛
興	經三喜	hèng	hìng	——
啼	嘉五他	thê	thǐap	蹄、提
喋	兼八地	tia̍p	thǐap	疊
題	嘉五地	tê	tê	茶、醍

069
誰欲要？焘焘去！

　　昨天一早出門遇到對面的奶奶，我因為還要穿鞋綁鞋帶就請她先搭電梯下樓，電梯關了好一下子又開了，我以為奶奶幫我把電梯按上來，結果是她一直在電梯裡等我，真不好意思，我趕緊把另一隻腳穿好，但是越急卻越穿不好......

　　進了電梯我愣住了，奶奶在哭，我沉默了一下，她跟我說：「我細漢的時陣攏加阮老爸綴牢牢......」「阮老爸若去田裡，我攏立佇門口等，遠遠啊就加喝。伊就會講這個誰欲要？焘焘去」「阮老母足早就過身，彼陣足艱苦。」「我若想着阮老爸就會哭。」

　　「綴牢牢[1]」是「跟的緊緊的」，「綴」，【觀四地】（toat-4）或一般唸【檜三地】（toe-3），是「跟」的意思，平常用在「纏綴」、「陪綴」。「纏綴」是「服侍、照料」，例：「我規日纏綴這陣囝仔攏未離矣，哪有閒去想遐个（我整天照料這群孩子都來不及了，怎麼還有時間去想那些）？」「陪綴」是指人與人之間的交往酬酢，如婚喪、遷居時的相互贈禮。例：「人情世事一大堆，嘛着愛加減陪綴人一括（禮尚往來的事宜一大堆，也要多少交際應酬一下）」。「牢」，【高五柳】（lo-

5）或【嬌五地】（tiau-5）。

「誰欲要」，「欲」原本是【公八英】（iok-8）的音，現在被用來當作是【嘉四門】（beh-4）的「要」，不過，《彙音寶鑑》上用的是「卜」這個字，解釋是「要也」。也有滿多人這樣用的。

「誰欲要」的「要」，有一個特別的讀音【梔八地】（tihⁿ-8），《彙音寶鑑》上的解釋是「不要」，而且說與「甭」同字。這真的是一個讓人不懂的字，到底是「要」還是「不要」？只有字沒有音的時候就分不出來。

「覓」是個有趣的字，它唸【瓜七出】（chhoa-7），解釋是「相率覓也」，「帶小孩」也有人用這個字，但是同音的有一個字寫做「孿」，說它同「覓」，這字真的有趣，母親帶個小孩，根本是會意兼象形；帶路有人寫「覓路」，但是同音的字有一個是「導」；甚至有字典有人說「覓」在方言有「娶」的意思，用於「娶某」，而《彙音寶鑑中》「娶」也是【瓜七出】的音。所以，這到底是怎麼一回事？嗯，不知道，但是可以發現，上面所談的字都很亂，絕對有訓讀用法或借用。

「艱苦」是生活艱辛困苦，現在很多人誤寫為「甘苦」，是滿離譜的。「艱苦人」是委婉稱呼的窮人方式，直接的說法「散赤人」。教育部說「散赤人」亦作「散食人」，我認為應該是音的謬誤。而且，《金瓶梅詞話》第六六回：「吃畢午齋，都往花園內遊玩散食去了。」這裡「散食」的意思是「消化食物」。

台語「較無」、「較有」也當作「貧」、「富」，有時候說「有一塊」是指經濟狀況不錯，當然也可以說他是「好額人」。

「額」有分量、數量的意思，「有額」通常是指數量較多，「好額」也是指「分量多」，所以「金錢額數多」就是「有錢」，這才是合理，我才不相信是「好匾額」的說法。但是「好額人」現在都被寫成「好野人」，您說，該怎麼辦？

這奶奶很有趣，我用台語跟她打招呼她回我國語，用國語打招呼她回我台語。前幾天跟我講日文，問我幾歲，所以我猜她受過日本教育，應該有八十幾。那麼她父親可能離開很久了吧，她還一直想念她父親。

電梯從四樓到一樓、再走到門口，短短的十步路，幾十秒，她擦了三次眼淚，我懂。可是我不知道怎麼安慰她……

本文拼音參考。

漢字	十五音	羅馬字	台羅拼音	台語同音字
綴	觀四地	toat	tuah	撮、輟
	檜三地	toè	tuè	對、從
牢	高五柳	lô	lô	羅
	嬌五地	tiâu	tiâu	潮、調
卜	嘉四門	beh	beh	──
	公四邊	pok	pok	──
	檜四門	boeh	boeh	要
要	梔八地	tih^n	tinn	甬
	嬌一英	iau	iau	妖、飢
	嬌三英	iàu	siàu	──
	檜四門	boeh	buat	卜
炁	瓜七出	chhoā	tshuā	娶
孡	瓜七出	chhoā	tshuā	娶

漢字	十五音	羅馬字	台羅拼音	台語同音字
導	瓜七出	chhoā	tshuā	娶
	高七地	tō	tō	道
娶	瓜七出	chhoā	tshuā	炁
散	干二時	sán	sán	瘦
	干三時	sàn	sàn	傘、疝
	官三時	soàⁿ	suànn	傘、汕
赤	經四出	chhek	tshik	側、冊、策
	迦四出	chhiah	tshiah	刺
額	經八語	ge̍k	gi̍k	逆
	迦八語	gia̍h	gia̍h	——
	迦八喜	hia̍h	hia̍h	——
野	迦二英	iá	iá	也、冶

註釋

1 「牢」當作緊密堅固，或許是跟北京語有關，「牢」與「椆」某個程度上是混用了。（參考本冊之023篇〈倚豬椆死豬母〉）

070

鼻芳

蔡英文被質疑有沒有博士學位的問題已經好多年了，2020年的總統選舉前許多人重提此事，因為從來沒有人看過她的論文，前副總統呂秀蓮說如果有論文，那麼是不是可以拿出來給大家「鼻芳（聞香）」一下。

「鼻芳」這個詞的用法通常是有點酸，例如：「食無，鼻芳一下嘛好（吃不到聞一下香味也好。）」基本上，「香味」屬於公共財，聞到香味並沒有侵占到所有權，所以我只要求「鼻」一下。

吳在野先生在其所著《河洛閩南語縱橫談》一書提到「鼻」這個字，名詞是指鼻子，動詞是國語的「聞」。但是古書上「聞」是指「聽」，例如《論語里仁篇》「朝聞道，夕死可矣」，《呂氏春秋孟冬紀》「名不可得而聞」，所以「聞」字從「耳」。所以「聞」這個字在北京語除了表示聽覺還表示嗅覺，這是很奇怪的，而台語仍保留「鼻」字作為嗅覺的動詞。

吳先生在該書中講了很多類似的例子，用來說明所謂的華文經過數千年的演變，原意的字被其他的字假借或被新字替換，我們現在用的字已經不是當初的原字。

舉個例子來說，北京語裡粽子是用包的，所以學生會考前吃粽子叫「包粽—包中」。但是台語說「綁」粽子，不是「包」粽子。而「綁」是個明朝末年才有的新字，梅膺祚《字彙》：「綁，古無此字，俗音旁上聲，作綁笞之字」。台語一直保留沿用「縛」為「綁」的意思。「縛」，【江八邊】（pok-8，綑縛也）、「綁」【公二邊】（pong-2，俗以繩縛物謂之綁），意思雖然一樣，但是音不同。

　　包粽子用的糯米台語叫「秫米」；「秫」國語音「ㄕㄨˊ」，說文解字：「秫，稗之黏者」（古代無「糯」字），「秫」台語【君八曾】（chut-8），《彙音寶鑑》：秫與糯同字。

　　蚊子，現在都說是「蚊」，但吳先生認為是「蜢」（ㄇㄥˊ），台語【經五門】（beng-5-囓人飛蟲）。（《彙音寶鑑》「蚊」有二個音，另一個是【江二門】（bng-2-囓人飛蟲），是目前的用法）。

　　北京語的「吸煙／抽菸」或台語「食煙」，「煙」應該是「薰」。「煙」，明朝末年西班牙人從墨西哥（或說古巴）傳來閩南，閩南人開始栽種並名之為「薰」。台語其實保留了明朝時的說法—「食薰」。

　　這本書上也提到目前普遍被使用的「仔」應該是「也」字，例如「芋仔」、「狗仔」、「店仔」……。我覺得這本書有很多有趣的討論，有興趣的可以參考，但是有些我也無法判斷是否真的適當，但是大家集思廣益提出不同的見解總是好的。

　　但是也有人在讀了這本書後表示：「它強調了今天的閩南語保留了最多古漢語成分，過分以「古」為榮，頗有後起語文是

比較次一等級的產物的意涵，整本書裡充斥著「尊古貶今」的氣息。特別是要用「也」替換「仔」是沒有必要......。」

我並沒有像這位讀者有這本書在「尊古貶今」的感受，我覺得這本書至少清清楚楚地告訴認為「台語有音無字」的人他的認知有問題，是他對古漢語的不夠理解。

後記。————————————

有位網友也稱讚《河洛閩南語縱橫談》是一本好書，很有學台語的參考價值。我有覺得是本「研究層級」的好書，不過我們也需要淺顯易懂的，能更方便推廣台語。

本文拼音參考。————————————

漢字	十五音	羅馬字	台羅拼音	台語同音字
鼻	梔七頗	phīⁿ	phīnn	砒
閩	君五門	bûn	bûn	文、們
包	交一邊	pau	pau	胞
縛	江八邊	po̍k	pa̍k	——
糯	姑五柳	lôⁿ	lôo	奴
秫	君八曾	chut	tsut	术、糯
蚊	君二門	bún	bún	吻
	江二門	bńg	báng	艋、網
蟲	經五門	bang	bîng	明、銘
煙	堅一英	ian	ian	淵
	君一喜	hun	hun	紛
薰	君一喜	hun	hun	紛

071
祀公仔尚箸

　　有一天從台北捷運中山站晃到民權西路站，中間有一段是錦西街一條暗黑、沒有店家的巷子，有一座小宮廟坐落在一棟公寓建築的一樓，小小的一個空間，跟一般淺店面沒兩樣，遠看是外表簡單、孤單的一座小廟立在昏暗燈光下，走近才發現裡面熱鬧地擠滿了黑白無常和七爺八爺……

　　七爺名謝必安，八爺叫范無救，「謝必安，謝罪悔過必得平安；范無救，犯罪之人必然無救」。他們的故事大家可能都不陌生，倒是為何是排名七爺八爺？大爺到六爺呢？有人說前面六位分別是文判官、武判官、黑無常、白無常、牛頭和馬面，這不知道是真的還是假的，但是謝將軍和范將軍是拜把兄弟是不容置疑的。

　　拜把兄弟一般台語稱「換帖个」或是「結拜个」。以前的人結拜都要用紅帖來交換生辰八字，並且把要結拜的原因寫下來，所以稱為「換帖」，不過現在人就比較少行這種「古早例」。

　　結拜只用於平輩，而如果是上下輩，或許是「分」、或許是「認」，也或許是「契」。「分」是領養；「認」有兩種，有可能是認做「親父子」，也可能認做「誼父子」；而「契」基本

上是「誼父子」的關係。以前小孩子出生後都會拿生辰八字去算命，有些人「命中帶雙父母」，因此需要「契」一位義父，廟裡的王爺甚至廟旁的大樹都有可能被「契」為義父，像我就是「契」玉天宮的玉王公，我二姊就「契」金興宮的樹王公。

稱結拜兄弟為「義兄」，但是不能叫「契兄」，因為台語「契兄」已經被拿來當作「姘夫」用。

1949年台灣有個李行先生導演的「王哥柳哥遊台灣」電視劇，王哥是位擦鞋匠，柳哥是位三輪車夫，算命的說王哥會中愛國獎券大獎，而柳哥只有44天的陽壽，兩個好朋友決定在這44天同遊台灣的名勝，這電視劇演的就是他們遊歷的過程。之後，「王哥柳哥」被用來當作兩位好朋友的代名詞；另外，因為「王哥」（李冠章飾）很胖、「柳哥」（矮仔財飾）很瘦，至今仍有人將體重過重的人稱為「王哥」，瘦小的人則稱為「柳哥」（一如當時的勞萊與哈台）。不只這樣，因為這是個詼諧娛樂劇，也有人將「王哥柳哥」用來形容嘻笑不正經的人。

兩個好朋友形影不離，台語有句話叫「祀公仔尚杯」，「祀公」是「道士」，台語會加一個「仔」（請參考《偕厝邊頭尾話仙》冊之182篇〈孫偕孫子〉），道士出門必需要帶筊杯，因為需要透過「擲筊」請示神明，台語俗稱「博杯」。因此「祀公」要帶著「筊杯」，「筊杯」都會跟著「祀公」，台灣話說：「恁二儂若祀公仔尚杯」，意思是兩人感情好，焦不離孟、孟不離焦。「博杯」時擲出的筊杯若是「一正一反」，則稱為「尚杯[1]」、「允杯」或「有杯」。兩個都是正面的叫做「笑杯」或「陽杯」，表示神明一笑或不解；兩個都是反面的叫做「蔭

杯」、「蓋杯」或「無杯」，表示神明否定，或者不宜行事。

我們習慣這樣寫、這樣用，《彙音寶鑑》有一個字「筶」是我們所說的擲筊杯的杯。它的音【檜一邊】（poe-1，聖筶，神明問吉凶所用也），因此或許寫為「尚筶」比較適合。

每年農曆正月初一、二，我們村子的大廟都會辦過平安橋的祈福活動，媽說因為村子人少，收到過平安橋的人的錢剛好用來支付給「紅頭仔」，部會有盈餘。「祀公」嚴格來說還有兩種，一是黑頭祀公，一是紅頭祀公。所謂「黑頭祀公」是幫忙喪家辦喪事的，往往在自家設立神壇。「紅頭祀公」是辦喜事慶典、祈安求福，以寺廟為據點；過年的時候許多寺廟都會辦「過平安橋」的活動，廟方也要聘請「紅頭祀公」來辦理，一般簡稱為「紅頭仔」。

本文拼音參考。

漢字	十五音	羅馬字	台羅拼音	台語同音字
契	嘉三去	khè	khè	──
筊	交三求	kàu	kàu	夠
筶	檜一邊	poe	pue	杯

註釋

1 一般將「尚杯」寫為「聖杯」，其實不管是有杯無杯，「筊杯」就是「聖杯」，神明的指示都是「聖杯」；「有杯」當是「尚杯」，小時候奶奶都是說「尚杯」，不是「聖杯」，音差很多。

072
烏龍趄桌

　　有時候覺得這世界上有創意的人實在很多，而且聯想力令人拍案。

　　彭文正博士在他的「政經關不了」節目中追蔡英文的論文門，常常用「烏龍趄桌」來形容蔡英文團隊對論文疑點的解釋、說明。

　　關於「烏龍趄桌」這個成語，有個人編了一個故事，他說：「從前有六個兄弟，小弟假裝通靈，要五個哥哥配合，有事想請示神明的人來問他們，他們就穿黑衣排一列繞著神桌旋轉以待神明降駕，等神明『降駕』後就可以替民眾指點迷津；有一回一個媽媽帶小孩來，小孩不解地問：『龍都是金色的，怎麼有黑的？』後來大家覺都受騙了，所以用『烏龍趄桌』用來比喻騙子胡說八道。」（這故事夠「烏龍趄桌」了吧？）

　　有一種說法是說：王維的詩「終南別業」終南是終南山，「山」字被省略了，「烏龍趄桌」的烏龍也有可能是被省略了後面的一個字。如果是「茶」，那麼就可能是「烏龍茶」在桌上被轉來轉去；如果是「仔」，那就是一隻「烏龍仔（一種黑色蟋蟀）」在桌上爬來爬去。

關於「蟋蟀說」，他們的解釋是：烏龍仔從這一頭到另一頭靈活的奔走的鮮明動作，就像是一個人忙著替自己辯解時，口沫橫飛的形象。（這個我也覺得很天才。）

不單是出處，就連說法（寫法）也有不同的版本，「烏龍繞桌」、「烏龍轉桌」、「烏龍旋桌」。「繞」，【嬌二入】（jiau-2）、「轉」，【裋二地】（thg-2）、「旋」，【觀五時】（soan-5）；所以「踅」，【堅四時】（siat-4），應該才是正字，儘管這些字要表達的意思都還滿接近的，但是讓人迷惑的是這句成語的意思究竟為何？

有的人說是「推卸責任、顧左右而言它」，或者說「故意在跟你說東說西，想要扯開話題」；有的人說是「講話有一點拐彎抹角的意味」；有的說是：「某個人一直用一些歪理給你洗腦，或者用一些矇騙的手法使你聽信於他。」

也有人說：「『烏龍轉桌』意思是指：做人處事故意將事實扭曲，將因果倒置，借用權勢利用時勢，從中獲取利益。用這句諺語來總結民進黨政府砍掉七天國定假日的策略極為貼切，簡單來說，就是一個高級的騙術，讓勞工在過程裡以為自己的工時縮短了，週休二日了，實際上卻被砍了七天假日，工時更無彈性，加班費也比以往少。」這樣的說法對「烏龍」的解釋是在圓桌上控制桌盤轉向的人。

對應到以下一則報導：「台南市議員李坤煌也向《中國時報》透露，林XX原本從事興建集村農舍、山坡地開發起家，他頭腦聰明、能言善道，一張嘴很會「黑龍轉桌」（烏龍踅桌，意指強詞奪理、顛倒黑白），「死人都能說成活的」，而且敢為敢

衝，即使財力不厚，也敢靠著三寸不爛之舌四處集資推案，也因此經常與人有財務糾紛，甚至曾被債主綁架暴力討債，差點被活埋。」

雖然我們還是不知道烏龍是個人還是一隻蟋蟀，但是原意可能就清楚了一些：在做人處事當中故意將事實扭曲，將因果倒置，借用權勢、利用時勢從中獲取利益的人。

所以，前面幾種說法只說明了一半，矇騙的部分；烏龍的目的是要從中獲利才是最後目的。

本文拼音參考。

漢字	十五音	羅馬字	台羅拼音	台語同音字
繞	嬌二入	jiáu	jiáu	擾
轉	褌二地	tńg	tńg	返
旋	觀五時	soân	suân	旋
楚	觀八時	soát	seh	捋

073
好鼻師

　　一個人長得好看不好看，都說是由「五官」來判定，而「五官」卻有不同的定義，有人認為是耳、眉、眼、鼻、唇，也有人說是耳、目、鼻、唇、舌（我不懂有誰會吐舌頭出來給人看），或是耳、眉、目、鼻、口（唇與口應該沒啥差異）。現在一般都用「顏值」統稱，「顏值」是從日文過來，顏是臉的意思，因此應該是長在臉上的都要算，當然要包括臉型，我覺得這是滿重要的。聽說天秤座的人顏值特高，哈哈，不巧，小弟也是天秤座。

　　長一輩的人會說「鼻目嘴攏生曷足美。」所以「鼻、目、嘴」是最重要的。台灣俗諺中也有許多利用動物的行為和外型來比喻或揶揄人的長相，例如「豬哥鼻，雷公嘴」，豬鼻兩個鼻孔大又朝天，而聽說雷公的嘴巴是尖尖突出像鳥嘴，這應該是卡通中才會有的長相。還有「猴頭獠鼠耳，鼻仔翹上天」，頭長得像猴子，耳朵又像老鼠耳朵，鼻子往上翹、鼻孔朝天，應該不會有人長這樣吧？

　　五官不但直接影響顏值，根據命相學它還影響一個人的一生命運。但是，最重要的是，它們是掌握視覺、聽覺、味覺、嗅覺的重要器官。

一個人視力好，台語說「目睭金」或「目睭光」，眼睛不好叫「目睭霧」或「目睭輸」。「目睭輸」是我小時候一天到晚聽到我外婆說的話，近視、老花或怎樣的視力不佳都算。視障則稱「青暝」或「青盲」[1]。

　　台灣俗語有一句很幽默的話說：「生目睭不捌看着目眉」，是指「從來沒見過的東西」，「不捌」[2]是沒有過，「不捌看着」是沒見過，「目眉」是眉毛。「長眼睛沒見過自己的眉毛」，這是事實，不過這句話，主要是強調「從來沒見過」的意思。

　　耳根子軟叫「耳阬輕」，但是「耳阬重」是指耳背、聽力不好，也可以說「背耳」、「重耳」。聽障則稱「臭耳」或「臭耳聾」或簡稱「臭聾」。

　　台語稱啞巴為「啞狗」，但是應該是要寫成「啞口」。也有人這應該是認為應「啞呴」，但「呴」，【沽一喜】（ho-1）是出氣、出聲而不能言，意思對但音有偏差。

　　台語有句話：「青暝尪娶啞口某」。因為「嫁着青盲尪，梳頭抹粉無採工」，「嫁着臭耳聾尪，講話聽無氣死人」，「嫁着啞口尪，比手畫刀驚死人」。如果「青暝尪娶啞巴某」，丈夫對妻子的家事邋遢都沒看見，所以不會發牢騷，妻子對先生的醉酒晚歸，就算生氣也沒辦法嘮嘮叨叨，夫妻就不會天天吵吵鬧鬧，所以這算是不錯的組合。

　　很奇怪的是鼻子，鼻子靈敏叫「鼻子利」，我們也會說嗅覺靈敏的人是「虎鼻師」或「虎鼻獅」，有老虎鼻子的獅子？怪怪的，什麼動物呀？但是不是狗的鼻子比較靈敏嗎？有人說應該是

「好鼻師」，這可能是比較合理的。

有個有趣的問題是失去嗅覺的人叫什麼？我們感冒的時候常會暫時失去嗅覺或味覺，因此沒食慾，但是真正失去嗅覺的到是很少。或許是這樣，對於沒有嗅覺只會說「無當鼻」或「鼻無」[3]，至少我不知道有任何像「啞口」、「青暝」或「臭耳」的對應名詞。網路上看過有位醫生說他從未遇到長期失去嗅覺的病人，但是他卻是一個沒有嗅覺的人，這位醫生也只會用「失去嗅覺」來稱呼這個病。好巧，我媽媽也這樣極少數的人之一，奇特的是她偶而可以聞得到，當她有嗅覺的時後就會到處聞，甚麼氣味都去聞一下，我相信她絕對不是一位「好鼻師」。

後記

有位網友說：「會不會是好鼻師之誤？另，生目睭發目眉毋捌看過……」

台灣閩南語常用字典和教育百科用的是「虎鼻獅」或「好鼻獅」，也有相當多人認為應是台灣民間故事說的「好鼻師」。原本文中未提到，特增補之。

本文拼音參考

漢字	十五音	羅馬字	台羅拼音	台語同音字
睭	니一曾	chiu	tsiu	州、周
啞	經四英	ek	eh	抑、厄
呴	沽一喜	ho	hoo	呼
口	交二求	káu	kháu	九

註釋

1 　請參《偕厝邊頭尾話仙》冊之137篇〈瘟佝青盲〉。
2 　「捌」字用法請參考本冊之090篇〈別明牌〉。
3 　「鼻」字用法請參考本冊之070篇〈鼻芳〉。

074

咿

我永遠忘不了媽媽最後一次跟我說話。

我打電話給她，響了七、八聲她才接，原來她已經就寢了。我可以想像她是睡夢中被手機鈴聲吵醒，摸到床邊的手機後，躺在床上睜開她不大的眼睛跟我說話。

我問她怎麼這麼早睡。

她說：「啊就九點矣！」

我說：「猶未！八點五十五爾。」

她像個被抓包的調皮小孩笑著說：「差五分爾爾！」

我問她：「夜晚食啥物？」

她說：「食粽咿！」那天是端午節前的星期天，我大嫂回娘家包了粽子帶回來給媽，媽媽很開心。

「爾」字的意思在古文和在台語的意思是一樣的，可以用來表示「你」也可以當作「耳」，它的台語發音【柅二入】（jin-2，同你），【居二入】（ji-2，汝也，近也，語詞也）。台語口語用「爾」或「爾爾」都可以，都是「而已」的意思。例：「我規身軀干焦十箍爾爾（我全身上下只有十元而已）」。還有：「伊干焦會曉寫文章爾（他只會寫寫文章罷了）」。不過，

我們平常講的是【驚七柳】（liaⁿ-7）的音，是有點出入，不過「入」聲和「柳」聲搞混並不是沒有的。

我們平常說話都會加一些語助詞，用來幫忙表達情緒或語氣，雖然是不起眼的字，但是卻很重要，特別是現在很多人都是透過社群媒體打字聊天，如果沒有加上這樣的字眼，別人可能不會了解你的態度，甚至會造成誤會，例如：「好」、「好呀」、「好嗎」、「好吧」、「好了」、「好啊」、「好囉」、「好哇」，都是「好」，沒有後面的語助詞，別人會知道你的結論，但是不容易知道你的心情。而標點符號也有這樣的功能，現在很多人都會另外貼上表情符號或圖貼，算也是個好方法，免得讓一件開開心心的事卻讓對方覺得你在不爽。

台語的語助詞也很多，比較常用的像是「也」、「矣」、「兮」都是，不要懷疑，台語真的很文言。這裡提一下「咿」。

「咿」是比較少被討論、注意的字，我們舉一個對話：

甲：「阿仁仔講欲尋頭祿。」

乙：「伊不是好額曷不免賺食？」

甲：「攏博賭輸了了去矣！」

如果最後一句，甲是說：「攏博賭輸了了去矣咿！」味道就不一樣了。

「咿」在北京語的解釋是形容人所發出無意義的聲音，例如「咿咿」、「咿喔」或「咿啞」；另一個意思在「喔咿嚅唲」當作「強笑獻媚」的樣子。《楚辭·屈原·卜居》：「將呢訾栗斯，喔咿嚅唲以事婦人乎？寧廉潔正直以自清乎？」也作「喔咿」。（台語「咿喔」是指講話口齒不清）

它在台語發【居一英】（i-1）的音（和「衣」、「依」一樣），是「強笑」的意思。所以，這樣就可以了解前面「攏博賭輸了了去矣！」這句話有「咿」和沒「咿」的差別了。只不過，我認為口氣上是比較接近「就這樣呀」或帶無奈，似乎沒有那麼強烈的「強笑」的味道。至少我知道我媽媽那天吃粽子吃得很開心。

075

呦，好！

　　講到語助詞「咿」，讓我想起另外還有常用但是應該都沒被寫對的字。講話的時候可能沒有感覺，但是寫在Line的對話中，就會發現這字怪怪的。例如：

　　「順便幫我買杯飲料。」

　　「厚！不早講，我已經買完離開了。」

　　還有：

　　「我可能是昨天火鍋吃太多，拉肚子。」

　　「哈哈，叫你不要，你偏要齁！」

　　很明顯的，「厚」是用來擬聲的，這是台語用來表示抱怨的音，不要跟我說你沒聽過。真的沒有？厚！

　　「齁」也是個語助詞，「哈哈，叫你不要，你偏要齁！」這個句子把「齁」拿掉，意思完全不會受影響，只是就是感受不到你幸災樂禍的味道。

　　我們不用討論「厚」，因為它是百分之兩百不需要討論的錯字，我們來看看「齁」。它會用來表達無奈感，例如：「齁唷，不是跟你講過了你還這樣？」或是幸災樂禍，例如：「齁，我說的沒錯吧！」還有，網路上有人會拿「喔齁齁……」類似的發音

來當笑聲，類似「呵呵呵……」的狀聲詞。

可是「齁」的北京話注音「ㄏㄡ」，意思是「甚、非常」，多表不滿意的意思，如：「齁苦」、「齁鹹」、「齁熱」。另外的意思是「熟睡時的鼻息聲」。《三國演義·第六八回》：「獄卒著力痛打，看左慈時，卻齁齁熟睡，全無痛楚。」《西遊記·第二八回》：「豈知走路辛苦的人，丟倒頭，只管齁齁睡起。」現在一般用法其實跟它原意不太相同，有理由相信這些用法是來自台語。

「齁！這是啥物？」、「齁！驚死人！」

不過，「齁」的台語音跟「龜」的台語音是一樣的，發【龜一求】（ku-1）的音。也就是說台語的語助詞並不是這個字。

如果有人跟你交代一件事或跟你說一句話，你在回答「好」之前可能會加一個語助詞表示了解，這個應聲字有建議是寫為「謼」，不過「謼」同「呼」，大聲呼叫。《玉篇·言部》：「謼，大叫也。」我比較建議寫為《彙音寶鑑》的語助詞「呀」，【姑四喜】（ho^n-4），例如：

「收收咧，較早去睏个。明仔再早頓互你款。」「呀，好！」

只是這個字是在《彙音寶鑑》中查到，一般國語字典並未收錄。雖然可能因為情緒場合不同，我們「呀」的音調會有所變動，以上面的例子來說，如果只回答「呀！」可能是心不甘情不願的答應，如果是很長「呀～」又變聲調，就是在埋怨。

所以我個人比較建議用這個字。

本文拼音參考。————————————————

漢字	十五音	羅馬字	台羅拼音	台語同音字
跔	龜一求	ku	ku	龜
呀	姑四喜	ho^n	honn	——

重誕唐突

2020年初，報載立委高嘉瑜為了救健保，提出課徵「肥胖稅」的想法，有趣的是還有幾位立委馬上被點名應該要減肥。

太胖、體重過重，一般的用法是用「大箍」來形容，例如：「伊傷大箍了（他太胖了）！」也可以說「肥」，例如：「伊生做肥肥矮矮（他長的矮矮胖胖的）。」

「重」是比較文雅的說法，不過我懷疑以前人不太會這麼婉轉。

「重」這個字還真的是重量級的字，它有五個不同的音。

【江七地】（tang-7），與「動」同音，是指輕重，重量或體重、過重，都是這個音。

【恭七地】（toing-7），字典的解釋是：難也、遲也、多也、不輕也、又輜重也。

【恭五地】（toing-5），是「復也、疊也」，所以有「重複」、「重疊」。最常用於「困難重重」，這樣比較簡單。

【經五地】（teng-5），意思也是重疊，它是腔調的差異，以我們那的口音來說，我們稱「三重埔」時用的就【經五地】（teng-5）的音。可是你會發現當大家說「三重」的時候是說

【恭五地】（toing-5）的音。

　　最特別的是【監五地】（taⁿ-3），我們後面談。

　　被提到要趕快減肥的立委是王定宇和蔡易餘，有記者問王定宇對這事的看法，他打趣地說：「問我這個問題好像有點針對性。」還說：「蔡易餘該會被課得比我多。」所以，高嘉瑜又補充說她指的肥胖稅並不是針對個人課徵，而是針對高糖、高熱量的食品額外收稅，原因是這些食物對人體健康有害，後續可能衍生更多疾病與健保支出，因此應該要課稅，概念類似針對菸品課健康捐。

　　因此，這是認知與了解有偏差，在台語常用的詞除了「唐突」還會說【經五地】【監五地】。教育部建議用字是「重耽」，指事情出了差錯。例：「事誌去互伊舞一下重耽去（事情被他搞得出差錯了）。」但是「耽」，【甘一地】（tam-1，耽擱）。

　　也有人說是「重誕」，應該是取「誕」字「荒誕」之意。但是，「誕」，【甘七地】（tan-7）。

　　第二個字【監五地】的音，這個音字典上有「重」，重誤也。而前面的【經五地】有很多字，除了「重」，還有「澄」、「庭」、「廷」、「亭」、「滕」、「懲」......一堆。如果我們說的【經五地】【監五地】寫成「重重」，好像怪怪的，例如「困難重重」的「重重」是發兩個【恭五地】（toing-5）的音（但前者要轉第七聲）。

　　倒是【經五地】還有一個「呈」，這字的字義是「平也、或以下情陳於上曰呈、又露也。」若採最後一個字義「露」，加上

【監五地】（重誤也）的「重」，「呈重」是「露出錯誤」，應該算是合理，但是沒聽人這樣建議過。

另外，「唐突」，在台語的詞義跟北京語是類似的，除了表示「差錯」、「不合邏輯」，也有「冒犯」的意思。

如果高嘉瑜並沒有針對個人課肥胖稅的想法，那王定宇的認知就「重誕」了。

後記。

有朋友問我這裡所說的「呈重」會不會是「重疊」？

「疊」有三個音，【兼八地】（tiap-8）、【兼八他】（thiap-8）、【膠八他】（thah-8）。而且「重疊」並沒有「錯誤」的意思，我並不覺得會比較好。

本文拼音參考。

漢字	十五音	羅馬字	台羅拼音	台語同音字
重	江七地	tāng	tāng	動
	恭七地	tōing	tiōng	仲
	恭五地	tôing	tiông	長
	經五地	têng	thîng	呈、澄
	監五地	tâⁿ	tânn	——
疊	兼八地	tia̍p	tia̍p	蝶
	兼八他	thia̍p	thia̍p	——
	膠八他	tha̍h	tha̍h	——
耽	甘一地	tam	tam	擔、眈
誕	甘七第	tān	tān	但、蛋

077

哯乳

我寫的東西有很多都會先跟我父親請教，或許問一兩個主題字，或請教他對於網路上或書籍上這字一些說法的意見，此外，特別是十五音的呼法也是我父親教我的，我寫完的東西也都常會請他先幫我看過。父親是從事教育的，堅持不能「誤人子弟」，所以相當謹慎，對於沒有把握的字他不會隨便亂說，但是有一天在談「哯」這個字的時候，我跟他有不同的看法，但是他卻異常地堅持。

故事是這樣的，有一天父親LINE我四個字「哯頭、哯乳」，我問他是甚麼意思，他說「哯頭」是傻瓜，「哯乳」是想要喝奶。原來他說的是教育部說的「𪁎」。我跟他說：

1. 彙音寶鑑中收錄的「哯」，解釋是寫「小兒哯乳」；而在中文字典裏，「哯」是「不作嘔而吐」，也泛指嘔吐，讀「ㄒ一ㄢˋ」，或做「叫」之異體字。所以應該是指嬰兒喝奶喝多了，從嘴巴「流」出來。

2. 關於「有𪁎頭」，教育部用的是「𪁎」這個字。它有兩個意思，一種是形容傻楞楞的樣子。例：「我頭拄仔去剃頭，此嘛看起來𪁎頭𪁎頭（我剛才去理髮，現在看起來呆呆的）」。或

是當傻瓜的名詞，例：「伊真正是一个大癮頭，我暗示伊遐久猶更無感覺（他真的是一個大傻瓜，我暗示他那麼久還沒有感覺）！」

　　我父親對於用「癮」字還是非常不以為然，他跟我強調在小嬰兒還不會說話的時候，他若哭了，我們認為他肚子餓了，古時候會說小嬰兒是在「哯乳」。

　　若從音來看，「哯」，【堅三語】（gan-3）是完全符合的，而「癮」是【巾二英】（in-2），真的差很多。於是我開始上網找資料，發現還是有人不同意「癮」字的用法。其中林文信先生和潘文良先生有一些精彩的對話，簡單說，可以建議用「願」，或「懃」。雖然「願」，【關七語】（goan-7）或「懃」，【巾七語】（gin-7），都和【堅三語】（gan-3）不同，但至少比「癮」的【巾二英】（in-2）要接近，而且從他們的討論，我們或許可以相信「癮」是訓讀字，並非本字。另外，台語並不太用「癮」這個字，有酒癮台語說「着酒毒」，有煙癮台語說「着薰毒」。

　　《台語不要鬧》大衛羊先生說應該是「醰」，它同「湎」，【堅二門】，沉於酒也，意思是可以解釋得通，但是音不同。也就是說，我父親所說的是有可信度的，何況嬰兒喝奶不作嘔而吐出來，我們叫「溢乳」。

　　假設是「懃」，「未交懃」跟「未懃」一樣是「不願意」的意思。

　　「懃薰」是菸癮犯了，「懃仙膏」是想抽鴉片，「仙膏」是「鴉片」。

「過愍」是過癮。

愍食、愍哭、愍展、愍笑、愍講、愍嬌，等等的基本上都是特別愛好某事的用法。愍愍，則是呆呆的。

還是要強調一下，或許「睨」可能才是對的……

本文拼音參考。

漢字	十五音	羅馬字	台羅拼音	台語同音字
睨	堅三語	gàn	giàn	——
癮	巾二英	ín	ín	隱、引
願	觀七語	goān	guān	——
愍	巾七語	gīn	gīn	——

078
雷公熠爁

　　這幾天的天氣真的是變幻莫測，連氣象局都說不準，說要下雨沒下雨，說要變冷沒變冷。台語以喜怒無常的繼母形容春季的天氣多變，說「春天後母面，欲變一時陣」，完全讓人無法捉摸。我想起陳明章的一首歌，「下晡兮一齣戲（下午的一齣戲）」：

> 天色漸漸暗落來，烏雲汝是按佗來；
> 佇兮熱天个下晡，煞來落着一陣毛毛仔雨。
> 踏着恬恬个街路，雨那會變做遮[1]爾粗；
> 雨水扑佇布篷頂，看戲个阿伯也煞走無；
> 下晡个陳三五娘，看戲个儂攏無，看戲个儂攏無。
> 鑼鼓聲，聲聲塊慶團圓，
> 台腳無一聲好，台頂是攏全雨。

　　「毛毛雨」台語可以說「霎霎仔雨」。（雨的部分請參考《㑩厝邊頭尾話仙》冊之155篇〈落雨鬏〉）夏天熱，如果濕氣又重，會感到燜熱，台語叫「熻」或「熻熱」。「熻」，【金四

喜】（hip-4，熱也），煮東西的時候把火關掉，不掀鍋蓋讓它
燜著也叫「燴」。

　　有時候下雨過後比較涼爽，除了說「涼」，也可以說「秋
清」。「秋清」可以當形容詞「涼爽」，也可以當動詞「乘
涼」。例：「今仔日下晡个天氣真秋清（今天下午的天氣真涼
爽）」；又例：「日頭足炎，緊來樹仔跤秋清一下（太陽很大，
快來樹下乘涼）。」「乘涼」也可以用「納涼」、「吹涼」，
躲在樹蔭下可以說「覕蔭」或「歇蔭」，不過比較常用的是「覕
影」。我們較熟悉「影」的讀音是在「電影」的【驚二英】
（iaⁿ-2）的音；它另一個音是【褌二英】（ng-2），當「影子」
用。

　　「清」，【巾三出】（chin-3，冷清、寒清）；「覕」，在
彙音寶鑑無收錄此字，而「躲」是用「噠」【居一門】（bi-1，
隱身也）；「蔭」，【金三英】（im-3，蔭影曰蔭）。

　　這兩天已經是國曆三月底，再過幾天就清明，聽說日本還下
了雪，難怪以前的人說「未食五日節粽，破裘仔不甘放」，在過
端午節吃粽子之前，雖然天氣已經轉熱，但是冬衣再破也捨不得
丟掉，因為哪一天會變冷都不知道。

　　過了端午進入梅雨季，「梅雨」叫「黃酸雨」。「打雷」
叫「彈雷」或「彈雷公」，有人寫為「霆雷」，但是「彈」，
【干五他】（than-5，射也），或【干五地】（tan-5，射也、
彈琴），前者（【干五地】）是符合的，而「霆」，【經五地】
（teng-5，疾雷也），是名詞，從詞性來說，我們需要的是個
動詞，所以【干五地】（tan-5）的「彈」比較好，從音來看也

是，故建議「彈雷公」。

「閃電」叫「熠爁」。「雷公熠爁」是雷電交加的惡劣天氣。「熠」，【金八時】（sip-8，螢火）。「爁」，【甘七柳】（lam-7，火焱，火不滅）。昨天有則網路新聞，把會說「閃電」和「虹」台語的人都認為是神人級，可見台語被荒廢的程度！

龍捲風和海嘯在台灣比較少見，龍捲風台語叫「捲螺仔風」或「鉸螺仔風」，海嘯叫「滾蛟龍」或「海沖」，而最常用的說法是「痟狗湧」。

本文拼音參考

漢字	十五音	羅馬字	台羅拼音	台語同音字
熻	金四喜	hip	hip	歙
影	褌二英	ńg	ńg	袖
	驚二英	iáⁿ	iánn	——
凊	巾三出	chìn	tshìn	稱
咪	居一門	bi	bi	——
蔭	金三英	ìm	ìm	——
彈	干五他	thân	tuânn	檀
	干五地	tân	tân	陳
霆	經五地	têng	tîng	亭、庭
熠	金八時	sip	sip	習
爁	甘七柳	lām	lām	濫、鑑
虹	經七去	khēng	khīng	——

¹ 「遮」，【迦一曾】（chia-1）或【迦一入】（jia-1），多數人用來當作「這」
   的台語用字。但是這個字沒有「這」的意思。有人建議「茲」，茲有「此」的意
   思，但是它的音是【龜五曾】（chu-5）。

079

欲來無張持，欲去無相辭

　　接到一通電話，有位老朋友說他在公司樓下，問我有沒有空，我請他到我辦公室坐，聊了一下，他說他上樓去找另一位同事，但直到快下班都沒再下來找我，我只好打電話問他，結果他說他已經在回家的路上了。我想起一句台語俗話：「欲來無張持，欲去無相辭。」

　　「無張持」常用的有兩個意思，一個是「不小心」，例如：「真歹勢，無張持加你挨着（真抱歉，不小心撞到你）。」或者：「我顧偕你講話，無張持公車煞走去（我顧著和你說話，沒注意讓公車突然跑掉了）。」所以這個「無張持」的同義詞是「無細膩」、「無小心」、「無注意」、「無意中」；而另一方面「張持」就是「刁工」或「刁意故」的意思。（「挨」兩個音，【皆一英】（ai-1）與【嘉一英】（e-1），北京語「推磨」的「推」台語就是用【嘉一英】的「挨」。）

　　另一個意思是「突然、冷不防」，形容情況發生急促且出人意料之外。例：「伊無張持喝一聲，逐家攏驚一趒（他突然大喊一聲，大家都嚇了一跳）。」「無張持」的同義詞就是「突然」、「無意中」或「突然間」。

有人說「欲來無張持，欲去無相辭」這句俗諺原本用在民俗禮儀，親戚朋友有人過世，前往弔唁本是禮數，所以前去時不需要特別通知；而因為這不是個好的場合，民間習俗中在離開時不會特別「相辭」，更不能說「再見」，頂多是點頭致意。不過我還是認為單純的「要來或要離開都沒有通知」的解釋比較好。

　　關於這個詞的用字，有人把「張持」寫為「張弛」，問題是好像查不到這樣的用法與解釋；另外，基於「本是禮數，不需要特別通知，就立即前往」這樣的想法，有人認為正確的字是「躊躇」。「躊躇」，原意是猶豫不決，但也可以解釋成「謹慎小心」，如此就完美吻合台語的意思了。「躊」，【ㄐ五地】（tiu-5）；「躇」，【龜五地】（tu-5）。不過，卻反而無法解釋「刁工」或「刁意故」的用法。

　　通常講某人「無張無持」做一件事，都是帶有抱怨的意思。

　　叫人做事要「小心謹慎」，可以說「小張弛」、「愛細膩」、「用慎重」、「較謹慎」、「定斟酌」、「免生狂」、「着點陳（tiam tin）」、「有站節」、「知撙節」、「該頂真」、「加節制」、「冗分寸」、「莫生猴」。

　　寫到這裡我又想起Ｘ女Ｘ紅，可能因為學養不足，只會兩個詞，所以必需要亂編火星文以避免寫重複的東西，其實，很多詞是很夠用的，多讀點書，不要亂搞那些五四三！

本文拼音參考 ◦────────────────

漢字	十五音	羅馬字	台羅拼音	台語同音字
挨	皆一英	ai	ai	哀
	嘉一英	e	e	——
躊	ㄐ五地	tiû	tiû	籌、綢
躇	龜五地	tû	tôo	廚

080

有形或有雄

　　為了找題材，我除了聽人聊天，從談話中找到幾個字來寫，也會上網或到圖書館翻書。有些書可以看到一些有趣的東西，但是也會發現一些無法理解的用法，有些作者對於自己的一些推論與解釋是信心滿滿，但是卻讓我感到驚惶失措。

　　有一本書說：「動物為了傳宗接代，公與母就會性交，這個行為台語較做『打型』。台語稱『打型』頗合字義，因為性交完後，受精卵生下來的下一代與這隻公的同型，故稱打型，這句台語真有學問。」

　　這根本胡說八道！至少為什麼是「與這隻公的同型」？不是母的？

　　我記得小時候家裡養雞也養鳥，雞和鳥下蛋孵了幾天後要看一下那蛋有沒有受孕，一般來說是用燈光照射看看裡面有沒有血絲，有的話是有受孕的，叫「有形」，沒有就「無形」，「無形」蛋就煮來吃。基本上應該指是「成形」與否，跟公豬或公雞哪一種「型」沒有關係。

　　網路上《從龍閣雅記，台語研究》有一篇文章：「是『有雄』，抑是『有形』？」裡面提到漢字有人寫作「有雄」，也有

人寫作「有形」。作者說許多字典中,「雄」並沒有「受精」的意思,但是也有許多台語的字典,包括《台日大辭典》、《彙音寶鑑》、《台灣話大詞典》、許極燉的《台語詞典》、《台灣閩南語辭典》及《教育部常用辭典》等台語辭典裡都有這樣的意思。所以寫做「有雄」是有根據的。可能是因為我們習慣的「雄」的發音是【恭五喜】(hiong-5,羽屬之父,又武備也),因此並不會覺得「有雄」是對的,但是,「雄」真的有另一個發音是【經五喜】(heng-5,交媾有雄)。

其他的台語字典,像蔡培火《國語閩南語對照常用辭典》、許成章《台灣漢語辭典》、王育德《台灣語常用語彙》等辭典中,則寫作「有形」。「形,胚也。雞卵有形:雞蛋有胚。」段玉裁《說文解字注》「形」:「象也。各本作形也。今依韻會本正。當作像。謂像似可見者也。」

簡單來說,「像似可見」就是「東西隱約成形可見」的意思,卵中隱約有胚形,表示已經受精,這就是「有形」。

我們現在吃的雞蛋都是「生蛋雞」每天苦哈哈地蹲在小小的雞籠生的,不會有「成形」的可能,所以我們就不在需要拿著一顆蛋在燈光下看「有形」、「無形」,也因此,「有形」、「無形」對年輕人來說是陌生的。

說「有形」、「無形」,是大家比較容易接受的,「有雄」、「無雄」因為也有詞書的根據,我們也可以接受,但是請不要亂掰一個「有型」,這年頭流行「型男」,但是還不流行「型豬」。

本文拼音參考。

漢字	十五音	羅馬字	台羅拼音	台語同音字
型	經五喜	hêng	hîng	行
形	經五喜	hêng	hîng	行
雄	經五喜	hêng	hîng	行
	恭五喜	hiông	hiông	——

有孝

　　有次看到某一本書上面寫說：「台語的『孝順』是『友孝』，從『兄友弟恭、父慈子孝』來的，『有孝』是指家中有喪事。」

　　唉！這也是想像力豐富！看了他的書，我覺得他是個有學問的人，但是，他對台語並不了解。（別誤會我是因為這個詞認為他對台語不熟，而是因為這書裡面有太多問題。）

　　該作者認為應寫為「友孝」的原因除了「兄友弟恭、父慈子孝」外，他以為「有」是唸【龜七英】（u-7），而「友」才是唸【ㄐ二英】（iu-2），但是他忘了「有」有三個音，其中也有一個是【ㄐ二英】（iu-2）。

　　「孝」有兩個音，一個是【交三喜】（hau-3），善事父母曰孝。例如：「這个囝仔真有孝（這個孩子很孝順）。」而相反的，「不孝順」叫「不孝」。有句有名的俗語：「倖（寵）豬夯灶，倖囝不孝；倖某吵鬧，倖尪，半夜爬起來哭；倖查某囝，難入別人的家教。」

　　「孝」另一個讀音是【膠三喜】（ha-3，居喪曰孝）。因此，如果是依照該作者的說法，家中有喪事的「有孝」其中的

「孝」該念作【膠三喜】（ha-3）。

　　事實上，服喪台語不說「有孝」，通常稱「帶孝」或作「戴孝」，親人過世依孝男、媳婦......不同的身分，在手臂上別上由麻、苧......等做成的一塊布，稱為「戴孝」，而這布稱為「孝誌」。

　　台灣的習俗，出殯後可以「換孝」或「寄孝」，到「對年」才能「除孝」。「換孝」是指由「重孝」（粗麻）轉換改佩「輕孝」（毛線）；而「寄孝」則是將「孝誌」平日寄放於牌位旁，遇作七、百日或對年再行佩戴。「寄孝」是因為有些人或店家不喜歡讓戴孝中的喪家進門買東西，這種情形在中南部尤其明顯，所以為了不要造成他人困擾，一般都會建議喪家在外出時，將「孝誌」放於靈桌上，稱為「寄孝」，而一回到靈堂，就必需要佩戴上。「對年」是滿一年，指第一個忌日的前一天，這天可以把「孝誌」「化」掉。以上的「孝」都是【膠三喜】（ha-3）的音，只是好像很多年輕人並不知道「孝」字有這個音與意義上的差別。

　　「化」是指「火化」、「燒掉」的意思，這是一個台語常用的動詞。不過，我們卻遇到一個問題。

　　「火熄了」，台語說「火hua去矣」，《教育部臺灣閩南語常用詞辭典》建議替代字寫為「火化去矣」，平常「化」是第三聲，但是火熄了是第一聲（據說也曾有字典說「化」有第一聲，因此教育部才會這樣建議）。但是，如果單獨是在書寫的文字沒有讀音的時候，當我們看到「火化」二字，到底是「用火燒」還是「火熄」？沒有上下文就真的會不懂。

本文拼音參考。————————————————————

漢字	十五音	羅馬字	台羅拼音	台語同音字
有	龜七英	ū	ū	預、豫
	ㄐ二英	iú	iú	友、酉
	ㄐ七英	iū	iū	又、佑、右
友	ㄐ二英	iú	iú	有、酉
孝	交三喜	hàu	hàu	——
	膠三喜	hà	hà	——
化	瓜三喜	hoà	huà	——

082

唌戶蠅

　　現在的小朋友好像對零食比較沒有興趣，五十年前台灣大部分人家裡生活條件不好，小朋友比較少有零食可以吃，零食是很誘人的。有零食吃的人常常會炫耀、引誘別人，把零食舉得高高的，手一邊轉來轉去，嘴巴一邊唸著「妖咪~妖咪~」，也會看到有小朋友圍在他旁邊，希望吃一口，就一小口也好。

　　「妖咪~妖咪~」其實是英文「Yammy~Yammy~」，好吃的意思，我是長大學了英文才知道小時候的「妖咪~妖咪~」是什麼。「引誘」的這個動作台語叫作「唌」，用在很多地方，例：「不通提糖仔加囡仔唌（不要拿糖果引誘小孩子）」；為了捕捉動物或昆蟲，用一點食物引誘也叫「唌」，例如「唌獠鼠[1]」；甜的東西放在桌上會引來蒼蠅，我們說「會唌戶蠅」；用一些好處引誘人做事也叫「唌」。

　　但是對於「唌」的用字，其實也是有些人有不同的想法。「唌」，【堅五英】（ian-5，嘆唌），意思是言語中交雜著嘆息聲。它也當「唾液、口水」，通「涎」，二者的音都是【堅五英】。

　　而「涎」有【堅五英】（ian-5）與【官五柳】（loan-5）兩

個音，但是意思一樣，「口中液也」，就是口水的意思，台語稱為「嘴涎」。

但是，我們講的「引誘」是【驚五時】（sia^n-5）的音，台語字典【驚五時】並沒有適當的字，因此除了「唌」和「涎」，有些考證提到或許是「贏」和「餳」等字。

「贏」字出現勾引、誘惑之義始於金元時期的北曲，北曲盛行於中國北方，其所使用的話語以當時的北方話為主。北曲的「贏勾」時而寫作「營勾」，但「贏」字本無引誘之義，音也有差異，因此應不適合。

「餳」字的部分，明朝徐渭的《風鳶圖》詩之五：「明朝又是清明節，齲買餳糖柳市西。」又《黑籍冤魂》第十一回：「這阿蔭蠢然一物，平日見他父兄吃鴉片，以為這鴉片與餳糖一般的好吃。」「餳糖」是麥芽糖，用麥芽糖引誘，好像也有點合理，但是並不是很具說服力。

不過「涎」我們已經習慣把它當做「口水」，做「引誘」的 sia^n-5，我們還是用教育部建議的「唌」好了。

本文拼音參考

漢字	十五音	羅馬字	台羅拼音	台語同音字
唌	堅五英	iân	iân	沿、鉛
涎	堅五英	iân	iân	沿、鉛
	官五柳	loân	nuā	爛、懶
贏	驚五英	iâ^n	iânn	營
	經五英	êng	îng	閒、盈
餳	經五曾	chêng	tsîng	情、前

083
壓印

我相信您一定做過一件事：跟朋友協議完一件事後說：
「來，打勾勾。」

許多小朋友喜歡打勾勾，打勾勾也看似可愛，但是它的淵源
卻是蠻血腥的。原本是日本極道習俗，相約定承諾的人互勾右手
小指，約定打破承諾的人必須切斷小指[2]。近代以來基本上大概
是兒童和好朋友之間才會用，意味著口頭承諾也一定必須遵守，
不可違背。

這樣「打勾勾」，台語通常說「勾勾仔」，或說「勾一
下」。打完勾勾還要蓋章。「蓋章」是小指勾住的時候拇指腹對
拇指腹押一下，也有小朋友喜歡華麗一點的，蓋完章後拇指相連
而手轉一圈再握手。

關於蓋章，「璽」是皇帝專用印章，後來武則天因為「璽」
與「死」音近似，而將「璽」改稱「寶」，所以「大清受命之
寶」、「皇帝奉天之寶」都是皇帝的印璽，一般官員是用「印」
或「章」來稱呼。

個人的印章，北京語較常用「章」來稱呼，如「私章」、
「蓋章」，但是台語習慣說「印」。

而蓋印章的動詞，台語可以說「蓋」、「當」或「壓」。

　　「蓋」音【甘三去】（kham-3，崁蓋也）、【瓜三求】（koa-3，器蓋也）或音【皆三求】（kai-3，覆也）。

　　「當」有四個音，一個是【公一地】（tong-1，理何如是也，承也，抵也），一個是【公三地】（tong-3，主當、妥當、質也、相當、中也、底也），現在「當選」都被寫成「凍蒜」，其實它的音就是【公三地】這個。另外還有【褌一地】（tng-1，抵當擔當），想找一個人但他避不見面，因此去他可能出入的地方圍堵，叫「當伊」，以及最後一個【褌三地】（tng-3，典當質當），蓋印章的「當」是【褌三地】的音，跟「當店（當舖）」的音是相同的。選舉投票時，「我會投給他」，一般來說會說「我會當互伊」，基本上是選票「蓋」給他的意思。

　　「壓」也有三個音，【甘四英】（ap-4）、【兼三英】（iam-3）和【嘉四地】（teh-4），最後一個【嘉四地】的意思是「從上壓下」，就是蓋印章用的動詞之一。

　　如果沒有印章就要蓋手印；手印的台語也可以叫「手印」，但是常用的是「手模」或「指模」。最近有網路文章說拍照的時候不要再伸大拇指比讚，因為現代先進的攝影技術是可以因此竊取你的指紋。喔，那比愛心好了……

本文拼音參考。

漢字	十五音	羅馬字	台羅拼音	台語同音字
蓋	甘三去	khàm	khàm	崁、勘
	瓜三求	koà	kuà	卦、芥
	皆三求	kài	kài	界、屆
當	公一地	tong	tong	東、冬
	公三地	tòng	tóng	凍、檔
	裩一地	tng	tng	——
	裩三地	tng	tìg	頓
壓	甘四英	ap	ah	鴨
	兼三英	iàm	ià	厭
	嘉四地	teh	te	——

註釋

1 「獠鼠」是一般寫為「鳥鼠」的「老鼠」。

2 在日本，勾小指（日語：指切／ゆびきり）通常會同時吟唱一段誓詞「指切拳萬、噓ついたら針千本吞ます」，形式上表示（說謊）不遵守約定的人要接受懲罰。「拳万」意為握拳毆打一萬次，「針千本吞ます」意思是吞下1000根針。

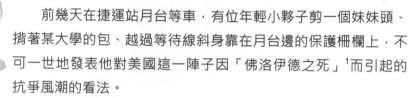

084
冊讀到胛脊骿

　　前幾天在捷運站月台等車，有位年輕小夥子剪一個妹妹頭、揹著某大學的包、越過等待線斜身靠在月台邊的保護柵欄上，不可一世地發表他對美國這一陣子因「佛洛伊德之死」[1]而引起的抗爭風潮的看法。

　　我是一個傳統守舊的人，對於男生剪妹妹頭不太能接受，對於在捷運、公車、公共場所大聲講電話的人，會投以鄙夷的眼光，甚或當面請他小聲一點。在捷運月台越過等待線本來就不應該，還斜靠在保護欄杆上！而你若聽到他講話的內容，什麼「美國南方黑人就都是土蛋！」「我應該去幫他們教育一下！」……等等的，你會發現這是一個很自以為是的地井蛙，還是典型的「雙標覺青」，說真的，他眼光見識短小得可憐，而竟然如此的自以為是與自我膨脹，真不知道他「書唸到哪裡去了?!」

　　呵呵，北京語的問題台語給了答案。

　　對於上面這樣「知書不達禮」的人，台語也會批評「冊讀到佗去?!」或是直接說「冊讀到對胛脊骿去！」「讀冊，讀佇胛脊骿。」則是指人食古不化，或根本書就是白唸了！

　　讀書是應該讀到腦子裡，但是沒讀到腦子裏為何會是「胛脊

骿」？為何不是「尻川」？「讀冊，讀佇尻川。」罵起人來不是更鏗鏘有力？

「尻川」是屁股。例：「伊早起跙倒，去頓着尻川（他早上跌撞到屁股）」。

只是台語的「尻川」似乎定義不是很明顯，包括「尻川」與「尻川頭」都有「臀部」和「肛門」的意思。小時候平常不唸書，要考試才要熬夜，我父親都會唸：「屎到尻川才要放！」所以，如果要避免「肛門」的可能，最好要說「尻川斗」或「尻川頓」。

好了，回過頭來檢視教育部的用字。「胛脊骿」教育部寫成「尻脊骿」，「尻」是「脊梁盡處」，跟我們說的「背」位置是差很大的。網路上對台語討論的文章或視頻的，對教育部多有批評，不是沒有道理。

另，教育部台語字典說「頓」是臉頰或臀部整片肌肉的部分。例：嘴頓（臉頰）、尻川頓（臀部整片肌肉的部分），但是康熙字典裡「頓」是「頭傾斜」的意思。《彙音寶鑑》則是收錄「䫌」【嘉二頗】（phe-2，嘴）。《廣韻》「䫌䫌」指「面貌」。照理這個字才適合。

而「胛脊骿」與「尻川䫌」或「尻川頭」中間的是腰，腰骨是脊椎骨的下部五骨節，支撐筋肉，下端和尾骨連，台語叫「腰脊骨」。例：「逐日作穡作曷腰脊骨強欲折去（每天種田耕作，做到腰骨都快斷了）！」

「作穡」是指從事農務，指耕田、墾地、播種等，也可以當「工作、幹活」。但一般提到「作穡人」則是指「農夫」。

我決定以後遇到那個留妹妹頭的小夥子要問他：「你冊敢是讀到對尻川去？」

本文拼音參考◆

漢字	十五音	羅馬字	台羅拼音	台語同音字
尻	交一去	khau	khau	闔
	膠一去	ka	ka	交
胛	膠四求	kah	kah	甲
脊	經四曾	chek	tsiah	責、隻
	巾四曾	chit	tsit	職、質
骿	堅二邊	pèng	pènn	柄
	驚一頗	phia^n	phiann	——
川	觀一出	chhoan	tsuan	村
	褌一出	chhng	tshng	倉
頓	嘉二頗	phé	phué	——
硾	嘉二頗	phé	phué	——
穡	經四時	sek	sik	昔、色

註釋

[1]　2020年5月，美國明尼蘇達州一位非裔美國人佛洛伊德被一位白人警察壓制，警察單膝跪在佛洛伊德脖頸處超過八分鐘而失去知覺最後宣告不治，事後很多美國人示威，要求正視種族歧視的問題。

085
歹扭搦

　　有個朋友想要做進口二手車的生意，問我進口與掛牌的作業，他有一個客戶想要找一台Mercedes Benz S400 Coupe，問我能不能幫忙，說客戶要求年份不要太新，三、四年左右，里程數也不要太高，越低越好，還要有原廠CPO證書。這些基本上也不是問題，只是幫他找到一台德國的車後又說不要歐洲車，因為這客戶說歐洲冬天路面灑鹽所以底盤會爛掉。問題是這車美國沒有，我只好幫他問中東。搞了半天說四門房車也可以，所以又另外找車源，談好之後（包括價格）我的朋友送合約過去，這先生開了個芭樂價，要砍一百萬台幣。我的朋友說那就謝謝再聯絡。

　　在汽車產業中，常常會遇到難搞的客人，買車的時候也是，維修保養也是，最好你的車不要有瑕疵，不然可能會「吃不完兜著走」，你會後悔做成那一筆生意。

　　人「難搞」，最常用「歹剃頭」來形容。例：「伊是我拄過上歹剃頭的人（他是我遇過最難相處的人）。」有位黃福成先生說：「怒髮衝冠憑欄處，瀟瀟雨歇。抬望眼，仰天長嘯，壯懷激烈......。岳飛的頭髮能夠衝冠，髮型一定是直聳像刺蝟一般，台

語叫做『刺夯夯』，這種頭髮想必是理髮師的夢魘吧，因為『歹剃頭』呀。」

我覺得黃先生真愛開玩笑。通常剪完頭，師傅會拿鏡子讓你照一照，問你滿不滿意，有不滿意的地方就會再幫你修一下。所謂的「歹剃頭」是指愛挑剔，這也不滿意、那也不滿意，又要修這裡、又要再剪一下那裡，不容易處理的客人，而不是頭髮「刺夯夯」無法下剪刀的緣故。

「歹扭搦」也是指「難搞、吹毛求疵」，形容人的個性難以順服他人，很難照顧，對事物的要求多，容易找他人麻煩。例：「這个客戶真歹扭搦，我看你更尋一个人偕你去好矣（這個客戶很難搞，我看你還是再找一個人跟你去好了）」。

「難搞」的可能是人也可能是事，除了「歹扭搦」也有可以說「歹扭捋」、「歹理捋」或「歹紡」、「歹辦」、「歹賺食」、「硬斗」、「歹撚」，一般而言後面的詞用在事情的場合比較多。比較特別的是「歹賺食」，「賺食」的「賺」如果唸【干三他】（than-3），就跟一般寫為「趁食」相同，意思是「賺錢、謀生、討生活」。例：「這个時勢真歹賺食（現在這個時勢很難討生活）。」而「賺食人」或「趁食人」一般是指窮人，但是「賺食查某」或「趁食查某」是特種行業女子。

而「賺食」的「賺」如果唸【觀二曾】（choan-2）的音，那麼他的意思見變成詐騙、騙取，例：「伊互人賺食去矣（他被人騙了！）」。（有時也用在賺錢謀生）。

我相信我不是一個「歹剃頭」的人，也不會「烏白加你賺食」，放心啦！

本文拼音參考。

漢字	十五音	羅馬字	台羅拼音	台語同音字
扭	ㄐ二柳	liú	ngiú	柳、紐
	ㄐ二語	giú	giú	——
搦	經八柳	lėk	lik	力、歷
抒	瓜八柳	loȧh	luȧh	辣、捋
	觀八柳	loȧt	luȧt	埒
撚	堅二柳	lián	lián	輦
賺	甘七曾	chām	tsām	站、塹
	兼五柳	liâm	liâm	黏
	干三他	thàn	thàn	趁、嘆
	觀二曾	choán	tsuán	轉
趁	巾三他	thìn	thìn	——
	干三他	thàn	thàn	嘆、賺

086
生番！茹啥潲？

　　小時候跟媽媽糾纏要東西，媽媽最後都會不耐煩地說：「你足生番！」（不是心軟投降順我的意，哭哭！）

　　「生番」有人寫為「青番」，那是不對的。依教育部台語字典的說法，「生番」有兩種解釋，一是清代對未歸化臺灣原住民的稱呼，與「熟番」、「平埔族」相對應。另一種用法是形容蠻橫不講理的人，但因為有歧視原住民之義，應避免使用。例：「你誠生番耳！講未聽。（你很蠻橫！講不聽。）」

　　對於「生番」的用法，有時候只會單用「番」字，例如：「你誠番！」單字也可以做動詞用：「不通更番！」就是不要再爭執、不要再吵了的意思。

　　教育部說「有歧視原住民之義」是真的，因為我以前會聽到老一輩的人說：「你是生番喔！」或是對女生會說：「你這个番婆！」所以，應避免使用。

　　我覺得大部分的狀況，這個詞用在於「鍥而不捨」的要求，說「蠻橫」倒還不至於。而在大家不用「番」之後，大家開始用「盧」或「茹」或「挐」來表達糾纏不休的無理取鬧。

　　本來我對「盧」很不習慣，因為從小聽到的是「茹」的音。

劉建仁先生有一篇文章對這個字有深入的討論，也解決了我的問題。他說：

「這些例句裡面的『盧』、『茹』、『挐』都是記錄台灣閩南語及本土閩南語雜亂無序、糾纏不休意義的lu´、dzu´、dzi´、dzɯ´、lɯ´等的字。這些不同語音的同一個詞，過去的台語及閩南語韻書、字書、辭書都有記載，但使用不同的字書寫。」他的結論說：

「『茹』、『挐』、『絮』三個字在台語都可讀dzu´ / dzi´ / dzɯ´，字義都有互相牽引、牽連、糾結、糾纏的意義，『茹』、『挐』、『絮』三個字都是台語雜亂無序、糾纏不休意義的dzu´ / dzi´ / dzɯ´的本字。跟dzu´ / dzi´ / dzɯ´同義的lu´是dzu´的音變結果。」

由於文章很長，我就摘要說明我的讀書心得：

1. 音的部分，原本應該是廈門音的dzu´，漳州音的dzi´，同安音的dzɯ´。以十五音來標記是「入」聲韻。但是後來廈門音演化成為沒有「入」聲，所以變「柳」聲，因此才會變成lu´。「盧」是國語音假借來用的。

2. 從意義來看，是指「糾結、糾纏、散亂、混亂、麻煩、困惑」。「茹」、「挐」、「絮」都可用。

不過，如果查台語字典，它們的發音：

「茹」，【居五入】（ji-5），相引貌、又茅根。

「挐」，【居五入】（ji-5），持也、牽也。

「絮」，【居三時】（si-3），布也、帛也、幣也。

既然「茹」、「挐」、「絮」都可以，就不太需要用國語假

借的「盧」。特別是許多人喜歡用的「盧小小」，它是由不雅的「茹啥潲」來的，建議也不要用。（「潲」是男子精液，請參本冊之003篇〈嘐詨〉）標題我用了兩個不合宜的詞，但我只是當做標題，說明本篇的內容，您就別見怪。

本文拼音參考。

漢字	十五音	羅馬字	台羅拼音	台語同音字
茹、挐	居五入	jî	jî	而、俞
如、俞	龜五入	jû	jû	儒、踰
絮	居三時	sì	sì	四、勢

087

有字

　　受到COVID-19的影響，許多行業都很蕭條，因此各國政府都有紓困計畫，補貼方式不同，金額也不一，英國補助無薪假員工八成薪資，最高達每人每月2500英鎊（約台幣九萬元）；美國和一些亞洲國家乾脆直接發給公民一次性現金，由於對象相當普及，也被稱為「無差別」紓困，香港發給每人三萬八台幣、澳門三萬七萬，美國三萬五萬，日本二萬七萬，新加坡一萬二萬，南韓是一萬。

　　呵呵，台灣也有，取了個漂亮的名字，叫三倍券，但不論名字如何，實質上是二千。

　　錢少就算了，領取方式還真麻煩。前幾天開始在郵局開放領取實體券，有個朋友貼了一張實體券的照片讓我覺得很搞笑。他用「文工尺」量振興券的長度，結果是「劫財」。

　　常用的魯班尺有四個部分，一個是台尺，一個是公分，另外有兩行分別稱為「文工尺」和「丁蘭尺」。這兩種刻度分別用於陽與陰，在不同的長度刻度上面標示不同的吉凶，如添丁、益利、貴子、大科、牢執、孤寡……，紅色字是吉、黑色字是凶。對於桌子的高度、門的寬度，都要落在紅色字的範圍，稱為「有字」。

「有字」用在另一個場合有完全不同的意思。這要從北京語「八字都還沒一撇」說起。「八」字只有兩筆，一撇一捺，「八字都還沒一撇」就是根本都還沒開始，何來的完成或結果？表示都還是空的，事情尚未有雛型。

　　台語把這句話發揚光大得很好，有一句話叫「講曷有一个八字」是指「講得跟真的一樣」，基本上是在形容一個人天花亂墜，把一件沒有的事情描述的像是真的一樣。要小心，「八字」的「八」在這裡要唸文讀音【干四邊】（pat-4），唸白話音【嘉四邊】（peh-4）就會變成我們算命用的生辰「八字」。

　　接下來談「愈講愈有字」這一句。這句話應該是從上面「講曷有一个八字」來的，但是它的意思並不是進一步越講越真或是更為具體化，而是「跟你說不要做的事情，你愈加故意要做。」有「變本加厲」的味道在。

　　「字」音【居七入】（ji-7），從「入」聲，許多人不會發「入」聲發「柳」聲就變成「利」【居七柳】（li-7），「寫字」變成「寫利」，有人說這是腔調口音的關係。『廈門音演化成為沒有「入」聲，所以變「柳」聲』，也就是說原來是有「柳」聲的。「柳」聲消失後很多字就會搞混，這樣不好吧？

　　回過頭來關心一下消費券，消費券的長度剛好落在「劫財」，所以是「無字」，也就是不吉利？哈哈！不用當真啦，因為文工尺不是用來量這個的，如果什麼都適用，否則身高177到187的都要做截肢？不然你的消費券給我用，我不在意它「無字」。（你有沒有在心裏面OS：「愈講愈有字」？）

本文拼音參考。 ─────────────────

漢字	十五音	羅馬字	台羅拼音	台語同音字
八	干四邊	pat	pat	捌
	嘉四邊	peh	peh	伯
字	居七入	jī	jī	如、俞
利	居七柳	lī	lī	濾

088
讙謑

我又覺得我好像有點不太正常了：身為一個男生，從小到大沒打過架！

小男生「冤家相拍」是常有的事，但是我真的沒有打過架。「冤家」是吵架的意思，或是說「相冤」。「相」的用法與北京語相同，是「交互」的意思，例如「相助」就是「助你助我」，「相識」是「識你識我」，「相冤」就是「冤你冤我」。「冤」，【觀一英】（oan-1，屈也、枉也）。

「冤」是一般常用法，但是比較適當的字應該是「讙」，「讙，譁也。」《史記·卷五六·陳丞相世家》：「是日乃拜平為都尉，使為參乘，典護軍，諸將盡讙。」講白話就是「大聲」，「相讙」就是互相大聲講話，而一般所說「吵架」台語的「冤家」應該是「讙謑」。「謑詬」是侮辱、辱罵的意思。

很多人小時候會跟兄弟姊妹吵架打架，可是我跟我哥差七歲，我不敢跟他打！我姊是甜姊兒，不會跟我打架。或許你會說不跟兄弟姊妹打，那就跟同學或鄰居打呀！我從小就受到我父親庇護，村子的人都知道我父親是國小校長，在小村子國小校長是很神氣的，雖然他不是在我們村子的學校服務，但是沒有人敢動

我。所以我不知道被揍是什麼感覺。（是不是很欠揍？）

　　君子動口不動手，「相諏」有理說不清，氣憤難耐動起手來就叫「相拍」，真的卯起來打，台語是用「相舂」或「相揍」。「舂」，原來是穀物用杵臼搗去皮殼，舂米就是把稻穀的外殼去掉，而保留其中的米粒；用的器具叫「舂臼」，也寫為「精臼」，「舂」與「精」同為【經一曾】（cheng-1）的音。台語說：「用別人的拳頭拇舂石獅（用別人的拳頭去擊打石獅子）。」是比喻借用別人的力量來圖謀自己的利益。

　　「揍」唸為【公四門】（bok-4），以拳頭用力打人。例：「偕伊講無兩句，就加伊揍落去（跟他講不到兩句，就揍了他）。」不過這個字應該也是借用字。

　　打的過程會扭在一起，要把對方摔倒，叫「相偃」。日本國家武道「相撲」就是在「相偃」。「偃」，【堅二英】（ian-2）。

　　基本上「拍」、「舂」或「揍」都是以手為主，如果手上有棍棒，事情可能就大條了。「蓬」是的替用字，一般唸【公三門】（bong-3），以拳或物用力擊打都可以說「蓬」。例：「蓬互你倒（把你擊倒）。」我覺得這個字有不計後果、就是要蠻幹的感覺。「托」也同樣是替用字，音【爻四門】（bauh^n-4），雖然說他也是「以拳頭或棍棒用力地打下去」，但是通常是用在有拿東西的狀況用力打。

　　打完架不管是輸是贏，拍拍灰塵擦乾眼淚回家，不然回家又會被爸媽打。媽媽拿竹鞭打叫做「撲」；小孩不乖，大人會說他「欠撲」或「欠推」來恐嚇他（小時候我媽媽就會這樣嚇

唬我）。「揲」音【兼八地】（tiap-8），「推」有兩個音，唸【嘉一他】（the-1）或【規一他】（thui-1）。唸後者的「推」除了用在毆打，也用在推拿，「推推兮」。

　　　　其實，我是很乖的小孩，溫文儒雅啦，何必跟人一般見識？打什麼架？要打架我一定，溜趒[1]、閬港[2]！

本文拼音參考◆

漢字	十五音	羅馬字	台羅拼音	台語同音字
冤	觀一英	oan	uan	灣
春	經一曾	cheng	tsing	征、爭
精	經一曾	cheng	tsing	征、爭
揍	公四門	bok	bok	沐
偃	堅二英	ián	ián	演、衍
莧	公三門	bòng	bòng	——
扥	爻四門	bauhⁿ	baou	砩
揲	兼八地	tiàp	tiàp	蝶
推	規一他	thui	thui	蓷、梯
	嘉一他	the	the	胎、梯
閬	公五柳	lông	lông	儂、籠

註釋

[1]　「溜趒」，通常被寫為「溜酸」，逃離的意思。趒字是跳躍、走開的意思。

[2]　「閬」字請參考本冊之095篇〈綁偕宄〉一文。

089

抔膦脬

　　小時候常牙疼，疼到受不了就哭，老爸就會說：「你就較巴結兮！（要巴結一些）。」可是那個時候不懂他說的「巴結」是甚麼意思，因為我只知道北京話「巴結」是討好、奉承的意思，我牙疼還要奉承誰？

　　台語的「巴結」也有討好、奉承的意思，例如：「伊真賢巴結頭家，足顧人怨。」但是比較常用的反而是另一個意思：「忍耐、堅強、挺住」，是勉勵人遇到困難和不順的時候要多忍耐、堅強不放棄。例如：「伊做人足巴結。」是指他做事有擔當；所以「你就較巴結兮」是「自己要忍耐」，原來我老爸說的是這個意思。

　　這樣的「巴結」，台語有一種較不文雅的說法—「膦脬抝咧」，勉勵自己或別人要堅強忍耐時說要「膦脬抝咧」。「膦脬」是男性陰囊，現在俗寫LP，聽說LP這樣的寫法是被陳唐山先生發揚光大的。2004年擔任外交部長的陳唐山先生，因為新加坡對中國示好而批評新加坡是在「抔中國膦脬」。「抔人膦脬」是指討好奉承的意思，「抔」，【沾五邊】（po-5，以手掬物），媒體寫為「捧人膦葩」並不適合。「捧」的台語音是【江

五頦】（phong-5）與【公二喜】（hong-2）。

當時還引起相當多的討論，還有立委在質詢時說陳唐山講三字經。不論陳的發言是否適當，但是「捧膦脬」這三個字並不算是三字經。好笑的是後來陳唐山去台南輔選，為民進黨立委候選人站台，竟有支持者跟陳唐山要簽名還要加簽LP二字。「抾」，【更七地】（ten-7，持也），實際上的用法是「捏、抓」的意思。但是捏太重會出人命，有一句話叫「抾膦脬自殺」。

補充說明一下，因為「脬」本意為膀胱，因此有人建議寫「卵胞」，而目前多數看到的是寫為「膦葩」。

台語的用法有些時候跟國語也會不完全相同，「斟酌」、「僥倖」、「齟齬」都是。「斟酌」本來是倒酒的意思，後來引申為「反覆考慮以後決定」，像寫文章很謹慎會「字斟句酌」；但是台語的「斟酌」，意思不完全相同。例如：「到底是怎樣，你去斟酌看覓[1]。」這裡的斟酌是「了解」的意思。如果說：「這兩個不相共，你要看斟酌。」這裡的斟酌是「仔細」的意思。「斟」，【金一曾】（chim-1）；「酌」，【恭四曾】（chiok-4）。

「僥倖」，國語的意思是「憑藉機運而意外獲得成功，或倖免於難。」但是在台語意思完全不一樣。台語有一個詞意是表示「可憐、惋惜、遺憾」，另一個是在指行事不義、有負於人。豬哥亮曾在節目用到這個詞，字幕寫這兩個字本來是正確的，但是字幕寫的是國語，國語這兩個字的意思又完全不同，所以也並不適當。「僥」，【嬌五英】（iau-5）；「倖」，【經七喜】

（heng-7）。

「齷齪」基本上是「髒，不淨」的意思，在國語常常跟「卑鄙」連在一起用，比喻人的思想、品德惡劣。但是在台語，「卑鄙」還是形容人的思想、品德惡劣，但是「齷齪」在台語通常是指心情的煩躁不安或鬱悶。「齷」，【江四英】（ak-4）；「齪」，【江四曾】（chak-4）。

「心悶」也是一個漸漸少用的詞，台語要傳達的是「思念」，想某人、想家，都可以用「心悶」，它是動詞也是形容詞。「伊足賢心悶」、「我心悶阿母。」它已經從單純「心情鬱悶」轉成為「思念」。

後記。

有位網友說：「會念的真的會笑死，尤其『膦葩挩咧』，跟很熟的人就會這樣說，淺顯易懂，算是另一種安慰，對方聽到都會笑出來，轉移情緒。謝謝粉絲頁的介紹，每次讀一點就認識一點，自己雖然會說台語、平常也有使用台語的習慣，但卻沒讀、寫過台語，幾乎看不懂，需要唸出聲才了解語意，再去對應字，又得到一種語言學習方式，很棒！」

也有位說：「北京語說『皮繃緊一點』，台語也可以這樣說，台語還有人說『膦葩挩較絪兮』。

呵呵，大家對「挩膦葩」滿有興趣的？

本文拼音參考 ◆

漢字	十五音	羅馬字	台羅拼音	台語同音字
抔	沽五邊	pô	pôo	袍、蒲
捧	江五頗	phông	phâng	蓬、帆
	公二喜	hóng	hóng	仿
抦	更七地	tēⁿ	tēnn	鄭
斟	金一曾	chim	tsim	箴、嗺
酌	恭四曾	chak	tsiok	嚼、足
齷	江四英	ak	ak	沃、握
齪	江四曾	chak	tsak	促
	恭四出	chhiok	tshik	雀、觸

註釋

1 「看覓」，為「看一看、看一下」的意思。例：「你去看覓，才來加我講（你去看一看，再來告訴我。）」；或做動詞後綴，表嘗試之意。例：「食看覓（吃吃看）」、鼻看覓（聞聞看）」。

090
別明牌

　　台語有一句罵人的話：「不識字兼無衛生！」（奇怪，為什麼我們一天到晚在討論罵人的話？）所謂「不識字」是指「沒讀書、沒知識」的意思；現在的人看學歷高低，以前的人基本上是用識不識字來做區分。而「無衛生」是指「出口成『髒』」，也就是說一個人沒知識又亂講。

　　台語用「識」是個訓讀字，它的本字應該是「別」。「你敢別伊？」是「你認識他嗎？」；「伊敢別字？」是「他識字嗎？」

　　「分」、「別」二字字形都從刀，本義都是分割、分解之義，引申具有分別、區別、解釋之義。因此，能「別字」當作能「識字」是合理的。只是教育部建議的用字是「捌」。原因是台語的「別」除了「認識」之外，還可以當「曾經」來用，例如「你別去過無？」是問「你曾經去過沒有？」。問題來了，「別去」是甚麼意思？從北京話來看是「不要去」，也可能是「離別而去」，而台語則也可能是「離別而去」，也可能是「曾經去」，那該怎麼辦？

　　以前當作「認識」的時候，在歌仔冊裡多半訓用「識」，

當作「曾經」的時候訓用「曾」（不過，《彙音寶鑑》有收錄「識」的【干四門】（bat-4）發音）。問題是它們又都有各自的音與義，而且有文讀與白話音。後來鄭良偉教授建議這些都用「捌」字，因為「別」、「捌」和「八」本是同字，許慎《說文解字》：「八，別也。象分別相背之形。」「八」變成數字8是被借用的，為了避免誤解，「八」當數字8就隨它去了，「別」就專心用在「分別」，而「認識」與「曾經」的「別」就都改用「捌」。這是教育部建議用「捌」的理由。

　　同不同意這種說法與建議就見仁見智了。話說回來，它的本字是「別」，《彙音寶鑑》中有好幾個發音，包括【堅四邊】（piat-4，分辨也）、【干八邊】（pat-8，別人）、【堅八邊】（piat-8，異也離也解也訣也）。但是現在已經變化為用濁聲母，p的音都變成b的音。而當去廟裡抽籤時要「別籤詩」或是簽樂透彩想要「別明牌」，一般口語都誤說為「逼」字的音。「逼」，【經四邊】（pek-4）。

　　「認識」，除了「別」還可以說「熟儕[1]」。認不認識一人，台語說有沒有「熟儕」，而不是「認識」。例如：「我偕你敢有熟儕（我們彼此認識嗎）？」某個程度上來說，雖然「熟儕」有個「熟」字，但是這個詞可以用在普通的認識，也可以用在熟識，前面的例句就是屬於「普通的認識」，介紹讓你們彼此認識，可以說「紹介互恁熟儕一下」；如果問：「你偕伊敢有熟儕？」或是想找關係的時候問：「你敢有熟儕的醫生？」基本上是問熟不熟，或有沒有熟識的醫生。因此，嚴格來說，它用法並不嚴謹。

「熟儕」的相反詞是「生份」或「生疏」。

所以，「不識字兼不衛生！」應該寫為「不別字兼無衛生！」或「不捌字兼無衛生！」

聽說樂透彩累積頭彩達25億台幣，要去「別」明牌嗎？

本文拼音參考

漢字	十五音	羅馬字	台羅拼音	台語同音字
識	巾四時	sit	sik	式、息、失
	干四門	bat	bat	――
	居三曾	chì	tsì	誌、志
別	堅四邊	piat	piat	瞥
	干八邊	pat	pat	――
	堅八邊	pia	piat	――
逼	經四邊	pek	pik	迫、柏

註釋

[1] 「熟儕」一詞通常被寫為「熟識」或「熟似」。從語意來說，「熟儕」要適合些，「儕」指同輩、同類之人，也有其同、相當之意。（參大衛羊台語不要鬧）

血跡地

在網路上看到一篇短文，畫家洪元益先生在台北蕙風藝廊展舉辦個展的DM上所寫：

> 思鄉之情　寄寓丹青
> 鹽鄉大地，渡鳥的天堂，我魂縈夢迴的原鄉『血跡地』。
> 這裡，土鹹、水澀、風黏黏；
> 這裡，磽瘠、貧乏、心酸酸。
>
> 　先民在這片風頭水尾的「倒風內海」，討海捕魚、養蚵曬鹽，海面拚搏，披星戴月，胼手胝足，孜孜矻矻，但求「偃鼠飲河，不過滿腹」之溫飽，暨「鷦鷯巢林，不過一枝」的安身立命之地。
>
> 　負笈北上，瞬間逾四十載，每每回鄉，遊走布袋、北門、將軍、七股等臨海之境，置身「生於斯，長於斯」的土地上，念天地悠悠，感滄海桑田，總自我期勉，何不趁此入暮之年，將那深嵌封印心底，最是親切質樸的原鄉圖像，透過畫筆的線條勾勒、色彩塗抹，將天光下的海口人文、景物定格於畫布上，以抒我緬懷先澤之胸臆，更盼物

我合一，澄虛我心。

洪元益先生有個外號叫「洪不通」，原因是在七〇年代，有台灣畢卡索之稱的素人畫家洪通就是他的叔叔。

這段文章引起我注意的除了因為洪元益先生也是「鹽分地帶」[1]的北漂遊子，另一個原因是他在短文中用的一個詞「血跡地」。

「血跡地」，講古專家吳樂天常常會提到這個名詞，他唸做（hue-jia-de），但是這種稱呼現在已經幾乎絕跡了。哪裡是「血跡地」？「血跡地」是母親留下血跡的地方，指的是我們的出生地。古時候醫學不發達，生小孩不但是辛苦而且是很危險的，既便是現代，都是一項生死關頭的危險考驗，有句話說「生有雞酒芳[2]；生無四塊枋[3]。」（或做「生贏雞酒芳；生輸四塊枋」，這應該才是較道地的台語用法。）有人形容：臨盆時刻，猶如殊死戰一樣，一旦順利誕下子嗣，坐月子期間上就可以享受麻油雞湯以進補修復體力；若不幸難產死亡，就只有「四塊枋」——由四塊木板拼湊起來的簡易棺材等著。用「血跡地」表示「出生地」，意義的輕重是絕對的不同！

我想起詩人余光中的詩矛盾世界（母難日三題之二）：

快樂的世界啊
當初我們見面，妳迎我以微笑，而我答妳以大哭
驚天，動地
悲哀的世界啊

最後我們分手，我送妳以大哭，而妳答我以無言

關天，閉地

矛盾的世界啊

不論初見或永別，我總是對妳以大哭

哭世界始於妳一笑

而幸福終於妳閉目

　　我的哥哥和姐姐出生時都是產婆或助產士來家裡幫忙接生，只有我是在婦產科醫院，原因不是因為時代進步太快，而是因為難產，真的很對不起我媽媽。想著在天上的媽媽，我已無法再下筆……

本文拼音參考。

漢字	十五音	羅馬字	台羅拼音	台語同音字
跡	經四曾	chek	tsik	即、責
芳	公一喜	hong	hong	風、豐
香	江一頗	phang	phang	蜂
	恭一喜	hiong	hiong	凶、鄉
	姜一喜	hiang	hing	亨、鄉
	薑一喜	hiu^n	hionn	鄉
枋	江一邊	pang	pang	崩、幫
	公一喜	hong	hong	風、豐

註釋

[1] 鹽分地帶。鹽分地帶是臺灣文學史上的名詞，泛指在台灣新文學誕生後，於台南州北門郡的佳里、學甲、西港、七股、將軍及北門一帶含有鹽分較多的沿海地區和其自發形成的有著鮮明地方色彩的、較為獨特的文學團體。若單從地域的概念來看，可以說就是過去台南縣包括佳里、學甲、西港、七股、將軍及北門六鄉鎮

的北門區。這區域因為土地鹽分重而貧瘠，生活不易，這裡的人們在與貧瘠的自然環境鬥爭中形成的勤勞樸實、堅韌不拔的性格和美德，這情操也表現在新詩中。日治時期，那裡就被稱為「詩人之鄉」。在1920年代和1930年代之間，那裡就產生了吳新榮、徐清吉、郭水潭、王登山、黃勁連、莊培初、林清文等一批著名的優秀詩人，俗稱北門七子，構成了台灣鹽分地帶詩人群落。

2　「雞酒芳」指「雞酒香」，「香」為訓讀字，本字為「芳」。

3　「枋」，【江一邊】（pang-1，柴枋）。通常稱未加工過的為「枋」，加工過為「板」。

092

凡拄勢

我很喜歡回南部聽村子裡的長輩和朋友「開講」，因為我可以聽到一些平常聽不到的台語，它們像是久未謀面的朋友，見了面（聽見）才忽然憶起，一種久逢知己的感覺，好生親切。

2019年底在村子裡的大廟聽媽媽的朋友們聊天，那一陣子正好在總統與立委選舉前，由於有位候選人的「民調蓋牌」，因此沒有民調數字參考，包括立委的選舉沒有人知道選情如何，所以聽到這樣的對話：

甲：「你看XXX敢會牢[1]？」

乙：「不知，不過勢面親像不醜。」（「勢面」是「情勢、局面」的意思。）

甲：「我看沒影。」

乙：「凡勢凡勢。」

台語「凡勢」的意思是「有可能、無定着[2]、可能是」；「凡勢凡勢」是帶肯定意味的猜測語氣。「凡勢」這個詞在網路或書本上可以看到好幾種不同的寫法，包括「犯勢」、「範勢」、「番勢」、「范勢」或有人說「凡拄勢」及「凡世代（事）」。哪一個標準，哪一個正確，很難說。不過，「勢」作

「狀況、態勢」解比較沒有問題；而「凡」字在《辭海》解為「大凡」，猶言「大抵」；在《辭源》解為「大凡」，猶「大概」也；《康熙字典》說：「凡」，「大概」也。因此我個人認為「凡勢」解釋為「大概的樣貌」是合理的，用這兩個字也比較適合。

台語有一個詞「凡若」，可以解釋為「凡是如果......，就......」因此這裡的「凡」跟「凡勢」的「凡」都可以說有「全、大部」的意思。而「凡若」的意思又跟「頻若」、「便若」、「見若」、「着若」近似，這些也是在廟裡常會聽見的用詞。看著這些字，不但讓我彷彿置身於1400年前的唐朝長安城，或是800年前的南宋杭州講話。神智清醒後也會想起高一時的數學課理則學的「若P則Q」。

只是這些說法逐漸式微，受北京話「凡是」、「每次」的影響，大部分年輕人大概都用「凡是」或「逐遍」、「見遍」。

要提醒的是，「凡是」與「凡勢」北京語的音是相同，但是在台語不但意思不同，音也不同。

本文拼音參考。

漢字	十五音	羅馬字	台羅拼音	台語同音字
凡	觀五喜	hoân	huân	繁、桓
	觀七喜	hoān	huān	幻、患
犯	觀七喜	hoān	huān	幻、患
範	觀七喜	hoān	huān	幻、患
范	觀七喜	hoān	huān	幻、患
番	觀一喜	hoan	huan	歡

漢字	十五音	羅馬字	台羅拼音	台語同音字
若	恭八入	jio̍k	jio̍k	辱、弱
	姜八入	jia̍k	jia̍k	弱

註釋
1. 「牢」與「椆」，或許是被顛倒誤用，請參考本冊之023篇〈倚豬椆死豬母〉。而「牢」當「當選」是現在一班用法，不過也有建議用「肇」的說法（大衛羊），這個字常用「首度、開端」的用法，也有「正選」之意，所以不論古代考試或是現代的選舉，考上了選上的，都是被「選上」，故曰「肇」。
2. 「無定着」即「不一定」、「說不定」或「或許」，台語也可以說「無的確」。（請參考本冊之004篇〈艱苦坐卦〉）

093
駱兮

　　有一天大姊說要不要煮蛤蜊湯，我父親突然問我知不知道名字相同的人叫什麼，怎麼寫？我說我不知道。爸說唸【茄五語】（gio-5），台語的「蛤蜊」叫「粉蟯」，「蟯」的音。我說我沒聽過，我大姊說有啊！我壓根兒沒聽過，受了一點小傷！

　　「同姓」是很普遍的，一般來說同姓的有好幾種說法，可以直接說「同姓」或「共姓」，或「共字姓」與「仝字姓」，不過這都沒有「堂个」來得親切。「堂个」有堂兄弟姊妹的意思，五百年前是一家的概念，所以也有稱為「本家」、「親堂」、「本房」或「祖家」的說法。

　　「同名」雖然也不少見，但是我沒聽過有特別的稱呼。在網路上我也只查到很有限的討論。有個「台語半桶師雜記」說「gio5兮」。他說的音是對的，但是他用的字有兩個，且可能都需要再思考一下。一個是《台日大辭典台語譯本》的「蟯」；另一個是周長楫《閩南方言大詞典》用的「偶的」（gio2 e）。這本字典中說：『稱呼與自己同名的人，例：「恁偶的即擺更做代表。」（那個跟你同名的這次又當代表了）』

　　「蟯」的音是對的，但是它的意思是「蜊之大者」，所以

用於「粉蟯」是對的，但是用於「同名」是怪怪的。而「偶」，音【姑二語】（go^n-2），意思是「伉儷也，並也，合也，對也」，意思可以通，而音的部分雖與字典有差異，但是與部分地區的腔調還滿接近的。這位「台語半桶師」認為這可能是部分地方的用法，這兩個都是借用字。

在《彙音寶鑑》中，【茄五語】與「蟯」同音的地方收錄了一個字「鉫」，解釋是「同名稱也」。

小川尚義《台日大辭典》是西元1931年編的，我們可以相信「蟯」的音是正確的。《彙音寶鑑》是1952年出版，不過我卻懷疑會在這個時候造出這樣的新字。福建周長楫《閩南方言大詞典》是西元2006年編的，即使他很可能是借用，但是也還滿合理的。雖然我很想推薦《彙音寶鑑》的「鉫」，但是一般北京語字典查不到這個字。

話說回來，我大姊會知道這用法其實也很合理，她以前的名字是一個「菜市仔」名，所以她有很多「觑个」。

本文拼音參考。

漢字	十五音	羅馬字	台羅拼音	台語同音字
蟯	茄五語	gîo	gîo	——
偶	姑二語	gó^n	ngóo	伍、午

前幾天和兩位姐姐到隔壁村子一家中藥鋪，想抓些藥給老爸補一下。這家藥鋪已經很久了，從我奶奶的時代我父親就在這抓藥給奶奶服用，目前是他們第三代的兒媳婦在經營，藥材做法和配藥都是傳統古法，在新建了樓房一進門擺著舊式店家用的大櫃，後頭是一格一格寫著中藥藥名的抽屜式壁櫥，也算懷舊，嚴格來說，都是骨董。

老闆娘抓了幾帖補元氣的藥，交代燉雞的話要用「雞健仔」。

「公雞」的台語叫「雞角」、「雞角仔」也有人稱「鵰雞」。「鵰」，【茄一出】（chhio-1），形容雄性動物發情的樣子。「起鵰」是指「發情」；「鵰哥」是指「好色」或是「好色的人」；「鵰趒」是指輕浮不莊重的樣子。例：「伊誠鵰趒，早慢會互人教示（他很囂張，早晚會被人教訓）」。或是動植物活躍茂盛的樣子，例：「發曷誠鵰趒（長得很茂盛）。」

但是，「公鴨」也叫「鴨角」，雞和鴨都沒有角，不知道為何稱為「雞角」、「鴨角」，而有角的「公牛」叫「牛公」。其實「雞角」可能是「雞鵰」誤用。有位讀者說：「公雞台語還有

『雞鵤』、『雞翁』的說法。」北京語字典並沒有解釋「鵤」，但是《彙音寶鑑》說是「雄雞」，唸【江四求】，與「角」同音，因此，「雞角」應該是誤用。

另外「公狗」是「狗公」，但是「公豬」是「豬哥」，好像豬的輩分低了一級。以前農家大概都是只養母豬，母豬發情的時候要找種豬，所以有一種職業叫「牽豬哥个」，他帶著他的種豬去播種，過程叫做「拍豬母」，呵呵，時下用「拍拍拍」這個詞，好像跟豬一樣，不太好吧。

母的就比較正常，「母雞」台語叫「雞母」，「母鴨」叫「鴨母」，「母狗」叫「狗母」，「母豬」叫「豬母」。

公雞叫雞鵤、母雞叫雞母，那什麼是「雞僆仔」？「僆」，台語【堅二柳】（lian-2，僆仔雙生子也），也有將「僆」發為【官七柳】（loaⁿ-7）的，與「爛」的台語同音，一般都是讀後者的音。在粵語裡「雞僆仔」是指「雛雞」或「雙生」的意思。網路上也有說「雞僆仔」是處女雞或童子雞的說法。教育部的字典說是「還未生過蛋的母雞」，它的例句是：「雞僆仔肉較幼（未生過蛋的母雞肉比較嫩）。」

嚴格來說，「處女雞」和「還未生過蛋的母雞」是不一樣的，哪一個才對？就雞的成長過程來看，小雞叫「雞仔囝」，「雞仔囝」基本上很難從外觀辨雌雄，一直要到換毛才看得出來。此時，剛長大尚未生過雞蛋、未孵過小雞的雌雞叫做「雞僆仔」，因此，教育部辭典的解釋是與一般民間的用法相符的。

不過台語對於這樣的雞還有一種稱呼叫「雞妹仔」，這裡的「妹」也是與「爛」的台語同音的【官七柳】。

如果是人，「處男」叫「在室男」，「處女」台語一般稱為「在室女」、「在室个」或「人家女」。但是如果是有年紀的老處女就會被叫做「老姑婆」。

網路上有一篇貼文，說她去買雞藥燉雞肉給妹妹坐月子吃，賣雞的老闆跟她說坐月子時要吃的雞，如果是開刀要吃母雞，如果是自然生要吃公雞。我覺得賣雞的老闆說的是「雞僆仔」，因為一般都是這樣挑，所以，並不是所有的母雞都適合，必須是「在室个」。

本文拼音參考。————————————————————

漢字	十五音	羅馬字	台羅拼音	台語同音字
鵤	茄一出	chhio	tshio	——
僆	堅二柳	lián	lián	輦、輾
	官七柳	loān	nuā	爛
妹	檜七門	boē	bī	未、沬
	糜七門	boaiⁿ	boaīn	——
	官七柳	loān	nuā	爛

絚偕冘

我如果搭高鐵回台南探望老爸，回程通常都會搭星期一早上
6:57的班次回台北上班，所以一大早就要麻煩我哥開車送我到嘉
義高鐵站。我家到嘉義太保高鐵站要40分鐘左右，所以我覺得
6:00出發就可以，但是我爸老是說時間要「掠較冘兮」，即「抓
寬鬆」一些，不要太緊。

　　這一陣子因為新型冠狀病毒的關係，乘客稍微少一些，我爸
也會問車內會不會比較「冘」？（也是指「寬鬆」。）

　　時間的寬鬆與緊張、空間的擁擠與否，台語並不是用
「鬆」、「緊」來表達，因為這兩個字在台語的意思和在北京語
的意思是有些差異的。

　　台語「緊」，【巾二求】（kin-2），有重要的意思，如
「要緊」；有快的意思，如「趕緊」、「上緊（最快）」；又急
切的意思，如「緊尿（尿急）」。

　　繩子綁緊、螺絲拴緊、手頭很緊、權力抓很緊，這些「緊」
建議台語用「絚」。之所以說「建議」的原因是：一、「絚」
音【經五喜】（heng-5），不是【干五英】（an-5）；二、
「絚」亦作「緪」，是大索的意思，也做「急」解釋。所以音義

都有些差異，但是【干五英】（an-5）並無適當的字。

「鬆」，【公一時】（song-1）或【江一時】（sang-1）。台語「輕鬆」用字跟北京話一樣。但是「不緊」的「鬆」，台語說【經七柳】（leng-7），問題是許多字典沒有適當的【經七柳】（leng-7）的音的字；依劉建仁先生《臺灣話的語源與理據》研究說明，他認為應該是「宂」字。只不過「宂」音【恭二入】（jiong-2，散也、離也、剩也、忙也），跟【經七柳】（leng-7）還是有差異。

劉建仁先生也提到他認為不是「量」，這我完全同意，因為「量」讀的音不管是【姜五柳】、【姜七柳】或【薑五柳】、【恭七柳】，都與【經七柳】不同，它本來就是另一個字。它有「餘裕」的意思，跟「寬鬆」不同。所以我爸有時候也會說：「時間掠較量（【恭七柳】）兮（時間抓寬鬆一些）。」

因此，車廂內人較少，坐得較「鬆」、車內比較「空」也可以說「宂」。有一個字「閬」，當動詞是「空、騰出」的意思，例：「你小閬一縫互伊坐（你稍微騰出一個位子讓他坐。）」；「閬工」是「空一天、抽空」或「間隔一天」的意思。

小朋友不乖要他皮繃「緊」一點，是用「絪」。不過，「鬆緊帶」請不要叫他「宂絪帶」，它叫「紏帶」。「紏」，【ㄐ二求】（kiu-2，絞也，督也）。

本文拼音參考。

漢字	十五音	羅馬字	台羅拼音	台語同音字
緊	巾二求	kín	kín	謹
絚	經五喜	hêng	hîng	行、型
鬆	公一時	song	sng	喪、霜、桑
	江一時	sang	sang	——
冗	恭二入	jióng	jióng	冗
量	姜五柳	liâng	liâng	量、涼
	姜七柳	liāng	liāng	亮、諒
	薑五柳	liûn	niû	娘
	恭七柳	liōng	liōng	亮、諒、巃

前幾天看到一則新聞：蔡緯嘉先生獲得教育部頒發本土語言傑出貢獻獎，評審肯定他是「全台首名運用社群媒體推廣本土語言得百萬訂閱YouTuber」，製作「嘎名人學台語」等系列影片，成功吸引大眾目光，甚至被出版社列為國小閩南語課程補充影音教材。

我對這名字有印象，但是對他的節目並不了解，看了新聞我覺得很棒，原來還有年輕人能致力於台語的推廣，於是我上網看了他一則視頻，「嘎名人學台語#2，蔡阿嘎X陳柏霖（大仁哥）」，想不到竟讓我無言以對！

短短的幾分鐘的節目，我看到的是錯誤、錯誤、以及更多的錯誤......！

「嘎名人學台語」，他想用「嘎」作他名字「嘉」的台語諧音。其實正確用字是「偕名人學台語」，若寫「嘉名人學台語」也是有點接近，但是這我就不挑剔了。裡面主持人與來賓的對話打出的字幕：

「告送，告送A」，應該是「夠爽，夠爽兮」。

「你去揪」，應該是「你去招」；「揪」是普遍誤用的字。

「呷賽啦」，應該是「食屎啦！」

「要不要來一下？給虧嗎？」，「虧」應該要用「詼」字，「講笑話」叫「講笑詼」。

「會不會講台語？」「A曉啊」，「A」該寫為「會」。

「喇D賽」，「D賽」是「豬屎」；而「攪拌」台語教育部字典建議寫為「抐」，例句：「菜去抐抐咧，無，會臭火焦（去把菜攪拌一下，否則會燒焦）。」也作挑起、攪和、慫恿。例：「你實在誠愛抐事誌（你實在很愛引起事端）！」；或吵鬧、生事。例：「吵家抐宅（自己內鬥）。」

「湊熱鬧在那邊喇賽的人」，他講「湊熱鬧」講的是台語，所以應該寫「鬥鬧熱」，除了動詞錯，「熱鬧」在台語是反序詞。

「幾咧意見就是說咧」，「幾咧」要寫成「這个」，「說」的台語要寫「講」。

「都在那邊閃咧閃咧那個」，「閃」的台語是「躲、逃離」，「閃爍」要用「爍」。

「揪閃的，超閃的」，表示「非常」是「足」，「揪」用得讓人莫名奇妙！

「你呷卡壞咧」，要寫成「你食較醜矣」

「幾咧藝術就是供」，是「這个意思就是講」，這真的錯的非常的離譜！

「呷」是普遍錯誤的第一名，想必蔡阿嘎也一定錯！「扣扣講，都不會膩喔」，「扣扣講」建議用「疕疕講」；「膩」，可以說「厭」或「瘖」。[1]

「啊！水水水！」其實寫「美美美」就對了。教育部建議「美」寫為「媠」，其字音是不對的。

唯一正確的是「蒲扇」寫為「葵扇」。

短短不到七分鐘的節目可以出現幾十個錯誤，如果相同的錯誤也重複計算，約莫十秒會出現一個錯！這樣的節目該算是推廣台語有功還是該算是戕害台語有功？教育部根本是智障，NCC也算是瞎了眼睛！要把蔡啊嘎的視頻當作是國小閩南語教學的補充教材的出版社也是無腦。我無意批評他搞笑是的節目風格，這是每一個人的自由，但是對我而言，它破壞了台語的格調，恐怕會更讓人覺得台語就是這麼低俗的語言，而且教了很多錯的東西，這真的是幫倒忙。台語口語幫忙說「鬥相共」、「鬥腳手」，有時也說「鬥無閒」，有趣的是「鬥無閒」也拿來當作「幫倒忙」，聽話要小心。

我倒覺得，國小學童每周看一個小時的黃俊雄布袋戲，會是振興台語很好的方法。

後記 ﹒───────────────────────────

有位讀者說：「學習而生興趣，興趣而生學習，我覺得能持續活用下去，都算是一種方法。我想我現在使用任何語言溝通，一定跟過去的人使用的方式不同，經過淘汰或更新了，雖然我有興趣了解以前人怎麼表達任何事，但遇到同一時代人，我還是只能用大家都聽得懂的方式表達。

所以雖然無奈，但我知道，很多事物都是這樣的，被時間推著走，留下的紀錄只能給有興趣的人去理解、傳承。」

我跟他說：「是真的很無奈，所以我才會把一些東西寫下來。被講錯、寫錯的很多，更有許多即將失傳的，真的很可惜，但是我所知有限。目前還有七八千萬台語人口，但是她可能在30-50年後消失，不可怕嗎？」

另一位關心台語的朋友說：「現在都是諧音字當道，什麼母湯之類，是不是傳統用字沒人在乎，所以教育部字典錯誤一堆也沒人在乎……。如果你有唱歌看到台語歌的歌詞，一口飲料都會噴出來！PS.這是能夠讓總統送禮的網紅，那得獎不算什麼！」

是的，這不但突顯了這獎的沒有價值，更說明了公部門的無知！整天喊「愛台灣」，愛台灣是該這樣愛法？無言！

本文拼音參考。

漢字	十五音	羅馬字	台羅拼音	台語同音字
嘉	嘉一求	ke	ka	加、家
喇	干八柳	la̍t	la̍h	垃、捺
揪	ㄐㄧ出	chhiu	tshiu	秋、鬚
足	恭四曾	chiok	tsiok	屬、祝
	龜三曾	chhú	tshù	次、厝
呷	干四喜	hap	hap	岬
扣	沽三去	khò	khòo	褲、叩、寇
	交三去	kàu	kàu	教、到、較
	膠三去	khá	khah	——
痑	公五求	kông	kông	——
	公五去	không	không	狂
膩	居七入	jī	jī	二、字
厭	干四英	ap	ah	鴨、壓
	兼一英	iam	iam	淹、閹、閣
	兼三英	iàm	ìm	俺、淹、閹

漢字	十五音	羅馬字	台羅拼音	台語同音字
瘆	堅七時	siān	siān	善、偌、膳

手指簿

現在年輕人都比較晚婚，四個比較大的姪子、姪女、外甥、外甥女只有一位外甥女前年結婚。這是我們家的大事，每人都盛裝參加他們的婚宴，一同見證她們的誓約，給予她們最大的祝福。當新人交換信物，互相套上戒指的一刻，是小倆口幸福的起點。

「戒指」，台語叫「手指」，而台語的「手指」叫「手指頭仔」。五隻手指頭也分別有他們的名字，大拇指的稱呼蠻多的，一般叫「大頭拇」、「指頭拇」或「大指頭拇」，也有人稱它為「大拇公」、「大部拇」。

平常對各個手指的單獨稱呼並不多，除了大拇指，通常是以排序或位置之數字或來指稱之，「愛台語I taigi」網站上倒是發現好多平常不太常聽見的說法。食指叫「二指」或「食指」，聽說也有人叫「指指」、「指山」或「報路」，這竟然跟英文「index finger」概念一樣。

「中指」叫「中指」或「第三指」，還有比較特別的是「中營」和「中爪」的用法。

「無名指」叫「第四指」、「尾二指」，這都是依照順序

給的名字，有趣的是「愛台語I taigi」網站說它也叫「穤指（醜指）」或「愛嬌（美）」（是不是因為「穤（醜）」所以才「愛嬌（美）」？）更妙的是還有一個名稱叫「佬仔指」，「佬仔」是「騙子」的意思。

「小指」叫「尾指」，「愛台語I taigi」網站說「小指」也叫「煞尾指」、「第五指」，也有稱「尾蟯仔」的，最奇怪的將它稱為「不吉」。「蟯」應該是錯字，因為「蟯」，【嬌五入】（jiau-5）是腹中小蟲，或【茄五語】（gio-5），為蜅之大者。他所說的「蟯」應該是指「動」，這個字的正確用字應該是「岋」，北京話唸「ㄜˋ」，台語是【嘐八語】（giauhⁿ-8，搖動的樣子）。另外，一般稱呼小蟲在蠕動為蝝」，同一個音，【嘐八語】（giauhⁿ-8）或【嘐四語】（giauhn-4），蟲行之貌，但是不同字。不會動了叫「不會蝝」。

但是，「指」的音是【居二曾】（chi-2），而通常在講手指頭的時候是發【增二閒】（chaiⁿ-2）的音。

用在腳趾的時候，通常是把「手」換成「腳」，其他的不變，「指」也不用變成「趾」，不過比較特別的用法就沒有了，因為我們不會用腳趾「指」方向。

小時候常常聽父親說「手指簿仔」，其實它並不是登記「戒指」的簿子，而是指可以放在口袋的小筆記本。

本文拼音參考◆

漢字	十五音	羅馬字	台羅拼音	台語同音字
蜺	嬌五入	jiaû	jiâu	饒、皺
	茄五語	giô	giô	──
岋	嘄八語	giȧuhⁿ	giȧu	──
指	居二曾	chí	tsí	止、子
	閒二曾	cháiⁿ	tsáinn	載、宰

098

監囚

2020年七月，經過四天的混戰，立法院通過監察院長和監察委員的提名案，陳菊當上了監察院長。在野黨杯葛的原因是認為一個有案在身，需要被監察的人根本不適合當監察院長。倒是陳菊說她希望自己是最後一任的監察院長，且廢監察院似乎也是朝野的共識。

其實，監察院也不是沒有功能，全球有160多個國家有「監察權」的設計，且是屬於獨立機關。姑且不論廢「監」的門檻，台灣若廢除監察院之後，監察權要放在哪裡？民進黨監察委員田秋堇說：「要拆房子前，房子內的東西要先想好要放哪裡，否則反而危險。」

好了，不討論政治，我們談一下「監」這個字。

北京語裡「監」有兩個音，「ㄐㄧㄢ」和唸「ㄐㄧㄢˋ」，台語有三個音，白話音【監一求】（kan-1）和兩個文讀音【甘一求】（kam-1）與【甘三求】（kam-3）[1]。

用在「監獄」，關犯人的地方，北京語唸「ㄐㄧㄢ」，台語唸白話音【監一求】（kan-1）。如「監獄」、「監禁」、「坐監」、「監囚」、「監犯」、「關落監」、「破監」。

如果指古代的官名或官署名，例如「秘書監」、「國子監」、「欽天監」，或是宦官「太監」，北語唸「ㄐㄧㄢˋ」，台語唸【甘三求】（kam-3）。

　　以上兩個基本上具有一致性。但是對於當動詞用的「視察、查看」，如「監工」、「監視」，北京語是唸「ㄐㄧㄢ」，但是台語唸文讀音的【甘一求】（kam-1）或【甘三求】（kam-3）都可以。從字典或一些文獻上看，理論上應該是第一聲，但我們現在用第三聲比較多，又因為後面有字，第三聲轉第二聲，所以「監察院」的「監」實際上是唸【甘二求】。

　　前面有提到「監囚」，監獄中的囚犯。以前囚犯的待遇是很差、很不人道的，不但要受刑打還吃不飽，因此一有食物送到就會狼吞虎嚥，台語用「監囚」比喻一個人飢餓到像貪吃鬼、餓鬼一樣，吃東西難看又髒兮兮的樣子。我小時候就會被唸「食曷若監囚」。如果你是在野黨要罵陳菊，建議不要用「食曷若監囚」，因為大部分是用在具象的吃東西。

　　「曷」這個字已經再前面許多篇出現過蠻多次的，它是目前被很多人寫為「甲」的一個副詞。它在北京語有疑問的口氣，但是在台語是表達感嘆或當程度副詞。

　　「監囚」的「監」，和「監獄」的「監」，都要唸【監一求】，越來越多唸錯為【甘一求】（kam-1）。

　　有一本書，把「監囚」寫為「犰狳」，就是在本冊之044篇〈礙齵逆篙〉提到的那本，不再重述。

本文拼音參考。

漢字	十五音	羅馬字	台羅拼音	台語同音字
監	監一求	ka^n	kann	橄
	甘一求	kam	kam	甘
	甘三求	kàm	kàm	淦、鑑

註釋

1 《彙音寶鑑》:「監」,【監一求】(kan-1,監囚、監牢、監獄);【甘一求】(kam-1,領也、祝也、祭也、又臨下面曰監臨);【甘三求】(kam-3,視也、太監)。

099
拎佇門邊

　　有些台語我們常說，是我們日常所說的台語，但是即便常用詞，許多人可能不知道它的本字，另外，有些詞則是連用法說法都慢慢被忘記了。

　　一樣的平常上班日早上出門，遇到對面的老太太，她說去上班是我的工作，去公園掃地是她的工作，每個人都有自己的工作要做。附近的天母公園旁邊有座涼亭小公園，她每天去當義工掃地、澆花，這是她服務的方式，她把這當自己的工作。

　　「澆花」的「澆」，台語唸【嬌五入】（jiau-5，沃也），台語講「澆」的動詞唸【江四英】（ak-4），用的其實就是前面解釋的「沃」字。「沃」的字意是「灌溉」、「肥也」，我們因為受了北京語「肥沃」的影響，基本上都把「沃」當作「肥」，而忽略了她「灌溉」的意思。如果您很清楚「沃」有「灌溉」的用法，表示您的北京語比我還好，但是我還是要強調一下，台語是「沃花」、「沃水」，這是我前面說「即便常用詞，許多人可能不知道它的本字」的例子。

　　進了捷運車廂，聽到一個新錄的廣播，「請勿倚靠車門」，捷運上的台語說法是「不通拎佇門邊」。

「扲」字在《彙音寶鑑》有三個讀音，【金七語】（gim-7，把也）是最常用的，把東西緊緊地握在手裡叫「扲」（把、急持），例如「伊加錢扲牢牢（他把扲握得牢牢的）」；另一個音是【兼五去】（khiam-5），還有一個是【梔五去】（khiⁿ-5）與「鉗」同音，這也是捷運廣播用的。通常，小孩子黏著媽媽、纏著媽媽，我們也會說「扲牢牢」，但是這跟前面的把錢緊緊地握在手裡雖是相同的字，但是卻是不同的音。

　　另外有一個字，「拑」，脅持、挾持的意思，音相同，意思也接近，因此也有人建議用「拑」字。

　　【梔五去】（khiⁿ-5）的「扲」比較像是糾纏，跟「倚」、「靠」應該有點差別，或許有這樣的用法，是我自己不懂。有時候男生見到漂亮的女生想要靠過去，這樣的靠過去，是可以說「扲過去」，但是這就是我所懷疑的，因為這種「扲過去」是有想要一親芳澤或想糾纏的意思，而身體有想要「倚近」、「靠近」，但是跟「倚著、靠著」還是不一樣。

　　「不通扲佇門邊」或是跟媽媽「扲牢牢」，這是前面所說已經較少被使用的台語，信不信？自我測試一下，小孩子纏著媽媽，妳是不是會說「黏」？

本文拼音參考。

漢字	十五音	羅馬字	台羅拼音	台語同音字
澆	嬌五入	jiâu	jiâu	皺、饒
沃	江四英	ak	ak	握、齷

漢字	十五音	羅馬字	台羅拼音	台語同音字
拎	金七語	gīm	gīm	──
	兼五去	khiâm	khiâm	黔、箝
	梔五去	khîⁿ	khînn	鉗

100

大尾鱸鰻

　　1980年代台灣流行「歌廳秀」，當時最有名的「南豬、北張」中的「南豬」是指豬哥亮。豬哥亮的表演基本上是用台語，他在臺灣走紅以後，在中國大陸和東南亞的閩南語社群也有很高的知名度。他所錄製的《豬哥亮歌廳秀》錄影帶在智慧財產權觀念尚未普及的年代是搶手的盜拷片子，是當時搭遊覽車或野雞車必看影帶，應該說我也是看他的錄影帶長大的。

　　1993年豬哥亮因為沉迷於大家樂和六合彩，欠下大筆賭債而「跑路」，消失於影藝圈。2009年因為被八卦記者發現在屏東潮州路邊攤吃旗魚黑輪，暴露行蹤之後被廣告鬼才范可欽找來為燦坤3C拍廣告復出，結束他自嘲「出國深造」的歲月。

　　復出後他努力賺錢還債，除了綜藝節目、灌唱片，他也拍了很多電影，《雞排英雄》、《大稻埕》等，都有很好的成績，最有名的應該是二集《大尾鱸鰻》。

　　曹銘宗先生在《你會「鱸鰻」的台語發音嗎？》一文中提到：「鱸鰻被比喻惡人，大概與夜行性、大又生猛的掠食習性有關。有趣的是，台語「『鱸鰻骨』卻指帶有『鱸鰻性』的人，用來比喻懶惰、整天無所事事的人，因為據說鱸鰻在白天就是一副

無精打采的樣子。」而事實上,「鱸鰻」在《諸羅縣志》、《淡水廳志》、《晉江縣志》以及《台灣通史》都做「蘆鰻」,因為牠吃蘆竹。

不過,這樣的說法我覺得是有點先射箭再畫靶的感覺,其實「鱸鰻」被當作是「流氓」可能是前者的台語音與後者的北京語音有點近似被誤認。「鱸」,【沽五柳】(lo-5),「鰻」,【干五門】(ban-5)或【官五門】(boaⁿ-5),「流」,【ㄐ五柳】(liu-5)或【交五柳】(lau-5),「氓」,【官五門】(bin-5,民也),這些台語是差蠻多的。

小時候聽到「流氓」,都是槍擊要犯、一清專案或是幫派的老大的「位階」的才算,普通小流氓我們稱為「竹雞仔」或是「迌迌仔[1]」、「迌迌囡仔」。

「竹雞仔」是老一輩人使用的台語,竹雞是野雞的一種,人被比喻成野雞,代表不太正經,但比起「大尾流氓」還差了一級,是小弟級的B咖。例:「彼幾个竹雞仔佇咧巷仔口相拍(那幾個小流氓在巷子口打架)。」竹雞是台灣特有鳥類,牠又不是鬥雞,被拿來當作小混混,真的也算無辜。可是好像大家都不再用這個名詞,讓小混混直接進化升等為「鱸鰻」。

有流氓性格,行事作風像流氓的,稱為有「鱸鰻氣」,不要以為流氓都是男生,因為有一個名詞就是指女性流氓──鱸鰻婆,不要跟我耍流氓氣,我會叫妳「鱸鰻婆」。

本文拼音參考

漢字	十五音	羅馬字	台羅拼音	台語同音字
鱸	沽五柳	lô	lôo	奴
鰻	干五門	bân	bân	蠻
	官五門	boân	muâ	麻、瞞
流	ㄐ五柳	liû	liû	劉、留
	交五柳	lâu	lâu	劉、樓
岷	巾五門	bîn	bîn	民

註釋

1 參考《佐曆邊頭尾話仙》冊之148篇〈心適〉。

國家圖書館出版品預行編目

消失中的臺語：阿娘講的話 / 陳志仰作. -- 臺
　北市：致出版, 2021.10
　　面；　公分
　ISBN 978-986-5573-25-6(平裝)

　1. 臺語　2. 詞彙

803.32　　　　　　　　　110016521

消失中的臺語
──阿娘講的話

作　　者／陳志仰
出版策劃／致出版
製作銷售／秀威資訊科技股份有限公司
　　　　　　114 台北市內湖區瑞光路76巷69號2樓
　　　　　　電話：+886-2-2796-3638
　　　　　　傳真：+886-2-2796-1377
網路訂購／秀威書店：https://store.showwe.tw
　　　　　　博客來網路書店：https://www.books.com.tw
　　　　　　三民網路書店：https://www.m.sanmin.com.tw
　　　　　　讀冊生活：https://www.taaze.tw

出版日期／2021年10月　　**定價**／420元

致　出　版
向出版者致敬